장호, 수호,
인호, 덕호, 희성에게

한국에서 좋은 여자와 결혼하기

강지호 지음

발행처 · 도서출판 **청어**
발행인 · 이영철
영　업 · 이동호
기　획 · 최윤영 | 김홍순
편　집 · 김영신 | 방세화
디자인 · 김바라 | 오주연
제작부장 · 공병한
인　쇄 · 두리터

등　록 · 1999년 5월 3일(제22-1541호)

1판 1쇄 인쇄 · 2011년 2월 10일
1판 1쇄 발행 · 2011년 2월 20일

주소 · 서울시 서초구 서초동 1588-1 신성빌딩 A동 412호
대표전화 · 586-0477
팩시밀리 · 586-0478

블로그 · http://blog.naver.com/ppi20
E-mail · ppi20@hanmail.net
ISBN · 978-89-94638-29-4　(03810)

한국에서 좋은 여자와 결혼하기

들어가면서

　『한국에서 좋은 여자와 결혼하기』는 한국 사회에서 남자가 좋은 여자를 발견하고 결혼해서 행복하게 사는 방법을 진지하게 고민한, 남자들을 위한 책이다.

　그동안 남녀 연애 방법에 관한 책은 많이 출간되었지만, 이러한 연애참고서들은 주로 짧은 시간에 상대의 감정을 사로잡는 달콤한 연애테크닉에만 치중하였지, 연애와 결혼을 세밀하게 구별하지 않았다. 간혹 배우자 선택에 관한 책들도 눈에 띄긴 하지만, 대부분 여성을 위한 책인 경우가 많다. 남자가 좋은 아내를 얻어 행복한 결혼생활을 누릴 수 있도록 인도하는 책은 찾기 힘들다.

　연애의 쾌감은 마약과 같다. 연애의 달콤함에 너무 맛들이면 연애중독자가 되기 쉽다. 연애 테크닉이 뛰어나다고 해서 좋은 여자와 결혼할 수 있는 건 아니다. 좋은 여자들은 연애중독에 빠져 자기발전을 게을리 하고, 테크닉만 뛰어난 연애중독남들의 허상을 꿰뚫어 볼 줄 안다.

　연애와 결혼은 분명히 다르다. 연애는 감정이 중요하고 사회적·법률적 책임이 따르지 않지만, 결혼에는 감정도 중요하면서 사회적·법률적 책임이 따른다. 또한 결혼은 상대 이성뿐만 아니라 앞으로 태어날 2세도 고려해야 하고, 기존 식구들과의 관계도 고려해야 하는 등 종합적 판단을 내려야 한다.

게다가 최근 이혼이 빈번해지면서 남자는 배우자 선택에 더욱 신중해야 한다. 전 세계적으로 이혼하는 부부들 중 3분의 2는 아내 쪽에서 이혼을 제기하고 있다. 이혼에 있어서는 여성이 주도권을 행사하고 있는 것이다. 아무리 이혼이 성행하는 시대라지만 이혼을 겪게 되면 남녀 모두 심적 고통이 크다. 결혼 후 3년 이내 이혼한 부부들은 대부분 자기와 맞지 않는 배우자를 선택했기 때문이다. 한국 사회에서 이혼이 급증하고 있음에도 불구하고, 이혼을 사전에 막기 위해 남자들이 좋은 배우자를 고르는 방법에 대한 정보를 구하기란 쉽지 않다. 한국 사회에는 남자가 배우자의 조건을 이것저것 따지는 것은 남자답지 못하다는 풍조가 만연해 있고, 한국 여성의 변화와 이혼의 연관성을 진지하게 생각하지 않기 때문이다.

잘못된 배우자 선택은 신혼 이혼으로 이어지고, 이는 두 사람의 문제뿐만이 아니라 태어난 자식과 양가 부모들에게도 큰 부담이 된다. 결혼이라는 쇠사슬은 부부뿐만이 아니라 아이들도 함께 이어져 있기에 신중해야만 한다.

한국 남성은 결혼 배우자를 선택할 때 누구의 조언을 받을까? 아버지? 많은 남자가 아버지와는 대화의 창을 닫고 성장한다. 어머니? 어머니에게 아들의 연인은 남편보다 소중한 아들을 빼앗는 연적으로 보이는 경우가 많다. 한국의 어머니는 자기 마음에 드는 여자 중에서 아들의 아내보다는 자신의 며느리에 적합한 여자에 더 중점을 두고 선택하려는 경향이 있다. 친구는 어떨까? 결혼 하지 않은 친구는 올바른 조언을 할 수 없고, 갓 결혼한 친구는 앞으로 5년 후 자신의 운명도 제대로 모르는데 무슨 충고를 해줄 수 있겠는가. 이렇게 결혼을 앞둔 한국의 남자에게 배우자 선택을 의논할 마땅한 상대도 없고, 참고할만한 책도 없는 실정이다.

이 책은 그동안 한국 남자들이 소홀히 했던 '남자 입장에서 결혼하기에 적당하지 않은 여자'에 대해 알려준다. 필자는 이런 여성이 나쁘다고 단정 짓는 건 절대 아니다. 그런 여성 중에서 훌륭히 자기 삶을 살아가는 사람도 많고, 또 그런 여성에게 맞는 배우자가 있을 수 있다. 단지, 평범한 남자라면 그런 여자와의 결혼은 신중해야 한다는 것이 필자의 생각이다.

많은 미디어가 연애와 결혼의 달콤한 껍질 부분만 보여주고 있다. 하지만, 결혼은 변화와 긴장을 유발하는 스트레스의 요인일 뿐만 아니라, 권력다툼이 치열하게 벌어지는 현장이기도 하다. 그 살벌하고 날선 현장을 맞닥뜨렸을 때 분홍빛 사랑만 생각해온 사람들은 충격을 받고 힘들어한다. 이럴 때 좋은 배우자의 가치는 어두운 바다의 등대처럼 빛을 발휘한다.

이 책은 사람들이 막연하게 느끼지만 드러내고 언급하기를 꺼렸던 한국 여자의 탐욕과 한국 어머니의 문제점에 대해서도 언급했다. 필자는 기본적으로 한국 여성의 권리가 지금보다 더 보장되고 신장되어야 한다는 입장이다. 하지만 아쉽게도 여권 강화의 흐름을 이용해 탐욕을 채우려는 여자들도 늘어나고 있다. 이 책의 일부 내용은 여성운동가들의 기분을 상하게 할 수 있다. 하지만 넓은 마음으로 양해하여 주기 바란다. 분명 남성우월주의를 기반으로 한 유교문화가 아직도 뿌리 깊은 한국에서 여성운동은 필요하고 더욱 강화되어야 한다. 진정한 여성운동가라면 현대 여성이 보여주고 있는 여러 문제점을 개선하는 데도 관심을 가져야 한다고 생각한다.

『한국에서 좋은 여자와 결혼하기』는 남성과 여성의 문제점을 함께 지적하면서, 현대 남성에게 결혼의 바람직한 방향을 제시하여 행복한 삶을 바라는 마음으로 쓴 책이다. 이 책이 한국 남자들에게 더욱 깊이 있는 만남에서 성공적인 결혼생활로 이어지는 안내서가 되길 바란다. 좋은 책으로 만들어 준 청어출판사에 감사의 말을 전한다.

Contents

한국 여자들을 해부한다

좋은 여자 고르기

제3장

마음의 힘을 단련하라

제4장

좋은 여자 구애 방법

한·국·에·서·좋·은·여·자·와·결·혼·하·기

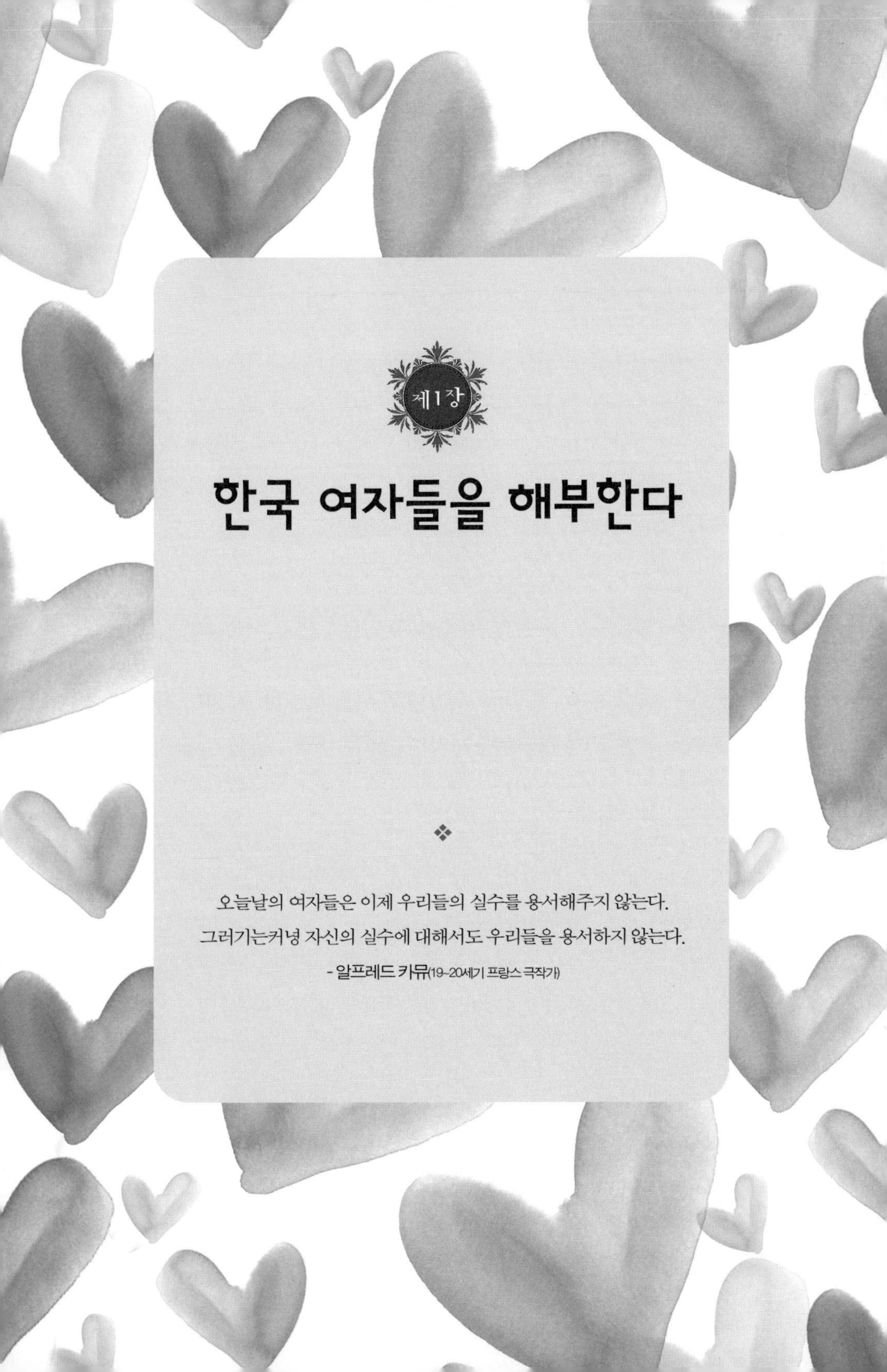

한국 여자들을 해부한다

오늘날의 여자들은 이제 우리들의 실수를 용서해주지 않는다.
그러기는커녕 자신의 실수에 대해서도 우리들을 용서하지 않는다.

- 알프레드 카뮤(19~20세기 프랑스 극작가)

결혼은 남은 60년 삶을 결정한다

경상북도 포항에는 교통사고로 경추 5, 6번을 다쳐 전신마비가 된 남편(50세)을 11년째 지극정성으로 보살피는 아내가 있다. 온종일 침대에만 누워 있고, 대소변도 못 가리는, 어눌한 목소리로 겨우 의사소통만 할 수 있는 남편을 그녀는 11년째 보살피고 있다. 또한, 안동에 거주하는 어떤 아내는 결혼 7년 만에 위암 말기 판정을 받은 남편을 20년간 한결같이 헌신적으로 보살피고 있다. 이 아내들이 남편을 지극정성으로 간호하는 이유는 뭘까?

비슷한 나이지만, 정반대 모습을 보여주는 부인도 있다. 2007년 4월, MBC '생방송 아침'이라는 프로그램에 나온 장면인데, 결혼 16년 차인 이 부부는 서로 말을 하지 않는다. 남편이 사업 실패로 수년간 부은 청약예금까지 해지해야 했다. 남편은 제대로 된 직장을 못 구해 이리저리 옮겨 다녔고, 월급도 제대로 못 갖다 주었다. 화가 난 부인은 아이들과 함께 안방을 쓰고, 남편은 작은 방에 혼자 지낸다. 부인은 빨래통에서 남편의 빨래는 골라 빼버린다. 남편 옷을 빨래해줄 생각이 없는 것이다. 밥상도 아이들 것만 챙겨준다. 아이들도 엄마의 눈치를 보면서 아빠를 낯설어한다. 남자는 수년간 혼자서 밥을 먹었다고 한다. 생활비는 아내가 벌어오는데, 돈 문제로 다툴 때마다 여자는 "내가 왜 가장이냐고!" 하면서 악다구니를 퍼붓는 여자의 몸부림이 그대로 TV 화면에 방영되었다.

비슷한 나이의 여자지만 남편을 대하는 태도가 이렇게 다르다.

당신은 어떤 여자랑 결혼하고 싶은가?

'남자가 가지고 있는 최고의 재산 또는 최악의 재산은 바로 그의 아내이다.' 토마스 풀러가 말했다. 경전 『탈무드』는 '세상에서 가장 행복한 사람은 누구인가? 좋은 아내를 얻은 남자다.' 라는 교훈을 수천 년 동안 이스라엘인에게 전해주고 있다.

남자에게 아내는 중요하다. 아주 오래전 유교적 가부장제 사회였던 조선에서는 칠거지악이라는 지극히 남자에게 유리하고 여성에게는 불리한 조건을 내걸고 여성을 압박하였다. 하지만, 근대와 현대를 거치면서 한국 사회는 급변하고 있다. 오늘날의 한국 여성은 조선 시대의 여성과는 전혀 다른 인종이다. 한국 사회는 빠르게 여성 중심으로 변하고 있지만, 이러한 변화 속에서 '남자에게 좋은 아내' 에 대한 논의는 별로 없었다.

여자들은 본능적으로 좋은 남편감에 대한 감각을 가지고 있다. 여자를 만나면 보이지 않는 촉수가 자신을 스캐닝 하는 것을 느낄 때가 있는가? 만일 당신이 스캔 당하는 느낌을 못 느꼈다면 당신은 아주 둔감하거나, 여자가 이미 스캐닝을 끝냈기 때문이다. 여자가 애교를 떨거나 고양이 울음소리를 내면서 "자기야, 자기는 어떤 결혼생활이 이상적이라고 생각해?"라고 물을 때 남자는 경계심을 높여야 한다. 여자가 안테나를 세우고 당신의 속마음을 염탐하는 것이다.

여자의 감각기능은 남자보다 뛰어나다. 여자의 몸에는 수만 년 동안 아이를 낳고 길러온 유전자가 박혀 있다. 말도 못하는 아기를 잘 보살피기 위해서는 몸과 마음의 모든 감각을 총동원해야 한다.

그래서 여자는 직감과 육감이 뛰어나고, 분위기와 상대방의 태도변화를 빨리 파악한다. 남자가 화를 내고 있는지, 기분이 나쁜지, 당황하고 있는지, 위로를 받고 싶어 하는지 금방 알아챈다. 하지만, 남자는 따귀 세례, 이별통보 등 눈으로 보고, 귀로 듣고, 몸으로 느낄 때야 비로소 여자의 마음을 알게 된다.

현대 여성은 뛰어난 감각기능을 최대한으로 활용하고 있다. 남자를 만나면 여자는 소리 없이 남자를 스캐닝한다. 그리고 정보를 차곡차곡 모아 대뇌의 연애 진도 결정 세포에 보내 이 남자와 어디까지 진도를 나갈 것인가를 검토한다. 더 이상 진도 나가봤자 별 볼 일 없다고 판단하면 여자는 그대로 돌아선다. TV CF에서 "오늘은 여기까지." 하면서 스킨십을 시도하는 남자를 저지하는 구혜선처럼.

시대가 아무리 변해도 여자에겐 남자에 대한 분석과 선택이 중요한 일이다. 여자에게 가장 큰 과제는 자신과 자식을 오랫동안 충실하게 돌봐주는 믿음직한 수컷을 찾는 일이기 때문이다. 그래서 여자들은 남자에 대해 온갖 정보를 체계적으로 수집하고 분석하고 평가하는 능력이 탁월하다. 타고난 여자의 이런 능력은 정보화 사회가 되면서 더욱 발전되어 이제는 여자아이가 초등학교 4, 5학년만 돼도 남자에 대해 훤히 알게 된다.

반면에 남자는 여자에 대해 관심은 많지만, 사춘기부터 여자 치마 밑에 집중되어 있다. 어떻게 하면 이 여자를 침대에 끌고 갈 것인가, 침대에서 어떻게 남성의 힘을 보여줄 것인가가 남자의 최대 관심사다. 과거 남자와 마찬가지로 현대 남자 역시 여자를 진정으로 이해하고 알려고 하는 마음이 부족하다. 남자의 약점은 바로 여기에 있다.

여자는 결혼이 자기의 60년 앞의 인생까지 생각해야 하는 장기 전략이란 사실을 10살 이전에 이미 본능적으로 터득한다. 그리고 이 본능에 따라 살아간다. 여성의 권리가 강해지고 있는 이 시대 남자도 결혼은 남은 50년 인생의 행복을 좌우하는 중대사임을 깨닫고 신경을 곤두세우고 여자를 연구해야 한다.

한국 여자들, 이제 약자가 아니다

가끔 유치원에는 자기가 좋아하는 남자아이가 다른 여자에게 말을 건다고 남자아이를 발로 차거나 물건을 내던지는 여자아이가 있다. 초등학교에서 여자아이가 괴롭힌다고 하소연하는 남자아이도 늘어나고 있다. 여자아이는 또래 남자아이보다 성장이 빠르다. 남자아이가 말을 듣지 않으면 여자아이가 팔을 꼬집는데, 그냥 꼬집는 게 아니라 꼬집어서 나사못 돌리듯 비튼다. 굉장히 아프다.

이렇게 당한 남자아이가 주먹이나 발로 여자아이를 찰 수 있을까? 그랬다간 선생님(거의 여자 선생님이다!)에게 이 세상에서 제일 못난 사람이 여자를 때리는 거다, 너는 왜 그렇게 폭력적이냐, 커서 뭐가 되려고 그러느냐 등 온갖 꾸중, 질책, 잔소리를 듣고 대번에 폭력적인 아이로 찍힌다. 같은 반 여자아이들이 일치단결하여 그 남학생을 왕따로 만드는 건 아주 쉬운 일이다.

여자 선생님은 여자아이를 조금이라도 거칠게 대하는 남자아이는 미래의 폭력 남편이 될 거라고 단언한다. 남녀평등사회를 만들어야 한다는 불타는 사명감을 지닌 여자 선생님은 남자아이에게서 드러난 거친 남성성을 거세하려고 애를 쓴다.

교실에서 절대적 권력을 지닌 선생님에게 초등학생 남자아이는 어떤 저항을 할 수 있을까? 불만이 쌓이면서도 그냥 길들여질 수밖에. 이처럼 현대의 남자들은 초등학교 때부터 여성에 의해, 여성을 위한 남성으로 길들여지고 있다. 이것이 오늘의 남자들이 겪는 현실이다.

한국 여자는 '이제 약자가 아니다.' 라고 주장하면, 여성운동가들은 발끈하며 갖가지 이유를 들며 반박할 것이다. '여자에 대해서 조금이라도 비꼬면 모든 여성은 일제히 일어나서 항의한다. 여성들은 한 국민, 한 종파를 형성하고 있다.' 고 푸시킨은 일찍이 간파했다.

할머니와 어머니 세대를 포함한 한국 여성 전체를 놓고 보자면 여전히 많은 여성이 사회적 약자일 수 있다. 하지만 10대에서 30대 중반의 여성들을 놓고 보면, 이 연령층의 여성들은 더 이상 남자에 비해 약자가 아니다. 남자들과 동등한 기회를 누리고 있다. 이 연령대의 여성들은 대학입시, 공무원고시, 임용고시, 취직시험 등에 남자들과 동등한 기회를 제공받고 있다. 이미 사법고시를 포함한 각종 고시에서 여성들은 합격자의 반을 차지하고 있다. 각종 시험에서 떨어지는 여성들은 남녀차별에 의해 탈락되었다고 더 이상 주장할 수 없게 되었다. 한국 사회의 많은 부분이 남녀평등의 기회를 부여하고 있는 것이다.

　그리고 한국 사회가 정보화, 디지털화 되어가면서 여성들이 강점을 발휘하는 일거리는 빠른 속도로 늘어나고 있다. 한국 여성은 이제 실력만 있으면 남자에 기대지 않고서도 얼마든지 잘 살아갈 수 있다. 이 시대는 여성이라서 약자가 아니라 실력이 부족하기 때문에 약자이다. 실력 없는 남자도 역시 약자이다.

　국제적인 여론조사기관인 퓨 리서치센터는 2010년 4월 7일부터 5월 8일까지 한국을 포함한 주요 22개국 국민 2만 4000명을 대상으로 남녀평등에 관해 조사했다. 이 조사에서 '남성과 여성 중 누가 더 행복한 삶을 사느냐?' 는 질문에 한국인 응답자의 49%가 여성이라고 대답했고, 남성이라는 대답은 26%에 그쳤고, 한국(49%)이 일본(47%)보다 높아 22개국 중 1위를 차지했다. 여성이 남성보다 행복한 삶을 산다는 응답이 나온 국가는 한국, 일본, 중국 등 아시아 지역 세 나라밖에 없으며, 나머지 19개국 국민은 모두 남자가 여자보다 행복하다고 대답했다. 프랑스 응답자들은 75%가 남성이 여성보다 더 행복한 삶을 산다고 응답하여 1위를 차지했다. ('여성이 행복하다' 는 겨우 14%)

　한국의 여성운동가들은 밝히고 싶지 않겠지만, 지금의 한국의 여성은 남성보다 행복한 삶을 누리고 있음이 분명하다. 더 이상 유교적 압제에 시달리지 않으며 결혼도 마음대로 선택할 수 있다. 한국 여성이 남성보다 10여 년을 더 오래 산다는 사실은 우리 사회에서 여성은 더 이상 약자가 아니고, 남성보다 행복할 삶을 누리고 있음을 증명하고 있다.

　특히 대한민국 중년 여성은 국세청이나 검찰만큼 파워를 누리고 있다. 주부 소비력에 의존하는 상업 미디어는 물론이고, 글 깨나 쓰는 사람도 대한민국 중년 여성의 비위를 거스른 말이나 글을 알아서 피한다. 상황이 이렇다보니, 한국 사회에서 중년 여성의 잘못된 행태를 지적하는 사람은 거의 없다. 여성은 수많은 TV 드라마의 여주인공에게서 여성상을 배우고 있다. 시어머니와 맞서는 법, 남편의 외도에 대처하는 법, 이혼 후의 생활, 연하남에 대한 감정 등 TV 드라마는 여성을 위한 정보와 감성의 보고이다. 그 결과 지금 한국의 여성은 하루아침에 땅값이 올라 부자가 된 졸부처럼, 손에 쥔 권력의 광선검을 자기 마음대로 마구 휘두른다. 남편들에게 어떻게든(뇌물을 받든, 부정을 저지르든 상관없이) 무조건 명품 치장비와 아이들 과외비를 가져오라고 부추긴다.

만일 한국 주부들이 일제히 남편들에게 '당신이 부정한 짓을 해서 받은 더러운 돈을 집으로 가지고 오면 그날로 이혼이야!' 라고 위협한다면 대한민국은 곧 청렴한 사회로 변할 것이다. 하지만 대부분의 중년 여성은 남편이 은근히 뒷돈을 챙겨가지고 오기를 기대한다. 최근에는 힘센 남편의 부정에 여성들도 적극 가담하는 형편이다. 남편 대신 뇌물을 받는 국회의원 부인도 있고, 국세청의 간부 부인이 화랑을 운영하면서 그림을 뇌물로 활용하기도 한다.

많은 주부가 남편이나 가족을 챙기기를 귀찮아하고, 자녀의 말을 가로막고 억압한다. 자녀의 개성이나 능력을 생각하지 않고 아이를 학원으로만 내보낸다. 스스로의 감정 조절은 제대로 못해 아이나 남편에게 감정 상하는 말을 함부로 내뱉는다.

많은 아이가 드세진 대한민국 아줌마의 착한 딸과 착한 아들로 지내기 위해 할 말을 못하고 참고 지내면서 청소년기를 보낸다. 그리고 아이들 내면에는 어머니에 대한 분노와 정서적 박탈감이 싹트고 있다. 이런 상황에서 행복한 가정을 기대하는 건 시커먼 아스팔트 바닥에 맑은 시냇물이 흐르길 바라는 것처럼 힘들다.

좋은 여자와 결혼하는 건 당신뿐만 아니라 당신 2세에게도 영향을 미치는 중요한 일이다.

한국 여자들은 강한 힘을 숭배한다

사실, 한국 여자만 강한 자를 좋아하는 건 아니다. 여성은 대부분 강한 남자를 좋아한다. 하지만 최근의 한국 여자의 강한 남자 선호 풍조는 유별나다. 돈 있는 남자, 경제력이 있는 남자에 대한 선호가 너무 지나치다.

한국 여자가 가지고 있는 욕망의 뿌리를 캐 들어가기 위해서는 역사적 접근이 필요하다. 일본의 식민지 통치, 한국전쟁, 개발독재 시대, 그리고 IMP 체제 등 근현대 격동기를 겪으면서 한국 여자의 욕망은 어떻게 변했을까.

조선이 일본에 강제 병합되던 1910년 당시 조선 여자는, 대놓고 표현하지는 않았지만 조선 남자의 능력에 회의와 의문을 가졌을 것이다. 하지만 당시 일본제국주의 역시 가부장 체제에 바탕을 둔 체제라 여성은 큰 목소리를 낼 수 없었다. 한반도의 여자들은 1945년 일본의 패망, 50년 한국전쟁을 겪으면서 격심한 문화적, 정치적 충격을 받으면서 급격하게 과거의 여자와는 다른 종족으로 변신해갔다.

한국전쟁 동안 한국 여성은 자기 삶을 지켜줄 수 있는 것은 바로 자신 밖에 없다는 것을 처절히 깨달았다. 원래 강한 남자를 선호하는 여성의 기본 유전자는 한국전쟁 당시의 처절한 생존을 거치면서, 그리고 초라하고 부실한 한국 남성과는 구별되는 인종적으로 우월한 백인종 남성들과 직접 접하면서 '강자(强者) 선호 유전자'는 더욱 강화되었다. 이렇게 근현대 격동기에서 살아남은 한국 여성에게 새겨진 강자 선호 유전자는 딸과 아들, 손녀와 손자에게 그대로 대물림되고 있다.

험난한 시대를 살아오면서 강해진 한국 여성의 강자 선호 가치관은 1960년부터 시작된 물질위주의 경제성장 시대가 맞물리면서 자연히 권력과 경제력을 가진 출세한 남자에 대한 집착으로 확대 발전하면서 딸과 손녀로 대물림되었다. 이 강자에 대한 집착이 오늘날 자식을 좀 더 좋은 대학에 입학시키려는 사교육 열풍과 해외유학 붐으로 나타나는 것이다.

오늘날 한국 여자의 강자(强者) 열풍은 세계에 그 유래가 없을 정도로 거세다. 그리고 세계 어느 나라의 여자보다 물질적, 경제력을 가진 남자를 선호하고 있다.

탐욕스러워지는 한국 여자들

연하남자와 사귀고 결혼하는 여자가 증가하고 있다. 여성이 경제활동을 하면서 경제력을 갖추면서 나타나는 현상이다. 인류학자 데스몬드 모리스는 젊은 남성에 대한 여성의 관심이 늘어나는 현상은 여성의 지배력이 증가했음을 반영한다고 주장했다.

한국의 여성 무협소설 작가인 진산은 『마님 되는 법』이란 책을 내면서, '어떻게 하면 마님이 될 수 있느냐는 미혼 여성의 물음에 역사적 소명을 느끼고, 장차 삼월이가 아닌 마님이 되고자 하는 모든 여성들의 앞길에 등불을 밝혀야 하는 의무감으로 책을 냈다.'고 밝혔다.

그녀는 '마님이란 다스리는 법을 아는 현명한 가정의 지배자'라 칭했다. 가정을 지배하는 사람은 더 이상 남자가 아니라 여자란 사실을 밝히고 있다. 마님이 되고 싶은 여자, 즉 남편을 삼돌이처럼 부려먹으려는 욕망을 갖은 여자가 우리 사회에 많이 존재하고 있는 것이다.

이러한 '마님형 여자' 들은 한국에만 있는 것은 아니다. 비교적 남녀평등이 잘 되어 있는 선진국에서도 나타나고 있다. '집안의 여왕(Domestic Diva)' 으로 불리는 서양판 마님은 한마디로 남편에게 모든 것을 의존하는 여자다. 집, 자동차, 반지, 구두, 옷 등 모든 종류의 사치품을 남자의 호주머니에 의존한다.

이들은 청소, 요리, 육아 같은 일상적인 집안일은 가정부에게 맡기거나 돈으로 모두 해결한다. 헬스클럽에서 운동을 하며 탄력 있는 몸매를 유지하고, 쇼핑을 한 후 친구와 점심을 먹고, 취미생활 등 하고 싶은 일을 하며 시간을 보낸다. 여왕은 자신을 위해 시간을 쓰기 때문에 '내 시간' 을 내는 데 어려워하지 않는다. 이들은 이기심, 자기만족, 자기성장을 추구한다는 공통점이 있다.

이들은 '지겹고 힘든 집안일을 하느라 내 귀중한 시간과 힘을 낭비하고 싶지 않다. 돈으로 사람을 시켜 그 일을 하는 것은 당연한 것 아닌가.' 라고 입을 모은다. 어디서 많이 듣던 소리 아닌가? 한국 여성이 부르짖는 바로 그 주장이다.

이런 '서양판 마님' 은 자신의 시간을 전적으로 아이들과 보내는 걸 거부하고 유모를 두는 것을 당연히 생각하고, 배우자의 최우선 조건으로 자신의 삶을 우아하게 유지시켜 줄 수 있는 충분한 경제적 능력을 꼽는다.

영국에서도 이런 집안의 여왕을 '허세에 찬 빅토리아 시대의 아내' 라고 비난하면서 19세기 중산층 여성에게 나타나는 모든 허세와 21세기 여성에게 주어진 모든 자유를 결합한 생활을 영위하고 있다는 비난의 목소리가 높다.

서양 마님이나 한국 마님이 비판받는 이유는 자신의 욕구를 충족시키는데 필요한 경제적 능력을 자신의 노력으로 장만할 생각을 하지 않고 경제력 있는 남자에게 의존하기 때문이다.

마님이란 단어는 지배력을 나타내는 단어이다. 힘에 의한 지배는 남성과 여성 모두에게 중요한 문제다. 여성도 권력에 민감하다. 여성들 역시 우월한 위치에서 타인을 지배하려는 욕심이 있다. 여성의 권리가 높아지면서 남성이 여성을 지배하던 시대의 문제점들은 많이 파헤쳐졌다. 하지만 날로 강해지는 여성의 지배욕구의 문제점에 대해서는 아직 공론화가 되지 않았다.

고부간의 갈등도 일종의 권력 갈등이다. 남성우월주의 사회에서의 과거의 여자는 권력행사의 대상이 주로 여성이었다. 하지만 남녀평등의 사회가 되면서 힘 있는 여성은 힘없는 남성에게 권력을 행사한다. 퇴직한 남편에 대한 아내의 무시와 경멸은 바로 집안의 권력에 관한 문제다. 남성이 직장을 다니는 동안 여성에게 집은 자신이 완전한 영향력을 행사할 수 있는 공간이다. 퇴직한 남편은 이 공간에 들어온 침입자로 여기는 것이다.

타인을 지배하는 쾌감에 맛들여놓으면 타인에 대한 존중심은 사라지고 계속해서 지배하려고만 든다. 이러한 지배욕은 인간성을 황폐화시킨다. 남성우월주의 문화에서 수많은 남자가 이러한 지배쾌감 때문에 여성의 마음을 아프게 하고 가족 구성원을 힘들게 하였다. 유감스럽게도 여성의 지배욕구가 강해지고 있는 우리 사회에서 지배쾌감을 즐기는 여성과 그에 대한 부작용에 대한 연구는 거의 없는 실정이다.

현대 사회의 힘 있는 여성은 남성과는 다른 지배방식을 구사한다. 남성이 거친 방법을 쓴다면 여자는 부드럽게 때로는 어수룩한 척, 때로는 불쌍한 척, 때로는 눈물을 흘리면서 교묘하게 자신의 목적을 달성한다. 워낙 방법이 능수능란해서 둔감한 남성은 자신이 자발적으로 여성을 도와준다고 생각한다. 대부분 남성은 실제로는 지배당하고 있지만, 자신은 지배당한다는 생각을 하지 않는다. 그래서 여성의 남성 지배에 대한 연구가 거의 없는 실정이다.

결혼 상대자로 연하의 남자를 선택하는 여성이 늘어나는 현상은 바로 한국 여성의 지배력을 보여주는 사례다. 지배당하기 보다는 지배하는 힘을 중요시하는 여성은 자신을 지배할 가능성이 높은 나이 든 남자와 사느니 자신이 지배할 수 있는 연하의 남자와 사는 게 더 좋다고 생각한다.

경제적으로 여유가 있고, 사회적 힘이 있는 여성이 부드러운 남자를 애완견 다루듯이 연인으로 사귀는 '애완남 키우기, 나는 펫'이란 케이블 TV 프로그램은 예쁜 연하 남자에 대한 현대 여성의 지배욕구를 잘 나타내주고 있다.

남자나 여자나 상대를 지배하는 지배의 쾌감을 맛본 인간은 욕심을 내게 된다. 욕심은 물질우선주의와 결합하면서 탐욕으로 확대, 강화된다. 한국 사회에서 여성의 지위가 높아지면서 한국 여자들의 탐욕도 급하게 상승하고 있다. 과거의 한국 여자가 수동적으로 착취당하는 가축이었다면, 현재의 한국 여성은 능동적으로 스스로 사냥에 나서는 탐욕스러운 맹수로 변모하고 있다.

여자가 탐욕스럽게 된 이유는, 자기 힘으로 돈을 벌 수 있기 때문이다. 자본주의가 뿌리내린 한국에서 여성은 고려 시대 이후 근 1700년 만에 자기 주머니를 가지게 되었다. 부모와 함께 사는 직장을 다니는 독신 여성은 월급의 대부분을 자신의 용돈으로 쓴다. 물론 약간의 생활비를 보태는 여성도 있을 것이다. 약간 보태는 금액이 독립해서 생활하는 비용보다 과도하게 많아지면 "엄마, 아빠, 출퇴근하기 너무 힘들어요. 회사 근처에 방 얻을게요."라고 한다.

여자가 벌어들인 수입은 가족의 것도 아니고, 남편의 것도 아니고 바로 자기 것이다. 자신의 수입을 계산하고 챙기면서 욕심이 생기고 이 욕심은 탐욕으로 발전하고 있다. 더군다나 그동안 한국 여성을 억눌러왔던 남성 중심의 유교가부장제에 깊은 반감과 어우러져 한국 여성은 다른 나라의 여성보다 더욱 탐욕스러워지고 있다.

미혼 여성이 결혼하지 않는 첫 번째 이유는 '적당한 상대를 만

나지 못했다.' 이다. 미혼이면서 누릴 수 있는 현재의 생활수준을
크게 상승시켜주는 상대를 만나기 전에는 결혼하지 않겠다는 의
미다.

여성이 탐욕스러워지면서 남자는 점점 연애에서 주도권을 상실
해가고 있다. 여자는 안테나를 세워 끊임없이 남자의 힘을 스캔하
고 평가한다. 친밀감을 나눈 사이라 하더라도 남자의 사회적, 경
제적 힘이 약해지면 관계를 지속할 것인가 심각하게 고민한다. 그
러다 마침 주위에 힘 있는 다른 수컷이 나타나면 주저 없이 사랑
을 옮긴다. 여자가 자신의 힘을 가지고 자기 마음 가는 대로 행동
하기 때문에, 남자는 여자의 태도와 행동을 예측하기 힘들어졌다.
남자는 여자를 얻기 위해 무엇을 해야 하고 무엇을 갖춰야 하는지
는 알지만, 사회적 지위와 돈, 권력은 쉽게 얻을 수 있는 것이 아
니다.

여자의 탐욕지수가 높아지면서 여자가 배우자에게 원하는 수준
도 자연히 상승하고 있다. 탐욕스러운 여자일수록 자신보다 경제
적 수입이 많은 남자를 찾는다. 그러면서 남녀는 평등해야 한다고
모순된 주장을 한다. 이런 여자의 행태를 꼬집는 인터넷 유머가
있다.

여자 : 연봉 좀 물어봐도 돼요?
남자 : 한 달에 200만 원 이상 버니까 먹고 살만은 합니다.
여자 : 요즘 200만 원 가지고 어떻게 먹고 살아요.
남자 : 얼마 버시는데 그러세요?
여자 : 150만 원은 벌어요.

남자 : 제가 더 많은 거 아닌가요?

여자 : 남자하고 여자하고 같나요?

한국 여성의 탐욕을 부추기는 사람은 바로 딸 가진 어머니들이다. 딸의 어머니는 끊임없이 딸에게, '여자라고 못할 거 없다.', '남자들, 그거 아무 것도 아니다.', '집안일, 그건 닥치면 다하게 돼 있다.', '넌 공부만 해라.', '남자는 이렇게 요리하면 된다.' 등 딸이 자본주의 사회를 살아가는데 필요한 힘과 노하우를 끊임없이 제공한다.

유교 문화에 차별화된 인생을 살아온 어머니가 사랑스런 딸은 자기와는 다르게 살아가기를 바라는 마음에 이런 충고를 했다. 딸들에게 남성과 조화롭게 살아가는 방법을 알려주기 보다는 (사실 어머니들이 그런 방법을 알지 못한다), 너는 당하고 살지 말라는 식으로 가르쳤다. 딸 가진 어머니들이 딸들을 이렇게 조련하는 동안, 아들의 어머니들은 어떻게 아들을 키웠을까?

한국 어머니의 정신적 근친상간

그동안 한국 사회의 권위적인 가부장제의 문제는 많이 지적되었고 조금은 개선되었다. 그런데 한국 어머니들의 아들 양육방식의 문제점은 지적된 적이 거의 없었다.

기본적으로 한국 어머니는 지나치게 자식에게 집착한다. 여성의 지배욕구와 자식에 대한 집착이 결합되어 자식, 특히 아들에 대한 어머니의 지배가 비정상적인 수준이다. 아버지는 자식의 양육에 있어서 거의 영향력이 상실하고 있고, 아버지와 아들 사이에 정서적 교감이 형성되지 않고 있다.

'딸은 크면 엄마의 친구가 되고, 아들은 엄마의 애인이 됩니다.' 라는 카피로 시작되는 커피 광고가 있었다. TV 화면에 20대 중반의 아들이 커피 잔을 들고 와 "명자 씨(어머니의 이름이다), 오늘은 제가 애인이 되어드릴게요."라고 느끼한 멘트를 날린다. 그러면 50대 초반의 중년 여자인 어머니는 감격해서 어쩔 줄을 모른다. 아들에 대한 한국 여성의 욕구를 건드린 광고인데, 한국 어머니와 아들 사이에 벌어지는 '정신적 근친상간'을 상징하는 것 같다.

보통 아버지가 아들에게 영향을 가장 많이 준다고 생각하기 쉽지만, 현대 핵가족 사회에서는 그렇지 않다. 현대 사회의 아버지는 더 이상 아들을 자기 자식이라고 자신 있게 말 못한다. 지금은 아들이 태어난 지 5분만 지나도 아버지는 아들을 벌써 잃는다.

핵가족이 보편화된 현대 사회에서 자식은 모두 어머니의 자식이 되어 버렸다. 현대의 아들은 집안의 아들이 아니다. 남편의 아들이 아니다. 엄마의 아들일 뿐이다.

자기사업을 하거나 직장을 다니는 대부분의 아버지들은, 아이들이 잠에서 깨어나기 전에 출근하고 밤늦게 집에 돌아온다. 집에 돌아와도 아이는 학교와 학원에 내주는 숙제를 하느라 아버지와 이야기를 나눌 시간이 없고, 시간이 있더라도 TV의 예능 프로그램과 아이돌 스타에 빠져 있다. 아버지는 아이들과 교감을 나눌 시간이 거의 없다. 자식이 대학을 가기 위해서는 엄마의 정보력과 아빠의 무관심이 필수라는 말이 있다. 한국에서 아들과 어머니는 대학입시를 함께 치르면서 전투를 함께 치른 전우애와 같은 결속 감이 생긴다. 이 과정에서 아버지는 끼어들 여지가 없다.

아버지와 자식이 떨어져 있는 기나긴 시간동안 엄마는 자식을 독점할 수 있다. 예전의 대가족 제도에서는 아들은 어머니의 아들 이 아니었다. 대가족의 아들은 가족 전체에 속한 집안 전체의 중 요한 자산이었다. 대가족 제도에서는 친할아버지, 친할머니, 삼 촌, 고모들이 아이들과 그 엄마에게 영향력을 행사할 수 있었고, 아이들은 친엄마뿐만이 아니라 친척들에게도 의지하였다.

하지만, 핵가족 시대에는 친척은 더 이상 가족이 아니다. 따로 사는 친할아버지, 친할머니는 손녀, 손자들의 양육에 더 이상 관 여할 수 없고 영향력을 행사하지 못한다. 아버지 형제들도 더 이 상 집안 남자들의 교육과 양육에 개입할 수 없다. 친척들은 가끔 씩 용돈을 주는 사람으로 전락해버렸다. 그래서 오늘의 한국의 어 머니는 누구의 간섭도 받지 않으면서 자식을 자기 입맛에 맞춰 키 우고 마음대로 조종할 수 있다. 아이들은 거의 세뇌를 당하듯이 일방적으로 어머니의 말을 듣고 따라야 한다.

이러한 어머니의 지배에 대해 아들은 저항할 때도 있지만 멈출 수밖에 없다. 아버지가 직장에 간 사이 아들이 의지할 수 있는 사 람은 어머니밖에 없다. 자신의 생존에 대한 모든 것을 어머니에게 의존해야 한다는 사실을 곧 깨닫는다.

한국의 어머니는 남편에게서 얻지 못하는 만족감을 자식에게서 얻으려 한다. 그리고 남편보다는 항상 자신이 유리하게끔 자식과의 관계를 형성한다. 남편의 부족함, 모자람, 섭섭함 등 남편에 대한 험담을 그대로 자식에게 얘기하면서 "너는 저런 남자가 되지 마라." 하고 끊임없이 늘어놓는다. 이런 험담을 늘어놓을 때마다 아들과 아버지와의 사이는 점점 멀어지게 마련이다.

자식에 대한 한국 여성의 지배욕구는 자식이 성장하고 결혼 후에도 지속된다. 자식을 온전히 지배하기 위해서는 남편과 일전을 불사할 정도이다. 남편과 떨어져 자식과 함께 조기해외유학을 떠나는 한국 어머니의 속마음에는 선진교육에 대한 열망도 있지만, 자식을 자기 뜻에 맞게 키우려는, 누구의 간섭 없이 자식을 지배하고 싶어 하는 욕구가 어느 정도 깔려 있다.

한국 어머니의 집착

여자의 자식에 대한 지배욕구는 새로운 사실은 아니다. 원시 시대부터 자식은 아버지의 자식이 아니라 어머니의 자식이다. 여성은 아득한 원시 시절부터 자기 몸속에서 나온 자식을 자신의 성적 파트너보다 중요하게 생각해왔다.

남편은 다른 여자의 자식으로 성인이 되어 결혼했기 때문에 자신이 원하는 대로 고치거나 수정할 수 없다. 하지만, 아들은 자기 뱃속에서부터 어느 정도 자랄 때까지 지배할 수 있고 영향력을 행사할 수 있다.

이러한 역사적, 생물학적 사실을 고려해도, 최근의 한국 여성의 자식에 대한 집착은 도가 지나칠 정도다. 그 이유는 뭘까?

우선 한국 여자는 자본주의 사회에서는 남자의 힘이 뿌리가 없다는 사실을 간파했다. 70~80년대의 경제성장기 동안 한국 남자는 활발한 경제생활로 경제력이 있어 가족 구성원에게 큰소리를 쳤다. 하지만 IMF 경제위기 이후 한국 남자가 누리던 경제력이란 게 모래집과 같다는 것이 증명되었다. 남자가 직장을 쫓겨나거나, 사업에 실패하면 한순간에 별 볼 일없는 존재가 된다는 것을 알았다. 언제 경제력을 상실할지 모르는 나이 들어가는 남자, 즉 남편보다, 앞으로 경제력을 오랫동안 발휘할 수 있는 아들이 여자에게 더 중요한 존재가 되었다.

두 번째 이유는 조선 시대 때부터 한국 사회를 짓눌려 왔던 남성중심의 가부장제도에 대한 한국 여자의 반감이다. 한국 여자는 오랜 세월 동안 여자라서 받아온 학대를 되씹고 있다. 한국 여자는 아직도 남아 있는 남성우월주의에 사로잡힌 한국 사회에 대한 증오 때문에 남자에 대한 부정적 인식을 가지고 있다. 그래서 많은 어머니가 아들의 남성적인 특징을 긍정해주고 격려해 주려 하지 않는다. 될 수 있으면 남성적 특징을 없애야 한다고 생각한다. 많은 여성이 지난 세월 동안 화 한번 못 내보고 억울하게 죽은 수많은 여자의 분노를 대신 터뜨리려 한다.

많은 한국 어머니가 자식들에게 아버지에 대한 정신적 지지는 방해하면서 자신에 대한 정신적 지지를 강요하고 있다. 아들에게 자기 생활을 시시콜콜히 밝히면서 감정적 지지를 요구하는데, 만일 자식이, 특히 아들이 냉담한 반응을 보이거나 침묵하면, 낳아주고 길러준 은혜를 모른다고 윽박지른다. 이때 많이 언급되는 것이 바로 효성, 어머니에 대한 은혜이다.

어머니의 정신적 지지 요구에 아들이 지나친 의무감을 느끼기 시작하면 문제가 발생한다. 아들은 어머니는 아버지 때문에 불행하게 되었고, 자신이 그 불행을 거둬줄 수 있는 유일한 남자라고 여기기 시작한다. 바로 이 지점에 어머니와 아들 사이에 정신적 근친상간관계가 싹튼다.

아들의 성적 발달

어머니는 아들의 성적(性的) 발달에 매우 중요한 역할을 한다. 남자가 여자를 대하는 태도는 아버지보다 어머니에게 영향을 더 받는다. 그런데 아들이 남성이 되는 데 있어 걸림돌이 되는 엄마가 있다. 아들에 대한 근친상간적인 감정을 품고 있는 어머니는 아들이 한 사람의 성인 남자로 성장하는 걸 은연중에 막는다. 자신이 쳐놓은 울타리를 뛰어넘고 단단하고 거친 한 사람의 남자로 키우기보다는 영원히 자신의 품 안에서 어리광을 피우는 남자로 키우고 싶어 한다.

아들과 정신적 근친상간에 빠진 한국의 어머니는 여자의 속셈을 아들에게 이야기해주지 않는다. 왜 그럴까? 아들의 영원한 연인으로 남고 싶기 때문이다. 아버지와 결혼하기 전에 어떤 남자를 만났는지, 그 남자를 버리고 왜 아버지와 결혼했는지, 그리고 남자들 사이에서 어떤 줄타기를 했는지를 절대 말하지 않는다. 남편과 결혼하기 전 얼마나 많은 남자를 사귀고 저울질했는지, 그러다가 아버지를 선택한 이유를 딸에게는 이야기해도 아들에게는 이야기하지 않는다. 모든 것을 까발리면 어머니에 대한 환상이 깨지기 때문이다. 아들에게 영원한 여신으로 남고 싶은 어머니는 그럴 수 없다. 대신 아들의 배우자 선택에 영향력을 행사하려 한다. 아들의 애인이 어떤 속셈을 품고 있으며 어떤 수단을 자기 아들을 이용하려 하는지 훤히 꿰뚫고 있다고 생각한다.

정신적 근친상간을 강요당하는 남자아이는 어머니가 요구하는 임무, 즉 아버지 역할을 하기에는 자신이 너무너무 약하고, 남성적 자신감이 부족하다는 사실을 깨닫고 무력감에 빠진다. 그리고 마음속에는 어머니가 의도적이거나 무의식적으로 주입한 아버지에 대한 부정적 생각이 자리 잡고 있어, 아버지와 잘 지내기는 어렵다고 단정하고, 아예 아버지를 피해버린다. 그리고 아버지를 좋아하면 자신을 믿는 어머니를 배신하는 거라는 죄책감 때문에 아버지와의 우정을 쌓기를 꺼린다.

남자아이에게 이런 죄책감을 심어주는 것이 어머니-아들 사이의 정신적 근친상간의 큰 폐해다. 이런 남자아이는 실제로 어머니하고도 잘 지내지 못한다. 어머니를 구해낼 힘과 능력이 없기 때문이다. 결국엔 어머니, 아버지 어느 쪽하고도 잘 지내지 못하면서 인생을 살아가게 된다.

남자아이도 본능적으로 이러한 상황을 어려워한다. 남자로 태어난 아들은 어머니에게 끌려 다니는 것을 본능적으로 두려워하고 힘들어한다. 하지만, 생존을 의존하는 어머니에게 감히 저항 못한다. 저항하면 드센 현대의 어머니로부터 돌아오는 건 가혹한 형벌뿐이다. 그래서 아들은 자기의 무능력을 부끄럽고 한심해한다. 알 수 없는 분노가 서서히 가슴을 차오르다가 사춘기에 폭발해버리기 일쑤다. 아니면 가슴 속에 계속 키워진 분노는 후에 일벌레, 방탕한 여성 편력, 왜곡된 인간관계 등 갖가지 문제점으로 변형되어 나타난다.

만일 당신이 아버지와 대화하기를 꺼린다면 그 거부의 뿌리가 어디서부터 시작되었는가를 생각해야 한다. 후에 다시 언급하지만, 당신이 아버지를 부정하는 건 그대의 남성 근원을 부정하기 때문에 건전한 연애와 결혼에 방해가 된다.

오늘날 한국 사회가 겪고 있는 위태로운 아버지-아들의 관계는 일정부분 어머니의 양육방식에 그 문제의 뿌리가 있다. 한국 어머니의 자식에 대한 지나친 집착, 특히 정신적 근친관계로까지 치달은 어머니와 아들의 관계에 대해 신문이나 방송 등 언론과 지식인은 침묵을 지키고 있거나 외면하고 있다. 이러한 문제는 의식있는 여성단체가 한국 어머니들의 자녀양육방식을 지적하고 개선을 촉구해야 한다.

며느리와의 투쟁

어머니와 아들 사이에, "어머니 조금만 참으세요. 제가 크면 행복하게 해 드릴게요. 그때까지만 참으세요."와 같은 대화가 오가면 어머니는 아들의 지극한 효심에 감동하고, 아들이 무엇과도 바꾸기 싫은 보물로 보인다.

원래 어머니는 아들에게서 정서적 만족을 구하려는 경향이 강하다. 어머니가 품는 환상에는 아들이 다른 사내와 달리, 여자의 가치를 수용할 줄 아는 마음을 지니며 자신의 영혼의 동반자가 되리라는 꿈이 담겨 있다.

물론 한국 어머니는 이성적으로는 아들의 '자기 여자'가 아들의 부인, 자신의 며느리라고 생각한다. 하지만, 마음 속 깊은 곳에서는 운명적으로 자신이 아들의 '여자'가 될 수 없는 좌절감에 괴로워한다. 고부간의 갈등은 바로 이러한 여자들의 모순된, 자기 자신도 어쩔 수 없는, 어머니의 아들에 대한 지배욕구와 며느리의 남편에 대한 지배욕구가 부딪치면서 발생하는 것이다.

아들에 대한 한국 어머니의 집착은 아들이 본격적으로 연애하면서 상처입기 시작한다. 한국 어머니는 아들과 결혼하는 여자, 며느리가 될 사람을 선택할 때 영향력을 행사하려 한다. 그 과정에서 때로는 성공하기도 하지만 결국은 아들에게 선택권이 있음을 인정한다.

일단 아들과 새 여자가 결혼하면, 이론과 지식으로 무장한 젊은 한국 여성은 남편에 대한 시어머니의 지배를 용납하지 않는다. 젊은 여성 역시 남성 지배의 중요성을 알고 있다. 이 여성들의 전쟁과 투쟁은 대부분 젊은 여성, 즉 아들의 아내가 승리한다. 당연하지 않은가. 남자가 자신의 아이를 낳아주고, 매일 밤 살을 맞대고 살아가는 싱싱한 제 나이 또래의 여성에게 마음이 끌리는 것은 당연하다.

'아들은 낳을 땐 2촌, 대학생 땐 8촌, 장가가면 사돈의 8촌'이란 말은 멀어져 가는 아들에 대한 어머니의 심정을 그대로 표현한 말이다.

자신이 많은 자원을 투자한 아들이 결국에는 다른 여자의 지배권으로 넘어가는 과정을 보면서 한국 어머니는 좌절한다. 그리고 그 좌절감을 늙은 남편에게 쏟아낸다. 이때쯤 되면 대부분의 남편들이 직장을 은퇴하고 집에 들어앉게 된다. 경제력과 힘이 없어진 것이다. 젊은 아들을 빼앗긴 어머니가 주위를 살펴보면 이제는 경제력을 상실한 늙고 쭈글쭈글한 남자만 자기에게 남아 있다. 그래서 여자는 남편에게 화풀이한다.

'며느리의 남편을 아들로 여기는 년은 미친년' 이란 말은 남편의 지배권을 가지게 된 아내가 아직도 미련을 버리지 못하는 시어머니에게 날리는 통렬한 말이다. 아들을 며느리에게 빼앗긴 어머니들은 '잘난 아들은 국가의 아들, 돈 잘 버는 아들은 사돈의 아들, 못난 아들은 내 아들' 이라고 푸념한다.

지금 한국에선 아들의 정신적 독립을 위해 어머니가 어떻게 깨어 있어야 하고 아들의 양육하는데 어떤 부분을 주의해야 하는가를 제시해줄 사람이 필요하다. 물론 깨어있는 아버지가 되는 것도 어려운 일이다. 자신의 욕심 때문에 자식을 정신적으로 성숙한 인간으로 성장시켜야 할 부모의 의무를 다하지 못하는 사람들이 많다. 자신이 만든 창살에 자식을 가둬놓고 정신적 성장을 가로막는 것이다.

현대의 아들은 아버지가 없는 남자다. 회사와 일터에 아버지를 빼앗겼고, 집에서는 어머니에 의해 아버지와의 접근을 차단당했다.

한국 사회는 효와 유교 전통 때문에 부모님의 문제점을 지적하거나, 자신의 부모가 문제가 있음을 지적하기를 꺼린다. 하지만 오늘날 많은 젊은이의 문제가 부모의 양육태도에 기인하고 있다.

현재 20대에서 30대 중반의 남자는 어머니의 양육방식을 분석해볼 필요가 있다. 어머니가 자신이 아버지에 대해 갖는 생각에 어떤 영향을 끼쳤나, 자신이 정서적 정신적 독립에 어머니는 어떤 반응을 보이는가를 확인해야 한다.

자신의 문제점을 알기 위해서는 자신을 길러준 부모님은 어떤 사람이었나, 그리고 나는 그런 부모님으로부터 어떤 긍정적 영향과 어떤 부정적인 영향을 받았는가를 성찰해야 한다. 그래야 진정한 자신의 문제점을 발견하고 해결할 수 있다.

남성 몸이 성 상품화되고 있다

'이병헌 얘기가 나오자 사이렌이 울린 듯 분위기가 급전환된다. 전성기의 경주마를 연상시키는 그 날씬한 근육질의 몸과, 번식기의 수사슴 같은 촉촉한 눈빛과 치아가 시원스럽게 드러나는 달콤한 미소, 그리고 끈끈한 타액이 묻은 그 사탕 키스의 맛을 떠올리며 여자들은 대놓고 전율한다.'

패션잡지 〈바자〉의 편집자인 김경 씨가 2010년 경향신문에 쓴 칼럼 내용이다.

또 다른 예를 들어 보자. 영화잡지 〈씨네21〉 687호에 '상진이가 밟힌다 밟혀'란 제목으로 김소희 씨는 '그(오상진 아나운서)를 처음 봤을 때 막 데려다 먹이고 입히고 싶었다. 그의 미덕은 방송을 한 지 햇수로 4년에 접어들지만 여전히 데려다 먹이고 입히고 싶은 상태 그대로라는 것이다.' 라고 칼럼에 썼다.

데려다 먹이고 입히고 싶다는 욕망에 주목하자. 이 칼럼은 다음과 같이 끝을 맺는다. '어쨌든 자꾸 상진이가 눈에 밟힌다는 장 여사를 필두로 많은 누나들이 쌍심지를 켜고 있다…… 우리 상진이는 어떻게 되냐고…… 오~상진 따숩게 입고 잘 챙겨먹어. 힘들면 누나 집에 와서 다니고.'

위 두 칼럼은 경주마를 연상시키는 멋진 남성과 연하의 남자를 데려다 먹이고 입히고 싶은 '누나들' 의 노골적인 애정표현과 욕구가 잘 나타나 있다.

이 시대의 한국 여자는 대놓고 남자의 몸을 탐닉하고 있으며 그런 욕구를 숨기지 않는다. 근육질의 몸과 촉촉한 눈빛 그리고 여섯 부분으로 뚜렷하게 나눠진 복근에 한국 여성은 괴성을 지른다.

그녀들의 욕구는 주로 남자의 신체적, 육체적 부분에 집중되어 있고, 인품, 지성, 품격, 교양과 같은 정신적인 부분에는 관심이 없다. 자신의 욕망에는 관대하면서 남자가 여자에 그런 욕망을 표현하면 비난을 퍼붓는다. 만일 남자 칼럼니스트가 걸 그룹 소녀시대의 윤아나 태연을 놓고서 '데려다가 먹여주고 입혀주고 싶다.' , '날씬하고 쭉 빠진 하얀 소녀의 허벅지를 보고 온몸이 전율했다.' 라는 글을 쓰면 어떤 반응이 있을까? 대번에 이 나라 여성 전체가 일어나 '변태', '여성의 성 상품화' 라면서 달려들 것이다.

TV 화면에 여성의 가슴골이 조금 깊게 보이면 여성 육체의 성

상품화라고 비난하고, '꿀벅지'란 용어를 사용 금지시켜달라고 하면서도, 미소년들이 웃통을 벗어던지고 여섯 조각의 복근을 보일 때마다 괴성을 지르는 여성들에게는 별다른 비난이 없다. 남성 몸이 급속히 성 상품화되고 있지만 이런 현상에 대해 아무도 이의를 제기하지 못하고 있다.

'내가 하면 로맨스요 남이 하면 불륜'이란 이중 잣대는 언제나 힘을 가진 자들이 우기던 방식이다. 유교적 전통사회에서 마음대로 잣대를 정하던 남자는 이제 몰락했다. 그 자리를 소비 자본주의 사회에서 소비권력을 장악한 여성이 이중 잣대를 마음대로 휘두르고 있다. 여성 소비자의 파워를 무시할 수 없는 TV와 신문, 잡지와 같은 상업 미디어는 한국 여성의 탐욕성과 각종 이중 잣대에 대해서는 거의 언급하지 않고 있다. 아니, 지적 못하고 있다. 상업 매체에는 여성인사들이 상당수 포진하고 있으며 이들은 여성소비자의 강력한 지지를 받고 있다. 한국 여성의 문제점을 지적했다가는 한국의 어떤 상업 미디어도 온 여성이 들고 일어나는 불상사를 감당할 수 없다.

만일 남자들이 이제까지 여자 몸을 실컷 감상했으니, 이제부터는 우리 여성이 젊은 남자 몸을 실컷 즐겨야 한다고 생각하면 그야말로 천박한 생각이다. 남자 몸이든 여자 몸이든 인간의 몸을 상품화하는 시도는 비난받아야 한다.

소설 『아내가 결혼했다』는 결혼한 여자가 마음에 드는 연하의 남자와 다시 결혼하는 이야기다. 여자는 현 남편이 싫지 않다. 좋은 남편이라 인정한다. 여자는 현 남편에게 '제발 (다른 남자와의)결혼을 허락해달라고' 조르고, 남편은 아내를 완전히 잃어버리는 것보다는 반쪽이라도 차지하는 것이 낫다고 판단하고, 결국 아내의 결혼을 인정해준다.

당신은 이 이야기를 소설에서나 가능하다고 생각하는가? 주위를 한번 돌아보라. 결혼한 여자가 여전히 남자 친구와 연락해서 만나고, 남자 동창이 나오는 각종 모임에 열심히 참여한다. 예전에는 여자들의 그런 외출을 막아보려던 남편들도 여자의 반발이 워낙 거세 이제는 거의 포기상태다.

이것은 지금의 남편과 잘 안되면 언제라도 남자를 바꿀 수 있도록 보험을 들겠다는 심리고, 또 하나는 여러 명의 남자를 두고 싶은 여자의 욕구 때문이다. 유부녀가 애인을 사귀는 것도 바로 이런 욕구의 한 형태이다. 물론 미혼 여자도 거의 모두 이러한 욕구를 지니고 있다.

예전의 한국 남자는 바람난 여자는 절대로 용서하지 않았다. 하지만 최근에는 아내가 다른 남자와 깊은 관계가 되어도 용서해줄 테니 그냥 돌아만 와달라고 하는 남자도 급속하게 늘어나고 있다.

『아내가 결혼했다』를 쓴 박현욱 작가는 아내를 잃느니 타협하면서 (다른 남자와 공유하면서도) 살아가려는 현대 남자들의 곤혹스러운 입장과 위기상황을 예리하게 포착하고 있다.

위기의 한국 남자들

이혼 커플 다섯 중의 넷은 여자의 요구에 의해 이루어진다

결혼 후 남자의 경제력이 몰락하고, 남자대신 여자가 가정의 생계를 책임지게 되면, 여자는 이혼을 심각하게 고려한다. 벌어 논 재산도 없으면서 더 이상 돈을 벌어 오지 못하는 남자와 살 생각이 없다. 둘 사이의 계약은 끝났다. 현대 여성은 결혼 후에도 지금같이 사는 남자가 가장 좋은 배우자인가를 계속해서 탐색한다. 최상의 유전자를 찾으려는 프로그램을 결코 중단하지 않는다.

한국 남자의 평균 수명은 여자보다 6년이나 짧다

생명을 관리하는 능력이 바로 힘이다. 수명의 차이는 고달픈 삶과 편안한 삶의 차이다. 오래 산다는 것은 삶에 대한 지배력이 더 강하기 때문이다. 남자는 자신이 우월하다고 믿으며 자기 몸을 혹사하면서 일생을 보내다가, 마지막 숨이 끊어질 때야 자신은 여자를 오래 살게 하기 위해 희생해왔다는 사실을 깨닫는다. 인생의 진정한 승리자가 누군지 알게 되는 순간 숨이 끊어진다. 오랜 사는 사람이 결국은 인생의 승리자가 아닐까.

남자의 자살률이 높다.

통계청이 발표한 '2008년 사망원인통계 결과'에 따르면 2008
년 전체 자살자는 12,858명으로 10만 명당 사망률은 26명이고,
하루 평균 35명이 스스로 세상을 떠났다. OECD(경제협력개발기구)
국가 중 우리나라의 자살률이 가장 높았다.

성별로 보면 남자의 경우 자살 사망률이 2008년 33.4명이고,
여자의 경우 자살 사망률이 18.7명이다. 2007년 기준 OECD 국가
의 남자의 평균 자살률(인구 10만 명당)은 17.8명인 반면, 여자 자살
률은 5.2명이다. 전 세계에서 여자에 비해 남자의 자살이 많다는
것은 그만큼 남자의 삶에 마땅한 탈출구가 없기 때문이 아닐까?

위의 사실은 한국에서 남자의 삶이 여자보다 낫지 않다는 사실
을 보여준다. 퓨 리서치 센터 조사에서도 보았듯이 한국에서는 여
자가 남자보다 행복한 삶을 누리고 있다.

예전의 한국 남자는 같은 남성하고만 경쟁하면 됐다. 하지만,
이제는 남자는 물론이고 여자와도 경쟁해야 한다. 초등학교, 중
고, 대학교에서 공부 잘하는 여자들과 경쟁했고, 직장에서는 외
국어도 잘하고 업무능력이 뛰어난 여성 동료들과 경쟁을 치러야
한다.

가정은 어떠한가. 이제 가정은 밖에서 격렬한 전투를 치르고 돌
아온 남자가 편안히 쉴 수 있는 안식처가 아니다. 전업주부들은
직장에서 돌아온 남편에게 설거지, 청소를 당연한 듯이 요구한다.
전기청소기, 세탁기, 냉장고 등 우수한 가전제품들이 갖춰진 요즘

세상에 가사는 절대로 회사업무만큼 어렵지 않다. 하지만, 여자는 가사일도 힘들다고 주장하고 남자의 양보를 받아내려 한다. 상업 미디어는 여자들의 이런 이기적인 주장을 응원해준다.

여자의 이런 주장에는 결혼에 대한 생각이 바뀌었기 때문이다. 현대 여성은 혼인관계를 평생 속박당하는 관계로 보지 않는다. 결혼식장에서 하객들과 주례 앞에서 "평생 기쁠 때나 슬플 때나 이 남자를 남편으로 생각하고 섬길 것인가?"라는 질문에 "예."라고 대답하지만, 마음 깊은 속은 다른 생각을 한다. 만약 파트너의 조건(특히 경제적 조건)이 흔들리거나, 사람을 잘못 선택했다고 생각하면 언제라도 과감하게 혼인 관계를 정리할 생각을 하고 있다. 연애시절과 마찬가지로 결혼식장에 들어서도 '얼마든지 다른 남자 구할 수 있어.' 라고 생각하고 있다. 주부의 S라인 몸매 유지 열풍도 언제든지 다시 결혼 시장에 돌아갔을 때 충분한 상품가치를 확보하기 위한 의도가 어느 정도 깔려 있다.

결혼생활은 부모나 여형제보다 더 예리하고 날카롭게 당신 인생에 간섭할 수 있는 여자와 한 침대에서 자고 함께 살아야 하는 것이다. 그래서 신중하게 판단해야 한다. 특히 결혼생활이 깨지고 이혼하게 되면 많은 것을 잃게 된다. 여자가 주도하는 이혼이 증가하는 현대 사회에서는 남자는 배우자 선택에 더욱 신중해야 한다.

나이가 들었지만 여자의 실체를 제대로 모른 채 잘못된 여자와 결혼하여 어두운 결혼생활을 하는 남자들이 늘어나고 있다.

고소득 여성은 늘어나지만

경제활동을 하는 여자가 늘어나고 능력 있는 여자가 넘쳐나는 현대 사회에서도 남자가 가족을 먹여 살려야 한다는 부담은 전혀 줄어들지 않고 있다. 이 시대 미혼 남자는 가족의 생계를 책임지는 유일한 사람이 된다는 중압감에 시달리고 있다. 남자 혼자 벌어 여유로운 삶을 꾸려가기 힘들지만 사귀는 여자에게 맘 터놓고 얘기도 못한다. 그런 속마음을 드러낸 순간 머리 회전이 빠른 여자가 더 좋은 조건의 남자를 찾아 떠날까봐 두렵기 때문이다.

남자보다 능력이 뛰어난 여자가 학교와 직장에 넘쳐 나고, 남자 이상의 수입을 올리는 여성도 많지만, '내가 능력이 되니까 가족을 먹여 살리겠다.' 는 한국 여성은 거의 없다.

남녀가 평등한 동반자여야 한다고 주장하면서도, 능력 있고 잘 나가는 전문직 여성도 자신보다 능력 있는 남자를 배우자로 선택해야 안심한다. 남자는 여자보다 더 수입이 많거나 사회적으로 뛰어나야 한다는 고정관념이 아직도 한국 사회를 지배하고 있다. 여자의 수입이 더 많거나, 사회적으로 더 성공하면 뭔가 부자연스럽다고 생각한다. 여의사, 여성아나운서들, 여변호사의 배우자의 면면을 보면 잘 알 수 있다.

이 시대의 한국 여자는 자신의 연봉이 3천만 원이 못돼도, 배우자가 될 남자의 연봉은 당연히 자신보다 많아야 하고, 5천만 원도 적다고 투덜댄다. 입사 3년 미만인 미혼직장인이 예상하는 결혼 비용은 남자는 평균 8039만 원이고, 여성은 2211만 원을 예상했다.(2009년 취업포털 커리어 조사). 결혼할 때 집은 남자가 장만해야 한다는 사회인식 때문이다.

남자가 여자보다 더 많은 돈을 벌어야 한다, 결혼할 때 집은 남자가 장만해야 한다는 생각은 과거 시대의 유물이다. 하지만, 한국 여성은 입으로는 남녀평등을 외치면서도 소득에 관해서는 남녀불평등이 당연하다는 생각에 집착하고 있다. 자신의 수입보다 적은 남자와 결혼하느니 차라리 혼자 살겠다고 생각한다. 현대 여성의 이런 생각은 남녀가 평등한 동반자로 간주되는 사회에서는 분명 모순이지만 별로 지적되지 않고 있다.

고소득 남자는 이런 모순이 지속되면 자신의 가치가 높아지기 때문에 침묵하고 있고, 저소득 남자는 이런 문제를 제기하면 자신만 한심해 보여 입을 다문다. 여자는 이 문제를 언급하지 않는다. 자신의 부끄러운 면을 일부러 드러낼 필요가 없지 않은가. 이런 사실들을 접할 때마다 과연 한국 여자들이 남녀평등을 진정으로 원하고 있는 것인가 의문이 든다.

대량 해고당하는 남성

방송인 허수경 씨는 아버지 없이 정자은행에서 정자를 받아 혼자 임신하고 출산하여 현재 예쁜 딸을 잘 키우고 있다. 이렇듯 지금은 남자 도움 없이도 여자 혼자 얼마든지 가족을 만들 수 있다. 새로운 유형의 가족 탄생이다.

아빠 없이 아이를 낳는 것은 허씨가 처음은 아니다. 개그우먼 이성미는 아이아빠가 결혼을 거부하자 혼자 아이를 낳아 키우는 삶을 선택했다. 드라마 작가 김수현 씨도 남편 없이 아이를 낳고 잘 키웠다. 김씨나 이씨 같은 경우는 아이 아버지가 누구인지 알지만 밝히지 않는다.

허씨의 경우가 주목받는 이유는 아이의 아버지를 모른 상태에서 정자은행에서 정자를 받아 임신, 출산했다는 사실이다. 자신이 주도적으로 만드는 가족에 전통적인 남자의 역할, 즉 남편과 아버지 역할을 봉쇄하고 싱글맘을 선택한 것이다.

앞으로는 능력 있는 고소득 전문직 여성 중에서 허씨 같은 길을 선택하는 여성이 증가할 것이다. 결혼하지 않고도, 남자 도움 없이도 완전히 자신만의 아이를 가지는 것은 독립적인 현대 여성에게 큰 매력일 수 있다.

이러한 임신과 가족형성에서의 남성 거부 현상은 남자의 개별적인 정자 제공 능력이 가치를 상실하고 있음을 보여준다. 남자만의 특권이 사라지면서 남자는 이제 생명 창조 과정에서 대량해고 되고 있다. 남자가 가족 형성에서 반드시 필요한 존재는 아니란 사실이 확인되면서, 이제 수천 년 만에 남자는 자신이 여성에 비해 열등 종족, 쓸모없는 종족일지 모른다는 생각을 하게 되었다. 이 생각은 알게 모르게 남자에게 열등감과 무기력을 안겨주고, 자신의 유전자를 물려줄 후손을 가질 수 없을지도 모른다는 공포심에 사로잡히게 한다.

그 결과, 남자들 사이에 좋은 여자 고르기 경쟁은 더욱 치열해지고, 짝짓기에서 여자들의 파워는 날로 강화되고 있다.

과도한 기대감

　남녀평등 시대지만 한국 남자는 사회와 가정으로부터 과도한 기대감에 시달리고 있다. 한국 사회는 남자에게 인내심, 의지력, 강인함, 씩씩함, 대담성, 독립성, 리더십, 용기 등을 요구한다. 대다수 한국 남성의 능력이 30에 불과하지만, 사회나 부모, 애인, 배우자로부터 받는 기대는 80 이상이다. 자신에게 쏟아지는 기대와 자신의 능력사이의 차이가 크고, 그 차이를 줄이기 힘들기 때문에 한국 남자는 괴롭다.

　독자 여러분이 어렸을 때부터 부모님, 교사, 친구로부터 어떤 기대를 받고 자랐는지 생각해보라. 조금만 눈물을 흘리면 "사내자식이 울긴.", 힘들다고 말하면, "사내자식이 그깟 일도 못 참아!"라는 말을 들었다. 한국 사회는 감정을 쉽게 드러내는 남자를 약한 남자로 낙인찍고 있다. 유교적 권위주의 문화와 군사문화의 속박과 족쇄의 쇠사슬이 여전히 남자를 옥죄고 있고, 남자의 지위는 계속 축소 하락되고 있다.

　독일의 학자 다트리히 슈바니츠는 『남자』라는 책에서, 남자라는 존재는 아주 불안한 생활 감정을 지닌 특별한 종족으로서, 늘 자기 존재를 입증해야 하는 곤경에 처해 있으며, 감수성이 아주 예민하다고 간파했다. 슈바니츠는 남자는 인위적이고, 여자는 자연적이라고 강조하면서, 여자는 태어날 때부터 여자이지만, 남자는 태어나서 사회적으로 조직된 통과의례, 즉 사회화 과정을 통해서 비로소 남자가 된다고 주장한다.

　사회가 '용감하라.', '남자는 울지 않는다.', '남자처럼 행동하라.’ 등을 주입시킬수록, 남자는 허세를 부리고, 자신의 감정을 숨기며, 혼자 끙끙 앓는다. 이런 억압된 마음으로 계속 살아가니 남자는 점차 의심 많고, 경쟁적이고, 또 수비적인 존재로 되어간다. 술이 몇 잔 돌아가고 취해야, 두껍게 감싸고 있는 껍질이 깨지면서 본래의 모습이 조금 드러난다.

오늘날 한국 사회가 요구하는 남성다움의 기준은 여러모로 봐도 상당히 높다. 하지만, 이 기준이 과도함을 지적하는 남자는 거의 없다. 기준이 높다고 말하면 기준보다 못한 사람으로 낙인을 찍힐까봐 두렵기 때문이다.

방송이나 신문 등 대중 미디어에서 한마디씩 하는 남자는 이 기준이 높다고 생각하지 않는다. 이들은 이 기준을 능가하는 사람들이기 때문에 미디어에서 초대받은 거다. 기준 이상의 남자는 기준 이하의 대다수의 남자들에게 따뜻한 동료의식을 갖고 있지 않다. 자신은 남자들과의 경쟁에서 이긴 승자이고 승자는 뒤진 자들이 있기 때문에 돋보인다고 생각한다. 그래서 기준이 높다는 걸 지적하는 대신 가랑이가 찢어지더라도 그 기준을 쫓아와야 한다고 강조한다.

상업 미디어 역시 기준 이하의 남자들에게 관심 없다. 기준 이하의 남자는 상품가치가 없다. 상업 미디어의 주소비자인 여성이 기준 이상의 남자에 대한 정보를 요구하고 있기 때문이다. 그런 여성 소비자의 요구를 상업 미디어는 무시할 수 없다.

이 시대의 한국 남자는 ‘내가 과연 이 사회가 요구하는 기준에 맞는 사람인가’ 를 항상 의식한다. 그리고 기준에 못 미칠까봐 불안해한다. 번듯한 직장을 가져야 연애도 하고, 결혼도 할 수 있다고 생각한다.

　어렵게 직장에 들어가도 한국 남자가 느끼는 불안감은 없어지지 않는다. 조직이 가하는 압력 때문에 남성은 정서적으로 독립성을 잃고 조직의 요구에 순응해가면서 점차 의존적이고 파편적인 존재가 되어간다.

　'내가 과연 결혼을 해서 가족을 부양할 수 있을까?' 라는 생각을 하면서 남자는 연애 시기나 결혼생활에서 정서적으로 배우자에게 의존하려 한다. 하지만, 한국 여성은 더 이상 남자의 엄마노릇을 하고 싶어 하지 않는다.

하지만, 여자들도 힘들다

　한국 남자만 힘든 건 아니다. 여자도 힘들다. 평범한 여자도 힘들고, 성공한 여자도 힘들다. 가정이나 자식보다 자기 자신을 더 소중하게 여기는 여성이 현대 여성이다. 물론 아직도 가정이나 자식을 더 소중히 여기는 여성도 많지만, 분명 현대 여성은 조선 시대 여성과는 다르다.

　수천 년 동안 여자의 본능은 자신과 자식을 각종 위협으로부터 지켜줄 능력 있고 믿을만한 남자를 배우자로 선택하도록 프로그램 되어 있다. 하지만 현대 여성에게 결혼은 할 수도 있고, 안할 수도 있는 선택사항이고, 아이 역시 반드시 낳아야 한다고 생각하지 않는다. 이렇게 결혼과 자식에 대한 생각이 변하면서 현대 여성의 본능은 자신과 자식을 보호해주는 남자 보다는 자신의 욕구를 충족시켜주는 남자를 선택하는 방향으로 변하고 있다. 여성이 진화하고 있는 것이다.

이런 점에서 볼 때 21세기 여성은 이제까지 보지 못했던 새로운 종족이라 할 수 있다.

과거 여성이 남자에게 의존하여 자기 욕구를 충족했다면 현대 여성은 스스로 창을 들고 싸움판에 나서고 있다. 현대 여성은 예전 여자들이 경험하지 못했던 치열한 경쟁의 한복판에 서 있다.

학창시절 같은 반 아이들은 일제고사와 내신 성적 다툼의 경쟁자이지 서로 마음을 나눌 친구가 아니다. 여직원 숫자가 늘어나면서 회사에서는 승진 자리를 두고 여직원들끼리도 다퉈야 한다. 남성으로부터 부당한 대우를 받을 때는 어깨를 나란히 하면서 같이 싸웠던 동료 여직원이 경쟁상대가 되면서, 여사원들끼리의 따뜻한 동지애는 더 이상 기대하기 힘들어졌다. 예전에는 여직원끼리 즐겁게 나누던 수다도 이제 언제 어디서 비수가 되어 자신에게 날아올 지 무서워졌다.

회사에서 제한된 자리를 두고 동료와 경쟁하는 건 바로 인류 조상이 들소를 쫓는 사냥 행위다. 수천 년 동안 남자들은 사냥과 싸움, 전투, 전쟁 등으로 이런 경쟁에 맞서 싸우도록 훈련되어 왔다. 하지만 한국 여성이 경쟁 리그에 본격적으로 뛰어든 건 30년이 채 되지 않았다. 과거 대가족 시대의 한국 여성은 시어머니, 동서, 올케, 그리고 자매 등 주로 여성 가족 구성원들과 다퉜다. 그 과정은 극단적인 다툼을 막아주는 규율과 법도가 있었고, 싸우더라도 가족이라는 마당 안에서 싸웠다.

하지만, 이제 한국 여성은 비바람이 거세게 몰아치는 황량한 들판에 창 한 자루 들고 오로지 자신의 실력으로 사냥감을 찾아 나서야 하는 시대를 맞이하게 되었다.

간혹 살아가기가 너무 힘들어 의지하려는 남자를 찾다보면, 만나는 남자는 자신보다 나약해서 믿을 수 없다. 짝을 잘못 만나면 폼만 잡는 수사자와 자식들에게 평생 먹이를 잡아다가 바쳐야 하는 암사자처럼 피곤한 인생이 될 수 있다는 걱정이 현대 여성을 떠나지 않는다.

이러한 날선 경쟁에 직접 부딪히는 상황은 한국 여성 유전자에게는 익숙한 환경은 아니다. 남녀평등을 주장하여 남자와 대등하게 경쟁할 수 있는 기회는 잡았지만, 눈을 뜨고 돌아보니 혹독한 경쟁이 벌어지는 콘크리트 정글 한복판에 서 있는 것이다. 이제 여자는 남자들처럼 어느 누구에게도 정서적, 정신적으로 의존하기 힘들어졌다.

미모압박에 숨이 막힌다

여자들의 삶 역시 남자들처럼 사냥꾼으로 변하고 있는데, 외모의 중요성은 줄어들기는커녕, 더욱 중요해지고 있다. 한 손으로는 창 들고 싸우면서도, 시간 날 때마다 파운데이션으로 얼굴도 매만지고 거울도 봐야 하는 것이 현대 여성의 운명이다.

전통적으로 여자는 외모로 자신의 가치를 매기고 자아상을 정립해왔다. 미모가 뛰어난 여성은 그렇지 않은 여성보다 더 행복감을 느낀다. 예쁜 여자는 자신이 예쁘다는 것을 알고 대접을 받으려 한다. 좀 안 생긴 여자들은 성형수술 같은 인위적인 방법으로라도 미모를 높이려 한다. 자신의 미모에 실망한 나머지 자포자기하여 자신의 몸을 학대하는 여자도 있다.

현대 사회에서 외모의 중요성은 남자와 여자를 가리지 않지만 여자에게 더 심하다. 여자의 외모에서 내뿜은 매력은 남자의 마음을 끌 뿐만 아니라 사회적 성공에서도 매우 중요하다는 걸 여성은 알고 있다. 실제로 사회적으로 성공한 여성들 중에서 외모가 지하실 바닥인 여성은 거의 없다.

과거 여성은 집안과 외모만으로 배우자에게 선택될 수 있었다. 하지만 지금의 한국 여성은 외모도 가꿔야 하고 스스로의 힘으로 사회적 지위까지 획득해야 한다. 사법고시, 행정고시 등 각종 고시에서 여성 합격자 수가 늘어나고, TV 화면에는 여성 기자가 사건현장을 누비고 있고, 학교에는 임용고시를 합격한 여교사들이 자리를 차지하고 있다.

이제는 여성이라도 실력만 있으면 취직은 얼마든지 되고 사회적으로 뻗어나갈 수 있는 세상이 되었다. 이제는 '여자라서 힘들어요.', '여자라서 취직이 안돼요.'란 말은 할 수 없게 되었다. 번듯한 직장을 얻지 못하면 실력이 부족한 사실이 그대로 드러나는 세상이 되어버린 것이다.

외모는 화장과 옷, 액세서리, 그리고 성형수술로 얼마든지 업그레이드 할 수 있다. 하지만 실력은 각종 시험을 통해 적나라하게 드러난다. 자신의 실력이 발가벗겨지는 세상, 자신의 실체가 그대로 드러나는 세상에 여자는 스트레스를 받고 있다.

현대 여자는 오늘은 어제보다 더 아름다워야 하고, 젊은 미모를 영원히 간직해야 한다는 강박증에 시달리다. 하지만, 미모의 경쟁력은 세월이 흐를수록 약해지기 마련이다. 성공한 현대 여성들도 영원히 실력을 갖춰야 하는 압박감 때문에 초조하고 불안하다.

성공한 여성들도 힘들다

직업적으로 성공한 전문직 여성 중에서도 살아온 삶에 회의를 느끼는 사람도 꽤 있다. 이들은 사회적 성취와 성공이 명성과 재산, 멋진 애인 그리고 따뜻한 행복을 가져다 줄 거라는 신화를 믿고 거친 광야를 헤쳐 왔다. 높은 연봉, 전문직 직위, 우아한 아파트라는 사냥물을 쌓아놓고 자부심을 느끼면서 자신에 걸맞은 남자를 기다렸다.

하지만, 자신에게 걸맞은 남자는 이미 오래 전에 애교 많고, 사근사근하고, 주부가 본업인 여우과 여자에게 모두 빼앗긴 사실을 알게 된다. 자신과 얘기가 통하는 남자들은 이미 사랑의 둥지를 틀고 토끼 같은 아이들과 함께 행복을 만끽하고 있다.

일생을 직장 생활과 실력 쌓기에 몰두한 여성은 나이가 들어보니 자신을 보살펴줄 '아내 같은 남자'가 남아있지 않다는 사실을 알게 되었다. 사회적 성공이 남자와 여자에게 다른 행복을 가져다 준다는 걸 깨닫고 정신적 혼란을 겪는다.

실명을 거론해서 미안하지만, 한비자 씨 경우를 살펴보자. 한비자 씨는 멋진 분이다. 실력도 있고, 따뜻한 마음씨에 열심히 사는 분이다. 하지만, 그분 책에서 '이제는 생물학적으로 누구의 엄마가 될 수 없고, 아프리카의 어느 마을의 누구누구가 내 아이이다.' 라는 글을 읽을 때 가슴이 아팠다. 그 분 역시 단란한 가정을 가꿔보고 싶다는 생각을 왜 안했겠는가. 힘차게 살다보니 가정을 이룰 기회를 놓친 거다.

물론 한비자 씨는 세계를 누비는 여행과 봉사활동으로 행복을 만끽하고 있다. 그 행복은 가정을 만들고, 남자와 아이들에게서 얻는 행복보다 클 수 있다. 누구나 한비자 씨처럼 큰 인물이 되는 건 아니다. 보통 사람은 나이가 들면서 체온을 나눌 수 있는 가족에 대한 그리움이 강해지기 마련이다.

한국에서 자리 잡은 30대 후반의 미혼 전문직 여성의 고민은 이렇다. 자아실현과 사회적 성공을 위해 광야에서 열심히 사냥해서 많은 성과를 거뒀으나, 돌아보니 괜찮은 남자들은 이미 다 떠나고 벌판에 혼자 쓸쓸히 서 있다. 생물학적 어머니가 될 수 있는 기회는 시간이 갈수록 점차 사라져 가고 있다. 사회적 성공을 얻는 대신 전통적인 개인의 행복을 희생하면서 살아온 내 삶은 과연 행복한가?

경제활동을 하는 여자는 남자가 겪는 고통을 그대로 겪고 있다. 복부비만, 심장마비, 위궤양, 각종 스트레스 질환 등으로 고통 받고 있다. 직장에서 일하건 자기 사업을 하건 경제활동 그 자체가 스트레스 원인이다. 여성도 스트레스를 풀기 위해 술, 담배를 많이 하며 이것이 또 암, 뇌질환, 심장마비 등과 같은 각종 질병의 원인이 된다.

이렇게 드러나는 질환 말고도 여성은 정신적으로도 변해가고 있다. 남성 영역으로 깊숙이 들어간 여성은 정서적으로 남자와 비슷해진다. 교감을 나눌 수 있는 친구들이 줄어들고 있고, 스스로의 감정에 적절히 대처하지 못하며, 남자들처럼 신경쇠약, 편집증, 경계성 성격장애 등 여러 정신적 질환에 시달리고 있다.

남자처럼 성공하기를 원했던 여성은 사회적 성취를 위해 가족을 희생했던 남자와 같은 태도로 인생을 살아왔다.

경제활동에 뛰어든 여성은 일과 가정 중에서 한 가지를 선택해야 하는 어려운 결정에 직면한다. 여성의 경우 업무와 가정일, 둘 다를 성공적으로 수행하기는 매우 힘들다. 만약 가사를 선택하면 업무에서 뛰어난 성과를 거둘 가능성은 낮아진다. 업무를 선택하면? 가족 중 누군가는 희생되기 마련인데, 그 희생자는 남편이나 자식이다.

현대 여성은 남자에게 의존하지 않는 경제적 독립을 추구하고, 남자를 뛰어넘는 실력을 갖추고 싶어한다. 그러기 위해서는 어머니와 함께 비난했던 일중독 남자처럼 되어야 한다는 사실을 그녀들은 이제 깨닫고 있다.

성공녀가 원하는 결혼

능력 있는 남자는 굳이 자신보다 뛰어난 여자를 배우자로 삼으려 하지 않는다. 하지만, 한국의 능력 여성은 자신의 능력이 충분함에도 불구하고 자신을 능가하는 남성을 배우자로 선택하려 한다. 왜 그럴까?

여성의 유전자가 원래 기본적으로 최상의 파트너, 즉 자기보다 좋은 남자의 유전자를 갈구하는 유전자가 있기 때문이라는 주장도 있지만, 첫째는 불안해서다. 젊고 예쁘고 능력 있는 후배들이 치고 올라오는 치열한 경쟁 사회에서 자신이 언제까지 능력 있는 여자로 살 수 없다는 불안심리가 있다. 경쟁에서 뒤쳐지면 현재 자신이 누리는 성공과 지위도 모래성처럼 순식간에 무너진다. 그래서 현재의 사회적 지위를 계속해서 누리게 해줄 수 있는 남자를 원한다.

두 번째는 유교 문화 때문이다. 능력 있는 여성도 유교 문화가 강한 한국 사회에서 자라고 교육받았다. 유교적 유전자가 강하게 각인되어 있다. 남자가 여자보다 조금은 나아야지, 남자가 여자보다 수입이 많아야 가정이 평온할 거라는 생각이 능력 여성에게도 있다.

세 번째는 타인의 시선이다. 성공한 사람은 대부분 완벽성을 추구한다. 성공녀에게 배우자도 자신의 성공을 빛내주는 요소다. 자신보다 못한 남자를 선택하면 자신의 성공 신화에 흠이 생긴다. 자신의 성공 이미지를 계속 강화시키기 위해 자신보다 성공한 남자를 찾는다.

좋은 남자와 결혼하고 싶은 희망에도 불구하고 성공녀의 결혼이 반드시 원하는 결과를 가져오는 건 아니다. 마음에 드는 성공남과 결혼한 성공녀도 있지만, 이미 좋은 남자는 남편을 활용하여 사회적 지위를 얻으려는 연애지능이 뛰어난 여자의 남편이 되어버린 경우가 많다.

자유로운 섹스도 즐겁지 않다

섹스에 대한 가치관의 변화는 한국 여성에게 즐거움을 주는 동시에 괴로운 과제도 던져주고 이다. 50년 전 한국 여성은 섹스에 대해 수동적이었다. 부모님이나 집안이 정해준 남자가 일생의 '온리 원 섹스 파트너'였고 결혼 전 섹스는 생각할 수도 없었다. 하지만, 현재의 한국 여성은 첫 섹스 파트너를 직접 선택하며 결혼 전에 이미 상당한 성경험을 누린다.

순결 부담이 사라지고, 혼전 섹스가 자유롭고, 섹스 파트너 교체가 자유로운 현재의 상황은 여성에게 성 자유를 누리게 해준다. 문제는 성 자유를 누릴수록 섹스의 희소가치는 떨어진다는 점이다. 여자는 섹스 파트너 교체가 아무리 빈번해도 자신의 몸에 대한 접근권을 항상 희소한 재산으로 관리하고 싶어 한다. 그렇지 않으면 자신의 몸을 남자에게 특별한 선물로 베풀 수 없다. 여자가 몸을 아무에게나 쉽게 허용하면 그녀의 성은 더 이상 가치가 없게 되어버린다. 아무리 성이 개방된 사회라도 이 원칙은 변함이 없다.

섹스가 자유로운 사회에서는 여자가 허락하는 섹스의 가치는 하락하기 마련이다. 성이 자유로운 사회일수록 여자는 섹스 제공 외에 다른 수단으로 자신의 가치를 높여야 하는 강박감에 시달린다. 수십 년 전만 해도 첫날밤 순결은 신부가 남편에게 제공하는 큰 선물이었다. 하지만 이제 순결 가치는 크게 떨어졌다. 여성은 순결 의무를 거절했고, 남성 역시 여성의 순결을 별로 중요하게 생각하지 않는다. 여자가 행사할 수 있는 큰 무기가 하나 사라진 셈이다.

여자는 좋은 남자의 숫자는 한정되어 있음을 알고 엄선한 좋은 남자에게만 몸을 허락하려 하지만, 그런 남자는 여자의 섹스 제공을 그리 중요하게 생각하지 않는다. 왜냐하면 주위에 그런 여자들이 많으니까.

그래서 좋은 남자를 잡기 위한 여성은 외모를 가꾸면서도 플러스알파를 갖춰야 한다는 강박감에 사로잡혀있다. 말을 타고 사냥하면서도, 한 손에 창을 들고 또 한손으로 바쁘게 입술에 립스틱을 바르는 것이 현대 여성의 모습이다. 이런 강박감을 느끼는 여자일수록 실력과 사회적 지위가 남자에게 어필할 수 있는 플러스알파라고 생각한다.

플러스알파를 갖추려 애쓰는 여자와는 달리 남녀평등, 사회활동에 의한 자아실현과 같은 고상한 이념을 외면하는 여자도 있다. 자신을 집안의 여왕으로 만들어줄 남자만 찾으면 된다고 생각하는 여자가 바로 이런 부류다.

자유로운 섹스뿐 아니라 자유 결혼도 현대 여성에게 고민을 안겨준다. 과거 여성은 한정된 시장에서 집안과 부모님이 개입해서 골라온 남자를 상대하면 그만이었다. 하지만, 현재의 부모님은 자식의 배우자 선택에 깊이 관여하지 않는다. 자식이 후보자를 구해오면 평가만 하겠다는 그런 입장이다.

여러 후보 중에서 한 명의 배우자를 선택하고, 그 선택을 고스란히 책임지는 일은 젊은 세대에게 엄청난 스트레스와 부담을 준다. 배우자 선택의 자유는 주어졌지만 남녀 모두 그 자유로부터 도피하려고 한다. 배우자 선택으로부터 도피가 한국 젊은 세대가 결혼을 회피하는 이유 중 하나다.

21세기의 여성운동

남자처럼 사회적 성공과 힘을 갈구하는 여성이 늘어나면서 타인을 지배하는 자리를 차지하는 여성도 늘어나고 있다. TV에 등장하는 여성국회의원과 여성장관을 보라. 남편이 세상을 떠난 후 회장이 된 현대상선이나 한진해운의 여회장을 보라. 기업경영에 참여하는 재벌가의 딸들도 계속 늘어나고 있다. 그녀들의 얼굴에서 차별받는 가엾은 여성의 그림자를 발견할 수 있는가.

사회적 권력을 보유한 3%의 남녀가 97%의 평범한 남자와 여자를 지배하는 사회가 된 것이다.

이런 상황에서 여성운동가는 새롭게 등장하는 여성 지배계급에 대해 경계심을 가져야 한다.

일부 여성운동가는 출세한 여성이 많아지면 전체 여성의 삶이 좋아질 거라는 환상에 사로잡혀 있고 힘 있는 남성을 상대로부터 협조와 지원을 끌어오는데 정성을 쏟는다. 하지만 출세를 갈망하는 성공녀는 지배계층이 되기 위해서 또는 지배계층으로 남으려고 대다수의 평범한 여성의 입장을 외면할 수 있다. 바로 출세남이 다른 사람들을 위한 삶보다는 개인의 출세에 더 신경 쓰는 것처럼.

지배계급으로 진입한 여성은 평범한 여성을 배신하고 3%의 지배 남성과 손을 잡고 97%의 사람을 기만하는 쪽으로 변질될 가능성이 있다. 그들은 같은 지배계층이기 때문이다.

여성은 지난 수천 년간 남성의 지배로 고통을 받아 왔다. 지금도 이슬람 지역의 많은 여성이 남녀차별에 시달리고 있다. 고통받는 여성의 권리를 신장시키기 위해 생겨난 것이 바로 페미니즘이다. 페미니즘의 태동은 자본주의의 발달과 밀접한 관계가 있다. 대량생산체제가 필요한 자본주의 사회는 가정에 있던 여성을 일터로 끌어들여야 했다. 취업을 통해 돈의 위력을 알게 된 여성이 자신들의 가치를 깨달으면서 남성과 사회제도를 그전과는 다르게 보게 되고 점차 목소리를 내기 시작하였다.

강경한 여성운동가는 '모든 여성은 남자가 있든 없든 홀로 서야 한다.'고 여성의 독립성을 강조했고 '여자를 남자로부터 해방시켜야 한다.'고 주장했다. 따라서 여성의 정체성은 남성을 배제하는데서 출발한다고 했다. 이런 주장에는 남자가 권력투쟁에서 승리한 사람이며 그런 권력을 여자가 쟁취해야 한다는 전제로 하고 있다.

이렇게 남성을 배제하고 남성으로부터 무언가를 빼앗아야 한다는 여성운동은 여성에게 남성과의 적대감을 불러일으켰고 바람직한 남녀관계에 부정적인 영향을 끼쳤다.

21세기의 여성운동은 지배계급의 남자와 평범한 남자를 분리해서 접근해야 한다. 97%의 남자는 대부분의 여성처럼 사회적 차별과 물질만능주의에서 벗어나 인간다운 삶을 찾기 위해 애쓰고 있다. 진정한 여성운동이 인간성 회복운동이라 한다면 여성운동도 남녀모두의 인간성을 회복하는 방향으로 나아가야 한다.

결혼제도와 남자의 본능

　지금 남자와 여자는 여러 가지 다양한 짝짓기 방식을 시도하고 있다. 남녀 결합의 새로운 합의를 찾으려는 노력은 전 세계에 걸쳐 일어나고 있다. 예전의 결혼은 남자가 여자와 자식의 생계를 책임지고, 여자는 정절을 지키면서 남편과 가족을 뒷바라지 하는 계약이었다. 강력한 가부장제도가 이런 계약을 뒷받침했다. 가부장제란 지배자들이 자신들이 마치 보호자로서의 아버지처럼 행동하는 지배의 형식이다.

　이러한 가부장제의 결혼 계약은 여자가 경제력을 갖게 되면서 급속하게 흔들리고 있다. 결혼하지 않고 잠시(또는 장기간) 살아본다, 결혼하지 않고 아이를 가진다, 결혼은 하지만 아이는 갖지 않는다, 남편은 필요 없고 아이만 갖겠다 등 다양하고 새로운 가족 구성 방식이 시도되고 있다. 이런 시도들은 전통적 결혼방식과 일부일처제의 근간을 흔들고 있다.

　일부일처제 결혼은 노동력의 생산, 권력의 연합, 신분 상승, 후손 생산 등에 그 의미가 있었다. 남자의 관점에서 본다면 일부일처제는 여러 가지 불편한 제도다. 인간 남자를 비롯해 모든 동물의 수컷은 본능적으로 자신의 유전자를 가능하면 많은 암컷에게 퍼뜨리고 싶어 한다. 젊은 수컷은 한 명의 암컷에 머물러 있기 보다는 여러 암컷들을 찾아, 바람과 같이 살고 싶어 한다. 아리스토텔레스가 말했듯이 남자는 한 명의 여성에게서 기쁨을 얻고 유익함을 발견하는 동물이 아니다.

이러한 남자의 본능을 억제하기 위해 결혼이란 제도가 탄생했
다. 남녀 모두 완전한 성적 자유를 누리던 원시사회의 남자는 바
람처럼 떠돌면서 이곳저곳을 돌아다니며 약탈도 하고, 아무 여자
나 빼앗고 본능대로 살았다. 이들은 누가 자신의 자식인지 관심이
없었다.

이런 생활은 건강한 젊은 남자를 빼고는 모두에게 불안정한 삶
이다. 특히 어린 아이들을 낳고 길러야 하는 여자와 나이든 노인
들에게는 너무나도 불안한 생활이었다. 그래서 생겨난 것이 바로
결혼이라는 제도이다.

우선 바람 같이 떠도는 수컷 남자를 여자 곁에 머물면서 가정을
이루게 해야 했다. 그래야 여자와 아이들, 그리고 노인들이 안전
하게 살 수 있었다. 원시인 공동체는 자유롭게 이곳저곳 돌아다니
는 남자에게 아이 아버지라는 특권을 부여하고 그 보증을 해줬다.
남자는 아내와 자녀의 생계를 책임지는 대가로 여러 자식, 특히
아들(남자)의 선조가 되는 자부심을 얻었다. 자신의 이름을 내건
'가문'의 탄생이었다. 그리고 가문은 집안의 남자, 아들을 통해
대대손손 확보되었다.

아들만이 아버지의 이름을 물려받을 수 있었으며, 딸은 결혼하
면 남의 집 구성원이 되어 버렸다. 결혼식에서 신부 아버지가 딸
을 신랑에게 인도하는 예식은 '나의 소유물을 너에게 넘긴다'는
전통의 표현이다.

가정이 구성되면서 남자는 자신의 가문에 다른 수컷의 자손이
들어오는 것을 철저히 막아야 했다. 한정된 자원으로 집안 식구를

먹여 살려야 수컷으로서는 당연한 방어였다. 그래서 자신의 소유물인 여자가 다른 남자의 자손을 잉태하지 않도록, 즉 아내의 성을 철저히 통제했다. 여자는 성의 자유를 포기하는 대신 생활의 안정을 얻었고, 남자는 집안의 최고 권력자, 가부장이 되었다. 그리고 남자는 여러 명의 아내, 외도, 첩 등을 거느리면서 성의 자유를 누렸다.

이런 남자가 누리던 성의 자유는 여성이 정치적 권리를 획득하면서 도입된 일부일처제 결혼으로 통제되기 시작했다. 일부일처제 결혼은 한 남자가 한 여자만을 '특별한 존재' 즉, 법률상의 부인이란 관계를 유지하겠다는 약속을 세상에 선포하는 것이다. 일부일처제 방식은 여성에게는 커다란 만족감을 주었다. 현대 사회에서도 결혼을 통해 공동체로부터 정식부부가 인정받았다는 '사회적' 느낌은 여성에게 커다란 심리적 안정감과 자신감을 준다. 한 조사에 의하면 오르가슴을 느끼는 비율이 부부 관계에 있는 여자는 그렇지 않은 여자보다 4~5배 높고, 또 일부일처의 관계일 때는 2~3배 높다고 한다.

역사를 돌이켜 보면 일부일처제는 한국인들이 받아들인 지 100년도 안 되는 제도이다. 원래 일부일처제는 남자의 본능은 맞지 않고, 역사적 전통 때문에 한국 남자의 유전자에는 일부일처제에서 탈출하고 싶은 욕망이 강하게 남아있다. 한국에서 섹스 산업이 발달한 원인도 이러한 한국 남성의 욕구가 강하게 남아있기 때문이다.

이렇게 일부일처제가 남자의 본능에 억누르는 제도이긴 하지만, 결혼은 남자에게 좋은 선물도 준다. 현대 사회에서 결혼은 물질적 안정이나 사랑이란 감정보다는 고독에 대한 두려움을 해소시켜주는 역할을 한다. 결혼은 남녀 모두에게 혼자가 되는 두려움을 어느 정도 해소시켜주기 때문에 계속해서 존재할 것이다.

남자가 결혼하려는 이유

'결혼하면 어떤 점이 좋을까요?' 라는 질문에 대부분의 남자는 일 끝내고 집에 돌아오면 반갑게 맞이해주는 사람이 있고, 식사가 준비되어 있고, (자취했던 사람이라면) 집안일에서 해방되니까 좋다고 대답한다. 그리고 섹스를 구걸하거나 1회용 섹스 상대를 구하려 클럽을 돌아다니는 구차함에서 해방된 것을 기뻐한다. 확실히 현대 사회에서 여자보다는 남자가 결혼을 필요로 한다. 그래서 결혼생활이 깨지면 남자가 상실감을 더 예민하게 느낀다. 남자들이 훨씬 더 많이 우울 상태에 빠지고 병까지 걸린다.

일반적으로 결혼생활이 원만하면 결혼한 남자는 독신남보다 더 오래 살고 재산도 많아진다. 결혼남은 독신남이 겪는 우울증이나 불안증을 덜 경험하고 정신적으로 더 건강하다. 결혼생활에서 남자는 여자보다 많은 것을 얻는다.

남자가 결혼생활에서 원하는 여자는 기본적으로 어머니와 하녀의 중간쯤에 속하면서 성적 욕구를 해결해주는 여자다. 현대 사회가 파편화, 개인화 되어갈수록 남자는 더욱 감정적 보호자가 필요하다. 대부분의 남자는 태어나서 죽을 때까지 감정적인 차원에서 누군가 돌봐주는 사람이 필요하다. 남자는 결혼하면 아내가 엄마처럼 자신을 감정적으로 돌봐줄 거라고 본능적으로 기대한다. 하지만 많은 현대 여성이 남자의 어머니 역할을 원하지 않는다.

현대 부부의 불화원인을 조사해보면 아내의 태도가 부부 양쪽의 행복에 결정적인 요인임이 밝혀지고 있다.

남녀평등과 여권 확보에 집중하는 아내는 남편과 갈등이 생기면 양보와 타협 없이 대결한다. 한편, 남편 말을 들어야 한다는 의무감에 사로잡힌 아내는 겉으로는 굴복하지만 문제를 마음속으로 끌고 들어가 속으로 삭힌다. 그리고 상처는 조금씩 곪아가다 결국 터진다. 현명한 아내는 대결하지도 않고, 그렇다고 굴복도 하지 않으며, 전통과 현대 여성 사이의 중도노선을 취하며 남편과 타협과 양보를 적절히 구사하면서 살아간다. 현대 부부의 행복은 아내가 쥐고 있다. 그래서 좋은 여자와 결혼하는 게 중요하다.

여자가 결혼에서 얻으려는 것들

경제적으로 독립할 수 없었던 시대에는, 여자는 생존을 위해 남자가 필요했다. 남자는 여자를 각종 위험으로부터 보호해줬고, 생존에 필요한 물자를 제공했다. 그러나 더 이상 여자는 이런 이유로는 남자를 필요로 하지 않는다. 경찰관과 오피스텔 경비원이 여성을 보호해주고 있으며, 21세기형 비즈니스는 창의적인 수많은 일자리를 여성에게 제공해주고 있다.

여성은 마음만 먹는다면 60대 후반까지 소득을 올릴 수 있다. 간병인, 파출부, 아이 도우미, 식당, 빌딩 청소 등 여자가 나이가 들어도 얻을 수 있는 직업은 꽤 많다. 하지만, 남자의 경우는 어떤 가? 정년퇴직한 남자에게 제공되는 일자리는 거의 없다. 이제 경 제 활동 분야에서도 여성이 남성을 앞서는 세상이 되었다.

현대 여성은 결혼 자체를 거부하지는 않는다. 마음에 드는 짝을 찾기까지 결혼을 미루는 것뿐이다. 문제는 마음에 드는 남자의 숫 자가 많지 않다는 것이다.

부모로부터 독립을 원하는 욕구는 남자보다 여자가 강하다. 여 자는 기본적으로 자신의 둥지를 갖기 원한다. 여자아이가 즐겨하 는 소꿉장난이나 인형놀이는 바로 자신만의 둥지를 갖기 위한 연 습이다. 여자는 결혼하면 남자보다 훨씬 빨리 부모로부터 정신적 으로 독립을 한다.

결혼 후에도 계속 친정에 와서 반찬도 받아가고 이것저것 도움 을 받는 여자를 보고 '독립은 무슨, 요새 아이들은 독립심이 없어!' 라고 생각할 수 있다. 하지만 여자는 그리 생각하지 않는다. 자신 의 둥지와 부모의 둥지를 확실하게 구분하면서 부모님 살아계신 동안 이용할 수 있을 때까지 이용해먹자는 게 여자의 생각이다.

'꽃보다 남자'에 나오는 꽃미남들에게 10대부터 50대의 모든 연령층의 여자들이 열광했다. 상업 미디어는 여자들이 꽃미남에 푹 빠졌다고 보도했지만, 실제로 여자들이 열광한 건 남자 탤런트 의 미모보다는 경제적 힘이었다. 남자는 여자 얼굴이 예쁘거나 몸 매가 좋으면 결혼을 불사하지만, 여자는 남자 얼굴이 잘 생겼다고 결혼을 결정하지 않는다. 그냥 연애만 할 때는 잘생긴 남자들을 선호할 수도 있지만, 여자는 결혼 배우자를 선택할 때는 능력, 성 격, 학벌, 외모 기타 등 다양한 조건들을 다각적으로 분석하고 자신의 욕구를 충족시켜준다는 생각이 들어야 청혼을 받아들인다.

여자는 성적으로 맺어지기 전까지는 로맨티스트로 행동한다. 결혼이 아직 멀었고, 연애만 하고 싶을 때는 고상하다고 여겨지는 분야, 특히 예술분야에서 열정적으로 일하는 남자에게 일시적인 관심을 보인다.

하지만, 결혼 배우자를 고를 시기가 되면 현실적으로 돌변하고 남자의 가치를 연봉, 통장잔고, 자동차, 주택소유 여부 등으로 판단한다. 이런 변신에 남자들은 깜짝 놀라고 인간의 가치를 물질적인 척도로 판단하는 여자에게 불만을 느낀다. 이제 한국 여자 중에는 생존을 위해 결혼하는 여자는 거의 없다. 그녀가 원하는 남편감은 현재의 경제적 사회적 지위를 조금이라도 상승시켜주는 남자를 원한다.

물론 신분상승을 시켜주는 남자는 그리 많지 않다. 그래서 현대 여성이 결혼에서 마지노선으로 생각하는 남자의 조건은 임신, 출산, 양육 과정에서 자신이 손해 보는 불이익을 벌충해주는 남자를 원한다. 대부분의 여성이 임신, 출산, 양육은 경제활동을 하는 여자에게 치명적인 장애물이라고 생각한다.

여자는 능력이 있건 없건, 배우자 고르는 작업에 신중에 신중을 기한다. 진화생물학자 다윈은 이를 암컷선택(female choice)이라 하고 번식에 관한 결정권은 궁극적으로 암컷에게 있다고 주장했다. 암컷은 고르고 고른 우량의 수컷에 집중적으로 투자한다. 대부분의 여성은 결혼과 출산, 양육에 많은 것을 희생한다고 생각하기 때문에 일부일처제를 지지한다. 그래서 남자는 여자와 자손들을 변함없이 성실하게 부양하겠다는 약속을 몇 번이고 다짐해야 여자로부터 승낙을 얻어낼 수 있다.

만일 결혼 후 남자가 다른 여자와 관계를 맺으면 일부일처제가 흐트러지면서, 집안의 자원이 딴 여자에게 나눠지게 된다. 물질에 대한 집착이 강하고 지배력이 강한 현대 여성에게 한정된 가정의 자원이 외간 여자에게 빼돌려지는 것은 도저히 참고 넘어갈 수 없는 약속위반이므로 이혼소송 등 남자에게 처절한 응징이 가해진다.

이혼을 피하는 결혼전략을 세워야 한다

가수 겸 프로듀서 박진영 씨는 2010년, 전 부인으로부터 이혼과 관련돼 35억 원 상당의 재산을 가압류 당했다. 전 부인 서씨가 이혼을 원인으로 하는 재산분할 청구권을 행사했기 때문이다.

박씨 부부는 이혼 과정에서 정신적 상처와 위자료 등 금전적인 문제에서 합의가 되지 않았다. 이 부부는 박씨가 해외진출을 위해 미국에 장기 체류하며 부부관계가 흔들렸다고 한다. 박씨 부부는 대학생 때부터 만나 1999년에 결혼했다. 16년의 연애와 결혼생활 끝에 이혼 사실이 공개된 건 2009년 3월. 서씨는 연예인의 부인으로 생활하며 감수했던 정신적인 피해를 금전적으로 보상받겠다고 나선 것으로 보인다. 박씨 경우를 보면 남자의 사회적 성공이 배우자에게 반드시 행복과 만족감을 가져다주는 건 아니라는 사실이다.

갈수록 이혼이 증가하고 있다. 이혼의 원인은 성격차이, 경제적 이유, 섹스 트러블 등을 꼽는다. 그렇다면 남녀 중 누가 이혼을 주도하는가? 21세기 한국에서 이혼을 주도하는 것은 여성이다. 이혼하는 부부 가운데 3분의 2는 아내 쪽에서 먼저 이혼을 요구한다. 물론 이혼의 원인을 제공한건 남자일 수 있다.

한국 사회에서 이혼은 계속 증가한다. 이혼은 결혼보다 더 큰 사건이다. 그만큼 남자가 관심을 가져야 할 주제다. 하지만 대부분의 남자는 '재수 없다' 는 생각에 관심을 갖지 않는다. 하지만, 이제는 남자도 '이혼' 에 대해 관심을 가져야 할 시대가 됐다.

자본주의 사회에서 의식주를 해결하고 어느 정도의 사회적 지위를 유지하려면 돈이 필요하다. 매달 들어오는 돈이 중지되고 의식주가 위협당하고, 사회적 지위가 무너질 기미가 보이면 여자는 불안해진다. 자신을 지켜주던 보호막이 위협받을 때 여자는 화를 내고, 손톱을 세우며 으르렁댄다. 특히 아이가 어렸을 때 양육을 제대로 할 수 없을 지경이 되면 여성은 초긴장 상태가 된다.

이혼에 대해 남자가 주목해야 할 현상은 객관적인 기준으로 결혼생활이 괜찮고 원만했음에도 불구하고 남편을 떠나는 여성이 늘어나고 있다는 점이다. 이전 세대의 여성이면 만족할만한, 현재의 다른 여성이 봐도 그 정도면 괜찮다고 여기는 결혼생활도 받아들이지 않는(못하는) 여성이 늘어나고 있다.

예전에는 결혼생활에 불만이 생기면, 과거 여자는 체념하고 말았다. 하지만 현대 여성은 자기의 희망을 고수하려고 결혼생활을 버린다. 이런 여자는 버젓한 집, 괜찮은 남편, 귀여운 아이들 이상의 '무언가' 를 원한다. 그 '무언가' 가 열심히 노력해서 달성되는 거라면 다행이다. 하지만 막연한 환상으로 만들어진 신기루를 쫓는 거라면 모두가 힘들어진다. 발이 지상에 붙어있지 않고 허공에 떠있는 삶을 살아가는 여자가 꽤 있다. (물론 남자도 있다.)

과거 여자는 일단 결혼하면 상황에 따라 자신의 욕구를 조절했다. 하지만, 현대 여성의 욕구와 욕심은 로켓처럼 계속 수직 상승하고 있다. 안정된 경제생활, 남들이 인정해주는 사회적 지위, 남편과의 대등하면서도 친밀한 관계, 자신의 삶에 대한 통제권, 항상 아가씨 같은 몸매와 피부 등등. 현대 여성이 원하는 욕구는 끝없이 팽창하고 풍선처럼 부풀어지고 있다.

물질만능주의 사회에서 팽창하는 욕구를 스스로 조절할 줄 모르는, 조절하고 싶지 않은 여자가 점점 늘어나고 있다. 그 팽창하는 욕구를 자신의 힘으로는 충족하기 힘드니 남자에게 기대려 한다. 만일 그대가 풍선처럼 팽창하는 욕구를 지닌 여자를 부인으로 삼으면 어떻게 될까? 그대가 재벌 집 아들이 아닌 이상, 당신이 유산으로 큰 재산을 물려받지 않은 이상, 당신의 경제력은 한정돼 있다. 그대와 그대의 여자가 함께 벌어들이는 수입 범위에서 욕구를 조절할 줄 아는 여자, 당신이 경제적으로, 사회적으로 약해지더라도 옆에 있어줄 여자, 그런 좋은 여자와 결혼하는 것이 중요하다. 좋은 여자는 어떤 여자일까? 그런 여자는 어떻게 고를 수 있을까.

한·국·에·서·좋·은·여·자·와·결·혼·하·기

좋은 여자 고르기

❖

독립해서 자유롭게 살기 위해서 결혼을 선택한다면,
여자는 결혼해서는 안 된다.
- 저멘 그리어

모든 병 중에서, 마음의 병만큼 괴로운 것은 없다.
모든 악 중에서, 악처만큼 나쁜 것은 없다.
-탈무드

아내는 남자에 있어서 최상의 행운도 되고, 최악의 불행도 된다.
-레이

아내를 눈으로 보고서만 택해선 안 된다.
눈보다는 귀로 아내를 선택하라.
-T. 풀러

좋은 여자는 드물다

　학교성적과 대학입시가 가장 중요한 한국 사회에서 부모로부터 상처 한번 받지 않고 자란 사람은 거의 없다. 한국 아이들은 공부를 강조하는 드센 어머니 때문에 유아기와 초등학교 때부터 두려움과 공포, 위협감에 시달린다. 아버지는 회사일이나 자기 사업에 바쁘고, 그나마 조금 남는 시간은 가족보다는 친구나 동료들과 보낸다.

　아이는 초등학교 입학 전부터 특목고, 대학입시의 중압감에 시달리고, 성적이 안 좋으면 기를 못 펴고 산다. 아이와 부모의 바람은 평행을 달리며 그 거리감은 좁혀지지 않은 채 아이는 청년기를 마친다.

　한국 사회에서 정서적으로 불안정한 젊은이가 늘어나고 있다. 타인을 긍정적으로 받아들이지 못하는 사람 역시 증가하고 있다. 이들이 안고 있는 문제점은 한국 사회 시스템에서 비롯된 것도 있고 가족, 그중에서도 특히 부모님이 원인인 경우가 많다.

　앞장에서 남편 대신 돈을 벌어야 하는 상황에 처하자 '내가 왜 가장이어야 하느냐'고 소리치면서 이혼을 요구하는 여자와 암 투병 중이거나 전신마비가 된 남편을 오랫동안 정성껏 보살피는 여자를 다시 생각해보자. 주위를 살펴보면 이렇게 대조되는 여자들이 상당히 많이 있다.

　고민정 아나운서는 대학교 때부터 사귄 동아리 선배인 시인과 결혼했다. 지상파 방송국의 여자 아나운서라면 미모와 지성을 갖추고 있어 더 좋은 조건의 신랑을 고를 수 있다. 하지만, 고씨는 가난한 사람들을 위해 살아가는 시인을 배우자로 선택했다.

결혼 후 사법고시를 준비하는 두 남자가 있었다. 둘 다 7년간 노력했지만 결국 합격하지 못하고 포기하고 말았다. 한 남자의 부인은 포기한 남편에게 그동안 수고 많이 하셨다, 이제 좀 쉬시라면서 격려를 아끼지 않았다. 또 한 남자의 부인은 짐을 싸서 나가버렸다.

비슷한 나이의 여자들이지만 남자를 대하는 태도는 하늘과 땅의 차이를 보여주고 있다. 왜 어떤 여자는 병든 남편을 헌신적으로 보살피는데, 다른 여자는 실직한 남편에게 이혼을 요구하는 걸까. 왜 어떤 여자는 인생의 한고비에서 패배한 남자를 격려하며 용기를 북돋워주지만, 어떤 여자는 어깨가 처진 남자의 가슴에 못을 박은 후 떠나버리는가.

이런 질문에 나오는 답변은 거의 비슷하다. 평소 부부사이에 사랑과 신뢰가 있었느냐 없었느냐, 평소에 잘해주었냐, 잘 못해주었냐에 여자는 달리 반응한다고 주장한다. 정말 그럴까? 여자의 타고난 품성에 문제가 있는 건 아닐까? 떠나는 여자가 사랑하고 신뢰했던 대상은 남편의 월급봉투와 사회적 지위 아니었을까? 사랑의 대상이 사라지면서 사랑과 신뢰도 사라져 버린 것이다.

많은 여자가 남편의 사회적 지위가 몰락하거나 능력이 없어졌다고 해서 바로 떠나는 건 아니다. 하지만 남자의 사회적 지위가 흔들리거나, 상황이 바뀌면 미련 없이 고무신을 바꿔 신는 여자가 늘고 있는 건 사실이다. 이제 한국 남자는 결혼이 중요한 게 아니라 좋은 여자와 결혼하는 게 중요하다는 생각을 해야 한다.

사귀는 여자가 있어서, 빨리 결혼하고 싶어서, 결혼하면 어떻게 되겠지 등 별 생각 없이 덥석 결혼하면, 언제 터질지 모르는 시한폭탄과 결혼하는 것이다. 여자의 문제점은 결혼 후 본격적으로 튀어나오기 시작한다. 결혼식장에서 맹세했다고 해서 어려울 때나 힘들 때나 여자가 영원히 당신과 함께 해줄 거라고 생각하지 마라.

당신은 그리 큰 잘못이 없는데, 쉽게 결혼생활을 파탄내서 당신 인생을 뒤흔들어놓을 여자라면 절대 배우자로 선택해서는 안 된다. 갑자기 당한 이혼, 원하지 않은 이혼은 당신에게 큰 충격을 준다. 물론 당신이 용서받지 못할 잘못을 저질러 이혼당하는 수도 있다. 그럴 때일수록 좋은 여자가 중요하다. 당신을 용서해줄 수 있는 품성을 가지고 있기 때문이다.

여자가 이혼을 주도하는 현대 사회에서 남자는 쉽게 갈라설 수 있는 여자와 결혼해서는 안 된다. '결혼하기 부적당한 여자' 와 결혼하는 걸 피해야 한다. 이런 여자는 상황에 따라 여러 가지 가면을 썼다 벗었다 한다. 가면 밑에 감춰진 진정한 모습을 꿰뚫어 봐야 한다. 성품이 나쁜 여자와 좋은 여자의 차이는 천국과 지옥의 차이이다. 남자에게 있어서 최고의 재산은 좋은 아내이며 세상에서 제일 행복한 사람은 좋은 아내를 얻은 남자다.

문제는 좋은 여자는 드물다는 사실이다. 좋은 여자와 결혼하려면 여자를 연구해야 한다. 좋은 여자와 나쁜 여자를 구별하는 안목을 지녀야 한다. 좋은 여자의 특징을 잘 기억했다가 그런 여성분이 나타나면 진심을 쏟아 붓고 사랑을 고백하여 결혼해야 한다. 이 시대에 좋은 여자와의 결혼은 로또 당첨보다 몇 십 배, 몇 백 배 더 소중한 행운이다.

세상에는 7가지 아내 형이 있다. 어머니와 같은 아내, 누이동생과 같은 아내, 친구와 같은 아내, 며느리와 같은 아내, 종과 같은 아내, 도둑과 같은 아내, 원수와 같은 아내이다. 좋은 여자와의 결혼은 남자에게 날개를 달아주지만 그렇지 못한 결혼은 수갑과 족쇄를 채우게 된다. 당신은 어떤 아내와 살고 싶은가.

이런 여자는 다시 생각하라

남자 맛을 지나치게 많이 안 여자

20대 중반 미혼 여자 A가 동성 친구에게 은밀한 고민을 털어놓았다.

"요새 사귀고 있는 남친 B 있잖아. 며칠 전에 B와 잤거든. 근데 말이야. 걔 거가 들어왔는지도 모르겠는 거야. 너무 허전한 거 있지? 어떡하면 좋니? 애와 계속 사귀어야 하는 거니?"

A는 B를 사귀기 전에 남자 선배를 알았다. A의 첫 남자였던 선배는 운동선수 출신이며 섹스기교를 통달한 섹스머신이었다. 여자 경험이 풍부했고, 온갖 기교로 몇 번이나 A를 절정으로 이끌었다. A는 그 남자 덕분에 섹스의 쾌감을 알게 되었다.

반면에 B는 섹스 경험이 별로 없는 평범한 남자였다. A는 선배와의 섹스는 좋았지만, 선배의 바람기와 불확실한 장래 때문에 헤

어지고 B를 사귀게 되었다. 하지만, A는 이미 섹스머신 선배에
길들여져 있는 상태였다. 본인 스스로도 평범한 남자와의 성생활
에 만족하면서 살 수 있을까 고민하게 되었다. 만일 지금 당신의
애인이 A 같은 여자면 어떻게 할 것인가.

또 다른 케이스.

영준은 드디어 3개월 동안 공을 들인 끝에 혜영을 모텔로 데려
가는데 성공했다. 들뜬 마음으로 샤워를 마친 영준은 침대에서 기
다리는 혜영에게 애무를 시작했다. 둘 다 흥분이 고조되자, 갑자
기 혜영은 엉덩이를 영준 쪽으로 들이댔다. 갑작스런 자세로 어안
이 벙벙해진 영준, '이게 무슨 시추에이션인가?' 하고 당황해하
는데, '뭐해? 빨리 해!' 라고 혜영이 다그쳤다.

영준은 혜영의 두 번째 남자였다. 처음 혜영에게 섹스를 가르쳐
준 남자는 후배위로만 관계를 맺었다. 혜영은 섹스는 후배위로만
하는 줄 알았다. 혜영과 첫 관계에서 예상치 못한 상황에 영준은
당황했다. 이제까지 여자의 성경험에 나름대로 관대하다고 자신
하던 영준은 결과 혜영과의 관계를 접고 말았다.

영호는 어머니 뱃속에서부터 기독교를 믿은 독실한 신자다. 엄
격한 기독교 집안에서 자란 영호는 대학을 졸업하고 직장생활을
하기 전까지 여자를 깊게 사귄 적이 없었다. 결혼하기 전 순결을
지켜야 한다는 목사님의 말씀을 꼭 지켜야 구원을 받을 수 있다고
믿었기 때문이다.

영호는 결혼을 약속한 미경의 채근으로 짧은 여행을 떠났다. 여
행 첫날밤, 영호는 여성상위 체위를 능숙하게 구사하는 미경에게
주눅이 들고 말았다. 여성상위는 섹스 경험이 많은 여자가 시도하

는, 남자 밑에서 대주기만 하는 게 아니라 성관계를 주도적으로 리드하겠다는 의지의 체위다. 여행에서 돌아온 영호는 미경에게 겁먹고 관계를 지속해야 하나 심각한 고민에 빠지게 되었다.

성이 개방되면 섹스 경험에서 부익부, 빈익빈 현상이 일어난다. 좋은 조건을 갖추고 있어, 여자가 스스로 접근해 오는 남자가 있는 반면, 여자와 만남의 기회조차 잡지 못하는 남성도 있다. 성경험에서도 양극화 현상이 일어나고 있다.

많은 평범한 여성이 좋은 조건의 남자와 사귀고 결혼하고 싶어한다. 하지만, 좋은 남자의 숫자는 적고, 여자를 고른다. 이 고르는 과정에 성이 포함된다. 계속해서 만나고 싶고 마음에 드는 남자가 섹스를 요구할 때 여자는 거절하기 힘들다. 섹스를 거절하면 좋은 남자는 다른 여자에게 가버리기 때문이다. 그래서 좋은 조건의 남자는 많은 섹스 경험을 하게 되고, 이 과정에서 성을 밝히지 않는 평범한 여자도 섹스 경험을 하게 된다.

성이 개방되고 순결이데올로기가 사라지면서 한국 여성의 성경험이 늘어나고 있다. 현대 여성은 섹스를 허용하는 결정권은 여성이 쥐고 있음을 알고 있다. 미국 남자 고등학생의 총각딱지 떼기 경험에 관한 영화인 〈아메리칸 파이(American Pie)〉 시리즈에서 남학생은 첫 경험을 해보려고 온갖 방법을 다 동원하지만, 여학생은 이미 성경험이 풍부하기 때문에 느긋하다.

일반적으로 성적 테크닉이 발달된 여자는 한 남자와 오랫동안 깊은 관계였던 경우가 대부분이다. 한 남자와 오래 만나면서 남자와 여자 사이에 놓여있는 경계를 하나씩 제거하면서 경험이 증가하면서 성지식과 성적 테크닉이 발달한 것이다.

현대 남성은 몸으로 익힌 성지식과 성감이 풍부한 현대 여성을 성적으로 어떻게 만족시킬 것인가라는 중요한 과제를 안고 있다.

소비 쾌감을 아는 여자

자본주의 사회는 끊임없이 소비를 부추긴다. 소비만능 사회에서 여자의 소비는 중요하다. 남자는 돈을 벌어야 하고, 여자는 그 돈을 쓰는 게 미덕이라는 현대판 미신이 사람들을 지배하고 있다. 기업의 광고와 마케팅은 여성을 소비의 덫에 가둬놓으려고 온갖 수단을 동원한다. 백화점에는 남자용품의 매장보다 여자의 소비를 위한 매장이 대부분을 차지하고 있다. 소비중심의 물질주의 사회에서 돈쓰는 쾌감은 그 어떤 쾌감보다 강렬하고 환락적이다. 남자든 여자든 이 돈쓰는 쾌감 즉, 소비중독에 빠지면 쉽게 헤어나지 못한다.

육체적 힘이 중요하던 시기에는 여자는 신체적 힘을 가진 남자를 선호했다. 자본주의 사회에서 여자는 경제력이 있는 남자를 선호한다. 경제력, 즉 소비능력을 갖추고 있는 남자라야 자신의 소비 쾌감을 유지할 수 있기 때문이다.

사귀고 있는 여자가 유행하는 옷이나 액세서리를 구매하지 못하면 초조해하고 불안해하는가? 대출해서라도 옷이나 장신구를 장만해야 만족하는가? 상업 미디어에서 쏟아내는 최신 유행정보를 습득해야 하는 신지식으로 생각하고 있는가?

　당신이 재벌 3세가 아닌 이상 돈쓰는 쾌감에 빠진 여자를 만족시키기 힘들다. 20대 초반에는 작은 액세서리, 청바지로도 만족하는 여자라도 나이가 들수록 밍크코트, 해외사치품(명품)등으로 단위가 높아진다. 소비중독에 빠져 소비 쾌감을 맛본 여자는 저축을 모른다. 그녀의 손에 잠시 머무는 돈은 바로 옷이나 액세서리, 핸드백 등으로 변해버린다. 빠르게 변하는 유행을 쫓아가야 마음의 안정되고, 소비를 해야 인생이 즐겁다.

　이 시대의 젊은 세대는 대부분 자녀가 한두 명인 집에서 태어나서 자랐다. 자식을 위해 희생한 할머니 세대의 영향을 받은 부모 세대는 아이에게 사랑을 쏟았다. 하지만 아이가 마음껏 소비하게 해주는 걸 사랑으로 착각했다. 그래서 아이에게 소비욕구를 조절하는 훈련보다는 무리해서라도 욕구를 충족시켜주려고 애썼다. 부모는 아이의 소비욕구를 만족시켜주지 못하면 자신들을 능력 없다고 생각할까봐 불안했다. 부모 자신도 소비욕구를 조절 못하기 때문에 아이를 올바른 길로 인도하지 못한 측면도 있다.

　부모나 사회로부터 소비충동을 조절하는 훈련을 받지 못한 여자가 늘어나고 있다(물론 남자도 마찬가지다). 어렸을 때부터 받은 상처가 소비중독으로 나타나는 경우도 있다. 하지만 품성 자체에서 소비쾌감과 소비중독이란 병을 가지고 있는 여자는 쉽게 고쳐지지 않는다. 자신은 돈을 못 벌면서(안 벌면서) 돈쓰는 맛에 물든 여자가 꽤 많다는 사실을 잊지 마라. 아르바이트도 안하고 집에서 놀고먹으면서 부모님 주머니만 축내다가, 연애 중이라도 '돈은 남자가 벌어야 되잖아.' 라는 말을 하는 여자라면 오늘로 정리하라.

외국 남자가 좋은 여자

유럽에 거주하는 한국 여자 A는 싱글 맘이다. 30대 초반에 회사를 정리하고 세계여행을 떠났다. 여행길에 유럽 남자를 만났다. A는 한국 남자와는 다르게 매너 좋고 다정한 유럽 남자에게 푹 빠졌다. 결혼식을 올리지 않고 임신하고 딸을 출산했지만, 남자는 '쿨하게' 떠났다. 유럽 남자는 그냥 자기 사는 방식으로 사랑하고 떠난 것이다. 이제 40대 초반인 A는 딸과 함께 한국으로 들어올까 유럽에 계속 있을까 고민하고 있다. 관점에 따라 A의 삶에 대한 평가는 다를 것이다. 그녀를 보면 좀 더 신중했더라면 하는 생각이 든다. 연애에서 '쿨한' 외국 남자들은 떠날 때는 '서늘하게 (cool)하게' 떠난다는 사실을 모르는 한국 여자들이 꽤 많다.

한국인 피에는 힘센 나라, 힘센 사람에게 숭배하는 사대주의가 녹아있다. 여자도 마찬가지고 남자도 마찬가지다. 여자인 경우에는 좀 더 심한 것 같다. 기본적으로 여자에게는 좋은 유전자를 갖은 남자를 선택하려는 본능이 있기 때문이다.

조기유학, 해외연수, 교환학생 등으로 외국인들, 정확히 말하면 푸른 눈에, 키 크고, 코 우뚝한 백인 남자를 접하는 한국 여자의 숫자가 늘어나고 있다. 수년간 선진국에서 생활한 여성이 한국 사회나 한국 남자에 대한 푸념을 들어보라. 한국 남자보다 더 좋은 수컷이라고 생각되는 백인 남자에 대한 동경심이 깔려 있고 기회만 되면 다시 그곳으로 돌아가 짝을 찾으려는 욕구가 팽배해 있다.

남편은 한국에 남아 있고, 부인이 아이를 데리고 유학 가는 경우를 생각해보자. 겉으로는 아이에게 더 좋은 교육을 시키기 위해서, 영어를 유창하게 하기 위해서라고 한다. 하지만, 남편을 놔두고 아이와 함께 해외로 나가는 일부 여자의 마음속에는 한국을 떠나고 싶다는 욕구를 가지고 있다. 한국을 떠난다는 것은 새 출발을 의미한다. 새 출발에는 언제든지 새로운 남자, 새로운 가정을 찾는 욕구가 깔려 있다.

엄마와 함께 외국으로 간 아이는(아이는 아버지의 자식이 아니라, 엄마의 자식이란 걸 잊지 말자) 외국에서 청소년기를 보낸다. 외국에서는 이혼이 빈번하고 양아버지가 그리 낯선 개념이 아니란 것을 알게 된다. 아이는 일 년에 한두 번 밖에 보지 못하는 친아버지, TV에서 재밌는 시트콤을 이해 못해 다들 웃어도 왜 웃는지 모르는 한국에서 온 친아버지와는 자연히 거리감이 생긴다. 아내와 자식들이 서서히 외국 생활에 익숙해지면서 보잘 것 없는 아시아계 남자, 생물학적인 친아버지보다 그 사회에 자리 잡은 백인 남자를 선호하게 된다.

예전에 한국에서 국제결혼을 안 좋게 봤던 이유는 유교적 가치관에 기초한 순혈주의 때문이었다. 이미 유교사상은 한국 사회에서 힘을 잃었고, 국제화가 계속 진행되면서 서양 백인 남자를 동경하는 한국 여자는 더욱 늘어나고 있다. 한국 남자는 한국 여자를 두고 같은 한국인뿐만 아니라 외국 남자와도 경쟁하는 시대에 살고 있다.

"이제 남자들도 글로벌 경쟁 시대야. 어학연수 갔다가 외국 남자들하고 눈 맞은 애들이 어디 한둘이야? 솔직히 말해서 한국 남자들은 국제경쟁력이 너무 떨어져. 요리를 잘하길 하나 매너가 좋기를 하나. 분위기도 딱딱 못 맞추면서 자존심은 세고. 심지어 자기들이 무지하게 잘난 줄 알잖아. 못 말리는 나르시시스트들. 이게 다 한국 엄마들이 오냐오냐 키워서 그래." 김영하의 소설 『퀴즈 쇼』에 남자 주인공의 여자 친구가 내뱉는 말이다.

가능하면 풍부한 외국 남자와 섹스한 여자와는 결혼하지마라! 외국 남자와의 성을 맛본 여자들은 한결같이 그 경험 이후 한국 남자와의 섹스가 재미없어졌다고 고백한다. 특히 흑인과의 경험은 거의 모든 여자가 탄성을 지른다. 체력도 대단하고, 사이즈도 크고, 흑인 특유의 부드러운 피부 때문에 그 경험을 잊지 못한다.

술에 의존하는 알코올중독 여자

여성의 사회활동이 증가하면서 남자만큼 음주를 즐기는 여성이 빠르게 늘고 있다. 여자가 술 좀 즐긴다 해도 흠이 되는 세상은 아니지만, 술만 마셨다 하면 정신을 잃을 정도로 마시는 여자, 남의 부축을 받아야 할 정도로 마셔야 직성이 풀리는 여자는 문제 있다. 이런 여자는 남자가 노리는 가벼운 섹스 상대가 되는 경우가 많고, 자연히 성생활이 문란할 가능성도 많다. 술만 먹었다하면 고주망태가 되어 주사를 해대는 사람은 얼마 안가서 주위에 친구들이 사라진다. 일주일에 사흘 이상 위장을 술로 적셔야 마음이 안정된다면 이미 알코올중독에 빠진 여자다.

결혼하기 전에 술에 의존하여 문제를 회피한 여자는 결혼 후에도 조금만 속상하는 일이 생기면 술로 모든 것을 해결하는 습성이 있다. 혼자 술을 즐긴다고 자랑하는 여자도 조심하라. 결혼 후 키친 알코올중독이 될 가능성이 높다. 주위에 술고래 친구가 많은 여자는 술독에 빠져 살 가능성이 많다.

이런 술고래 여자를 아내로 삼으면 스스로 고생문을 열고 고난의 바닥에 뛰어드는 격이다. 많은 연구조사가 알코올중독은 사회적 성공과 인생의 행복을 앗아가는 주범임을 밝히고 있다. 알코올중독은 2세에게도 심각한 부정적 영향을 미친다.

술에 취해야 마음이 편해지는 여성은 대부분 마음에 커다란 상처를 안고 있다. 술에 취한 몽롱한 상태에서 입에서 흘러오는 푸념들을 들어가지고는 그녀의 상처를 제대로 알 수 없다.

흔히 술 좋아하는 남자가 술친구로서 이런 여자를 좋아하다가 결혼하는 경우가 많다. 술친구로서는 좋을지 모르지만, 배우자로서, 아이의 엄마로는 부적격하지 않을까? 당신 딸이 일주일에 서너 차례 술에 취해 인사불성이 되어 기어 들어오는 걸 상상해보라. 더구나 그런 여자가 집에 둘이 있다고 생각해봐라. 그런 집에서 살고 싶은가.

가정일을 폄하하는 여자

조선 시대 내내 핍박받았던 한국 여자는 서구문화가 들어오면서 전통적 여성의 역할을 부정하기 시작했다. 많은 한국 어머니가 '살림? 그런 거 배우지 않아도 된다. 닥치면 다 한다. 웬만한 건 돈으로 다 해결되니 돈 잘 버는 남자와 결혼하라' 고 딸들을 세뇌시켜 왔다. 딸에게 요리나 살림을 가르치기보다는 좋은 대학 나와 좋은 남자와 결혼하라고 가르쳤다. 엄마는 돈 못 버는 남자와 결혼해 손에 물 묻히며 고생한다고 하소연했다. 딸에게 여성이 남성보다 잘할 수 있는 그리고 가치 있는 육아와 요리 등을 폄하하고, '너는 나처럼 살지 마라.' 하고 강조했다.

이런 가정교육 덕분에 육아, 요리, 청소 등은 세련된 여성이 해야 하는 일이 아니라고 생각하는 여성이 늘면서 자기 방 청소도 안하고 요리도 못하는 여자가 늘어나고 있다. 직업을 가질 능력도 없으면서 가정 일은 거부하는 여자, 그러면서 욕심은 많은 여자, 이런 여자와 결혼하는 남자는 불행한 남자다.

맞벌이 주부인 경우는 가정 일에 전념하기 힘들다. 여성이 직장에서 살아남기가 만만치 않다. 남편이 도와주지 않으면 가정을 제대로 굴러가지 않는다. 하지만, 전업주부가 가정일이 힘들다고 불평하는 건 엄살이다. 세탁기, 진공청소기 등 가정 일을 지원해주는 온갖 편리한 도구가 있다. 그런데도 가정일이 힘들다고 한다. 육체적으로 힘든 게 아니라 정신적으로 가정일에 대한 거부감을 느끼기 때문이다. '일 안하는 공주' 로 자란 것이다.

육아와 요리, 가정일은 불필요한 의무 사항이 아니고 풍요로운 삶을 살아가는 데 필요한 가치 있는 일이라는 인식이 필요하다. 남자아이와 여자아이에게 모두 요리와 가정일 등을 가르치는 깨어있는 부모가 아쉬운 현대 사회다.

감정의 기복이 심한 여자

당신의 여자는 두 얼굴을 가진 여자인가. 상황이 좋으면 하늘을 날아갈 듯이 기뻐하며 즐거워하다가도, 조금만 불편하고 힘들어도 짜증내면서 신경질을 부리는가. 화가 나면 분을 참지 못하고 분노를 폭발하는가. 분명 자신이 잘못한 일임에도 불구하고 남 탓, 주위 사람 탓, 특히 당신 탓으로 돌리는가. 당신은 여자의 눈썹이 조금만 찡그려져도 가슴이 벌렁거리고 애인의 기분이 나쁠까봐 노심초사 전전긍긍하면서 비위를 맞추는데 온 신경을 쓰는가.

그런 여자를 위한 희생은 사랑이 아니다. 그녀는 쉽게 고쳐지지 않는다. 그녀를 정신과 전문의에 데려가라. 그리고 곰곰이 생각하라. 헤어질 것인가 계속 사귈 것인가를.

질투가 심한 여자

현대 자본주의는 소비를 끊임없이 부추기기 위해서 소비자로 하여금 타인과 비교하도록 한다. 어떤 정수기 광고 중에 "우리 집은 얼음 나온다."라고 한 아이가 자랑하면, 다른 아이는 "우리 집은?" 하고 외친다. 비교하고 질투심을 유발시켜 구매를 조장하는 대표적인 광고다. 질투는 여자가 당연히 지니는 품성이라 생각하겠지만, 남자의 질투심도 만만치 않다. 남자의 질투심이 여자보다 심한 경우도 꽤 많다. 결국 남녀 모두 질투심의 노예가 되기 쉽다. 현대인은 질투심을 적절하게 조절할 줄 알아야 한다.

질투심이 강한 여자는 안테나를 항상 타인을 향해 맞춰 산다. 누가 무슨 명품을 둘렀고, 누가 해외여행을 가고, 누가 자동차를 바꿨는지, 누구 자식이 어느 대학에 들어갔는지에 온 관심을 쏟는다. 그러다가 남과 비교해서 뒤처졌다고 생각하면 참지 못한다. 이런 여자의 질투심은 끝이 없고, 자기 스스로는 질투심을 해결하지 못한다. 남자를 이용해서 질투심을 만족시키려 한다.

질투심에 몸 달아 있는 여자는 대부분 내면적 성숙이 부족한 여자다. 자기에 대한 믿음이 부족하기 때문에 다른 사람에게 신경을 쓰는 것이다. 질투심이 강한 여자와 사는 것은 시도 때도 없이 터지는 지뢰밭에서 함께 사는 것이다.

대중 스타에 열광하는 여자

대중 스타의 집 앞에서 스타의 얼굴을 한번이라도 보기 위해 죽치고 있는 남자아이들을 본 적이 있는가? 남자아이는 거의 없다. 대부분 여자아이들이다. 스타를 쫓아 몰려다니면서 꺅꺅 고함지른다. 부모님이나 가족보다 '오빠 스타' 들이 우선이다.

왜 남자아이보다 여자아이가 스타에 열광하는 걸까?

상업 미디어는 스타에 열광하는 걸 10대에 흔히 있을 수 있는 현상, 사회적 약자인 10대 소녀가 현실을 잊기 위한 활동이라고 주장한다. 하지만, 10대 소녀가 남자아이돌 스타에 열광하는 근본적인 이유는 최고의 수컷의 관심을 끌고 싶은 어린 암컷의 욕구 때문이다.

10대 여자아이에게 아이돌 스타들은 대리연애의 상대이다. 그들 기준으로 가장 멋진 수컷에 대한 애정을 표현하고, 수컷으로부터 선택받고자 하는 연습과정이다.

대중 미디어가 스타 꽁무니를 따라다니는 여자아이들을 호되게 비판하지 않는 이유는 미디어 산업의 먹이사슬 때문이다. 대중문화의 스타는 대중 미디어를 먹여 살리는 중요한 상품이다. 그리고 시청률과 구독률에 목매어 사는 미디어가 대중문화 소비와 미디어 산업을 받쳐주는 여성고객을 공격했다간 큰 낭패를 보기 때문이다.

걸 그룹의 팬클럽에는 소위 '삼촌'이라는 30~40대 남성들도 꽤 있지만, 남자아이돌 스타에 열광하는 소녀 팬들만큼 열성적은 아니다.

여성 운동가는 대중스타에 열광하는 한국 10대 소녀에 문제의식을 가지고 대처해야 한다. 10대 여성의 자아형성에 악영향을 미치는 대중문화 중독 현상에 신경 쓰지 않는 건 직무태만이다. 정신적으로 건강한 여성이 많아야 사회가 건강해진다. 10대 여성의 문제는 바로 성인여성, 더 나아가서 전체 여성의 문제로 발전하기 마련이다.

10대부터 스타들 꽁무니를 쫓아다닌 여자 말고 좀 더 주체적으로 청춘시절을 보낸 여자를 배우자 후보로 삼아야 한다. 타인을 맹목적으로 숭배하지 않으며 주체적으로 젊은 시절을 보내는 여자가 바로 좋은 애인, 좋은 아내감이다.

명품 중독에 빠진 여자

TV, 라디오, 신문, 잡지와 같은 상업 미디어는 명품 하나 갖추지 않은 여자는 없다는 식으로 매일 보도하면서 명품 소비를 부추기는 기사를 내보내고 있다.

명품 가방이나 신발을 사기 위해 100만 원 남짓 월급을 받는 20대 여자가 대부업체로부터 돈을 빌리는 경우도 많다. 대부업체 이용자 중에는 상당수가 20대 중후반 여성이란 점은 더 이상 비밀이 아니다. 이들은 앞뒤 생각 없이 쉽게 대출받아 명품구입에 몰두한다. 소비중독, 명품 중독에 빠진 여자들이다.

한국 상업 미디어가 '명품'이라고 포장하는 상품들은 엄격히 말하면 사치품이다. 사치품을 생산하는 외국 업체들이 자기 나라에서는 알뜰하고 현명한 소비자들 때문에 더 이상 수요가 늘지 않자 중국, 일본, 한국 등으로 시장을 넓혔다. 이 세 나라 국민들은 해외 브랜드를 유달리 선호하는 국민성을 지니고 있다. 상업 미디어가 명품 소비를 부추기는 이유는 단 한가지다. 광고 때문이다. 광고를 실어야 생존할 수 있는 상업 미디어가 대놓고 해외 사치품을 위한 홍보 기사를 싣기가 낯 뜨거우니 '명품'이라고 '마사지'한 것뿐이다. 상업 미디어는 사치품을 좋게 소개하는 기사를 많이 써주고, 업체는 그 대가로 미디어에게 광고를 줬다. 외국 업체는 틈날 때마다 기자들을 해외 본사로 초빙해서 PR 활동도 펼쳤다. 덕분에 한국인들 뇌리 속에는 명품은 사치품이 아니고 좋은 물건이란 인식이 박히게 되었다.

여자가 해외사치품에 관심을 갖는 이유는 비싼 브랜드 상품을 소유하면 자신의 가치가 그만큼 높아진다고 생각하기 때문이다. 남보다 높은 위치에 서고 싶은 욕망에 사로잡혀 있는 것이다. 소비 자본주의 사회는 이런 욕망을 계속 부추겨야 굴러가는 사회다. 언론이 이런 욕망을 부추기는 사회는 결코 '건전한 사회'라 할 수 없다.

인터넷 벼룩시장에서는 헤어진 남자친구로부터 선물 받은 명품을 현금 받고 처분하겠다는 여성의 광고가 심심찮게 올라온다. 생일이나 이벤트마다 명품 선물을 노골적으로 바라고 명품에 중독된 여자라면 일찌감치 헤어지는 게 좋다. 그대가 재벌집 손자가 아닌 이상 평생 여자에게 명품을 갖다 바칠 수 없다. 내적 자신감이 있는 사람은 해외 사치품에 그리 연연하지 않는다. 사치품에 집착하는 여자는 상업 미디어에 잘 속고, 남과 비교하기 좋아하고, 소비쾌감에 중독된 여자다.

잔소리가 지나친 여자

덤벙대고 꼼꼼하지 못해 실수하는 남자에게 여자의 잔소리는 때론 약이 된다. 하지만 시도 때도 없이 늘어놓는 잔소리는 남자에게 독이다. 특히 타인과 비교하면서 남자의 직업이나 남자가 하는 일을 비방하고 깎아내리는 여자는 최악이다.

A는 괜찮은 영업사원이었다. 사람을 만나고 판매하는 일을 좋

아했다. 하지만, 부인은 남편이 영업사원이란 게 늘 못마땅했다. 하얀 와이셔츠를 입고 사무실에 근무하는 사무직 사원이 부러운 그녀에겐 영업은 천하고 보잘 것 없어 보였다. 자연히 남편도 하찮아 보이고 우습게 보였다. 밤늦게 피곤한 몸을 이끌고 귀가한 남편에게 남들처럼 사무실에서 일하는 직업을 가지라고 잔소리를 해대면서 영업을 비하하는 말을 쏟아 부었다. A씨는 부인으로부터 온갖 모욕을 받았지만 그래도 우직하게 영업을 계속했다.

둘은 결국 이혼을 하고 A는 새 부인과 재혼했다. 새 부인은 영업하면서 알게 된 거래처 여직원이었다. 새 부인은 영업에 대해 긍정적인 생각을 가지고 있으며 영업실력이 뛰어난 남편을 열심히 응원했다. A는 자신의 일을 이해해주고 응원해주는 새 부인을 맞으면서 인생의 새로운 전환기를 맞이하였다.

여자가 지나치게 잔소리를 하는 이유는 보통 적대감이나 지배욕구 때문이다. 인생에 대한 불만, 충족되지 못한 성적 욕구, 애정결핍, 경제적 불만 등이 남자에 대한 적대감의 원인이다. 잔소리가 심한 여성은 자기만족을 모르는 마음의 병을 앓고 있는 경우가 많다.

남자의 결점만을 계속 지적하는 여자는 남자의 능력을 없애버리고 가정을 파괴해버린다. 그대가 잘하는 부분은 외면하고 그대의 약점만 계속 파고들면서 잔소리만 해대는 여자는 배우자 후보에서 탈락시켜라.

욕심 많은 여자

세상사람 모두가 재벌이나 장관이 되는 게 아니다. 회장이나 장관이 되었다고 행복한 인생은 아니다. 사회적 성공이나 야망에 집착하지 않으면 별 볼일 없는 남자라고 생각하는 여자가 꽤 많다.

이런 여자는 자신은 가지고 있지 않은 능력을 남자에게 요구하고 강요한다. 남자가 성공하면 자기도 좀 뽐내보겠다는 욕심이 깔려 있다. 남자의 능력이나 적성은 조금도 고려하지 않고 자기 욕심만 채우려는 여자다. 이런 여자는 남자가 건강을 잃든 말든 신경을 쓰지 않고, 남자가 가족을 위해 무리를 하는 건 당연하다고 생각한다. 이런 여자는 말로는 가족을 위해서라고 떠벌리지만 실제로는 자기 욕심 채우기 바쁘고, 욕심을 채워주지 못하면 미련없이 남자를 버려 가정의 행복을 파괴시킨다. 이런 여성에게 걸리면 남자는 평생 무거운 멍에를 짊어지고 일하는 소와 같은 운명이 된다.

무뚝뚝한 여자, 냉정한 여자

요즘 여자는 과거 여자에 비해 냉정하다. 남자에 대한 강한 경쟁심과 자기 삶에 대한 욕심 때문에 배려심과 모성애가 많이 없어졌다. 과거 여자는 삶을 남자에게 의존하였다. 현대 여성은 스스로 삶을 개척하려고 한다. 이 과정에서 자연히 남자와 경쟁하게 된다.

유아원 때부터 남자와 치열하게 경쟁하면서 살아온 여자가 꽤 많다. 이렇게 살아온 여자는 남자를 사랑하는 연인이 아니라 경쟁 상대로 생각한다. 자연히 남자를 무뚝뚝하고 차갑게 대한다.

냉정한 사람은 인간에 대해 불신감을 가지고 있는 경우가 많다. 삭막한 현대 사회에서 결혼하는 이유 중의 하나가 외로움에서 벗어나 정서적 안정감을 갖기 위해서다. 부인이 차갑고 무뚝뚝하다면 결혼하더라도 그대의 정신적 허기는 채워지지 않는다. 물론 아내로부터 정서적 공허감이 모두 채워주기를 기대해서는 안 된다. 그대 스스로 마음의 빈 곳을 채우도록 노력해야 한다. 하지만 아내가 따뜻한 마음을 가졌다면 분명 인생이 보다 따뜻해진다. 당신의 애인은 따뜻한 마음을 가졌는가.

너무 따져 피곤한 여자

결혼이 주는 혜택 중 하나가 가정에서 정신적 안정을 누리는 점이다. 하지만 정신적 안정은커녕 심리적 부담만 안겨주는 여자가 있다. 바로 너무 따지는 여자다.

세상 모든 일을 따지고 자신이 납득하도록 설명을 요구하는 여자가 있다. 분석적이며 논리적인 사고를 좋아하는 좌뇌가 발달했기 때문이다. 좌뇌형 여자는 모든 일을 분석하고 해부하고 자신이 납득 못하면 만족하지 못한다. 남자에게 "왜 날 좋아해?", "나 어디가 좋아?", "어째서 나와 사귀는 거야?" 하며 항상 캐묻고 분석하지 않으면 만족하지 못한다. 심지어 가만있으면 "왜 잠자코 있어?"라고 묻기까지 한다.

사회생활을 하는 여성이 늘어나면서 좌뇌형 여성이 급증하고 있다. 회사에서 커리어우먼으로 살아남기 위해서는 좌뇌의 능력을 강화해야 하기 때문이다.

좌뇌형 여자이면서 고집까지 센 여자는, 마음속으로 일단 결론 내리면 그대가 아무리 확실한 근거를 가지고 설명해도 한 번 굳힌 마음을 바꾸지 않는다. 자기만의 논리구조로 해답을 찾았기 때문에 자신이 납득하지 않으면 남의 주장에는 귀 기울이지 않는다.

조금만 귀가시간이 늦어도 항상 왜, 왜를 외치고 집에 늦게 들어가면 화가 난 자신을 설득시켜보라고 한다면 어떻겠는가. 그대가 집에서 일요일 저녁에 개그콘서트를 보고 마음껏 웃는데, 부인이 '왜 웃는 거야?' 하면서 이유를 대라고 한다고 생각해봐라. 무슨 이유를 대겠는가.

삭막한 콘크리트 정글에서 매일매일 경쟁하는 남자에게 여자로부터 받는 정신적 위안은 매우 중요하다. 현대 결혼에서는 남자에겐 성욕 해소만큼 정신적 위로가 중요하다. 집에서도 모든 행동을 논리적 근거를 대면서 설명해야 하고 납득시켜야 한다면 정신적 긴장은 풀리지 않는다. 지나치게 따지는 여자한테서 정신적 위로를 기대하기 힘들다.

속 좁은 여자

이 시대의 여자는 과거 여자보다 사회적 능력이 뛰어나고 학습

능력은 강하지만, 마음의 폭과 깊이는 좁아지고 얕아졌다.

여성 컴퓨터 프로그래머인 C는 대학 때부터 남자선배를 진지하게 사귀면서 결혼을 생각하고 있었다. C는 입버릇처럼 선배에게 바람피우면 용서 없다고 얘기했다. 둘은 졸업 후 각각 다른 회사에 취직을 했다. 그런데 직장에서 선배를 좋아하는 여자가 생겼다. 적극적인 그 여자는 선배에게 접근했고, 선배는 별 생각 없이 몇 번 만났다. 그 여자가 육체적 유혹도 몇 번 시도했지만 선배는 C를 생각해서 선을 넘지 않았다. 하지만 선배와 여직원과의 관계는 조금 과장돼서 C의 귀에 들어가고 분노한 C는 선배와의 절교를 선언했다. 선배의 변명에도 불구하고 C는 자기 말고 다른 여자와의 개인적인 만남을 절대 용서할 수 없었다.

남자의 여자관계에 너무 민감한 여자가 꽤 많다. 핵가족에서 부모는 하나 또는 둘뿐인 자식을 위해 모든 정성을 쏟았고, 아이는 자기중심으로 이 세상을 바라보고 해석하면서 성장한다. 자연히 남의 입장을 이해하지 못하는, 자기 자신만을 아는 공주병, 왕자병 환자들이 쏟아져 나왔다.

과거 여자는 남자의 허물과 잘못을 그러려니 하면서 받아들이고 넘어가줬다. 여성운동가는 유교적 가부장제에서는 여자가 남자에게 종속되었기 때문에, 여자 입장에서는 남자를 용서하는 거 말고는 다른 선택이 없었다고 주장한다. 이 주장이 틀린 건 아니다. 가부장 시스템 안에서 여자는 남자에게 반항하기 힘들었다. 하지만, 과거 여자가 관용과 용서의 감정이 충만했던 건 반드시 가부장제 때문만은 아니다. 그 시대는 물질보다 정신이 우대받았던 시대다. 물질위주의 자본주의 시대가 되면서, 여자도 남자처럼 경제활동을 하면서, 물질위주의 가치관, 숫자위주의 사고방식에 물들면서 여성이 남성보다 좀 더 많이 가지고 있었던 따뜻한 용서의 마음이 점차 사라진 게 아닌가 싶다.

남자는 여자에 비해 실수를 많이 한다. 보다 높은 성과를 얻으려고 위험을 무릅쓰며 모험을 하기 때문이다. 남자는 안전성을 추구하는 여자보다 실패를 많이 겪는다. 넘치는 성욕 때문에 다른 여자를 유혹하기도 하고, 사랑 없이도 다른 여자와 성관계를 갖는다.

이런 남자의 특성을 받아들이지 않고 단 한 번의 실수도 용서하지 않으려는 여자와 결혼하는 남성은 단 한 번의 실수로도 이혼당할 가능성이 많다.

섹스욕구만 충족되는 여자

남자가 좋은 아내를 얻기 위해서는 충동적인 감정을 잘 조절해야 한다. 특히 성충동을 잘 조절해야 한다. 그렇지 않으면 섹스 욕구만을 해결해주는 여자를 배우자를 얻기 쉽다.

사랑이라고 착각했던 성욕구가 사라지면, 커다란 구렁이에게 칭칭 감겨진 남자가 보일 것이다. 그게 바로 당신이다.

남자에게는 여자를 만나면 빨리 몸을 섞어 자손을 퍼뜨려야 한다는 강박감이 있다. 그녀와 계속 잠자리를 계속하면 몸이 그녀를 사랑하게 된다. 소위 말하는 '몸정'이 생긴다. 그렇게 몸이 익숙해진 걸 사랑한다고 착각한다.

육체적 충동 때문에 '결혼하기에 적당하지 않은 여자'에게 빠지지 않으려면 좋은 아내란 어떤 사람인가, 이상적인 배우자란 어떤 사람인가를 평소에 많이 생각하고 그 기준을 가지고 있는 게 좋다. 그러면 자연히 좋은 여자와 그렇지 않은 여자를 가릴 수 있는 안목이 생긴다. 항상 여성을 연구하는 자세와 자료수집, 부딪쳐 보는 경험이 필요하다.

인간에 대한 신뢰가 무너진 여자

인간에 대한 신뢰가 무너진 여자와의 결혼은 피해야 한다. 그녀가 사람을 못 믿게 된 이유에는 학교에서의 왕따, 아버지나 선생님의 성폭행이나 폭력, 친구의 배신, 부모님의 이혼 등, 여러 가지가 있을 수 있다. 이런 문제에 부딪혀도 잘 극복해서 오히려 내면 성숙의 계기로 삼는 사람이 있는 반면, 마음의 상처가 오래 남아 평생 달고 다니는 사람이 있다.

여자의 아픈 과거를 들으면 착한 그대는 어려운 사람을 도와야 한다는 기사도 정신 때문에 그녀 곁에서 그녀와 어려움을 함께 하고 싶은 마음이 들 수 있다. 당신은 그녀를 도와줄 수는 있다. 하지만, 내면의 상처를 극복해야 하는 건 결국 그녀의 몫이다. 이런 경우는 심리 전문가의 도움을 받는 것이 좋다. 당신이 아무리 도와줘도 극복하지 못하는(않는) 사람이 있다. 곁에 있는 당신마저 믿지 못한다. 이런 여자는 모든 아픔의 원인을 타인에게 돌리면서 불행의 늪에 빠져 살아간다. 그리고 당신마저 그 늪으로 끌어들인다.

여자 가족을 분석하라

사귀는 여자와 결혼을 결심하기 전에 여자 가족을 만나봐야 한다. 성격상 문제 있는 사람은 대부분 성장기에 가족, 즉 부모님과 자매, 남매와의 관계에서 상처 입은 경우가 많다. 가족은 인간에게 친밀감이란 선물도 주지만, 여러 가지 예리한 상처를 주기도 하는 복잡한 조직체다. 인간이 가족으로부터 받는 좌절과 분노의 상처는 깊고 넓다.

한 사람의 가슴에 새겨진 내면의 상처는 연애할 때도 불쑥불쑥 튀어나온다. 하지만, 사랑의 달콤함에 빠진 상태에서는 상대의 상처를 눈치 채지 못한다. 특히 남자는 천성으로 둔감하고 성욕구만 어느 정도 충족되면 그저 괜찮다고 생각하기 일쑤다. 여자의 내면에서 곪고 있던 상처들은 결혼식 올리고 가정을 꾸미고 생활이 안정되면 서서히 튀어나온다.

마음속에 해결되지 않은 불만이 있는 여자는 무의식적으로 결혼이 자신의 욕구불만을 해결해주고 배우자를 백마 탄 왕자님으로 기대하기 경향이 있다. 즉, 그동안 충족되지 못한 욕구가 결혼으로 해결되리라고 믿는다. 마음의 상처가 심한 여자를 아내로 맞이하면 당신뿐만 아니라 당신 자녀의 삶도 힘들어진다. 오랫동안 어두운 마음속에 가라앉아 있던 상처는 쉽게 고쳐지지 않는다. 결혼 전에 여자의 성장환경과 정서적 상태를 확인하는 것은 매우 중요하다.

사귀는 여자가 자기네 가족을 만나자고 하면 거절하거나 머뭇거리지 마라. 그녀의 가족을 만나면 그녀를 보다 깊고 다각적으로 종합적으로 판단할 수 있는 좋은 기회다. 그대가 가족을 만나기를 꺼려하는 눈치를 보이면, 여자는 자신과의 관계를 공식적인 관계로 만들 의사가 없다고 판단한다. 그녀와 진지하게 사귀고 싶다면 초대를 받아들이고 그녀 집을 방문하라. 물론 그녀의 가족이 당신의 이곳저곳을 스캔하면서 완전분해하려 든다. 당신도 그녀의 가족을 한명 한명 분석해보라.

여자 어머니

대부분의 TV 드라마, 영화, 소설 등은 딸과 엄마 사이를 처음에는 싸우다가 결국에는 화해하는 아름다운 관계로 표현한다. 모녀 관계는 평생 친구나 자매라고 한다. 틀린 말은 아니다. 딸과 엄마는 아들과 아버지 관계에 비해 부드럽고, 원만하다. 하지만, 엄마에게 상처받고 자란 딸도 많다.

여자 가족을 만나면 우선 어머니를 잘 관찰하라. 남편을 어떻게 대하는가 살펴봐라. 남편의 말을 자주 가로막는가. 당신이 보는 앞인데도 남편을 대놓고 무시하는가. 그리고 경멸하는가. 관심사가 무엇인가. 주로 돈이나 재물이야기만 늘어놓는가. 자식을 자기의 동맹군으로 만들고 남편을 외톨이로 만드는 중년 어머니가 상당히 많다. 이런 어머니는 사위도 자신의 연합군이 될 수 있는지 판단하려 든다.

어머니가 딸을 어떻게 대하는가도 살펴보라. 은연중에 딸과 경쟁을 벌이고 있는가. 은근히 딸을 무시하는가. 집안의 여왕으로 파워를 휘두르지 않는가. 엄마의 모성애와 양육 습관은 딸에게 대물림 된다. 여자의 어머니가 보여주는 남편과 자식에 대한 태도가 바로 당신 여자의 미래의 모습을 보여준다. 그리고 당신 딸도 엄마의 태도를 배운다.

어쩌면 당신 여자는 엄마로부터 끊임없이 피해를 본 불쌍한 존재인지 모른다. 그녀는 어머니의 비위를 맞추기 위해, 착한 딸로 인정받고 싶고, 어머니의 사랑을 받기 위해 할 말을 꾹꾹 참고 살았는지 모른다. 이런 마음으로 지난 세월을 보낸 여자는 부모한테서 받은 정서적 박탈감을 남편이 될 당신으로부터 보상받으려 할 수도 있다. 여자 부모가 뿌린 불행의 씨앗이 당신 집에서 독이 가득 찬 꽃망울을 터뜨려 당신 인생을 고달프게 할지 모른다.

여자 쪽 어머니만 문제를 지닌 건 아니다. 당신 어머니는 어땠는가? 당신의 여성상은 많은 부분 어머니로부터 영향을 받았다. 만일 어머니가 언제나 냉정하고 원리원칙을 중요시하고, 당신이 조금만 잘못했어도 야단과 체벌을 서슴지 않았다면, 그대 내면에는 부정적이고 위압적인 여성상이 자리 잡고 있다. 이런 어머니를 둔 남자는 여성을 안락하고 긍정적인 존재로 보지 않고 위압적이고 처벌하는 사람으로 생각한다.

이 시대의 많은 한국 어머니가 아이에게 학교점수에 맞춘 사랑을 주고 있다. 공부 잘하는 아이들에게는 많은 사랑을 주지만(엄격히 말하면 사랑이 아니지만), 공부 못하는 아이에게는 질책과 냉대와

멸시를 안겨주고 있다. 냉정하고 부정적인 어머니, 질책과 체벌을 마구 해대는 어머니 밑에서 자란 자식은 자신이 무능하다고 생각하고, 사회성이 위축되기 쉽다. 이렇게 되면 건강한 남성으로 성장하기 힘들다. 당신 어머니는 당신을 어떤 식으로 키웠는가? 잘 생각해보길 바란다.

여자 어머니는 당신에게 아군도 될 수 있고 적군도 될 수 있는 사람이다. 결혼하고 장모님과 친해지면 아내의 유아기와 사춘기 시절 이야기, 좋아하는 선물에 관한 정보를 얻는다. 하지만 대부분의 여자 어머니는 결혼생활이 어느 정도 정착이 되기 전까지는 딸에 대한 험담을 사위에게 늘어놓지 않는다. ‘어휴! 어떤 재수 없는 놈이 저런 걸 데려 갈꼬’라고 낭비벽이 심한 딸을 면박 주던 어머니도 예비사위 앞에서는 절대 딸의 험담을 늘어놓지 않는다.

만일 그대의 결혼생활이 위기에 빠지는 경우 여자 어머니는 이유 여하를 따지지 않고 딸의 편을 들 것이다. 설사 딸이 외간남자와 놀아나도 다 그대가 잘못했기 때문이라고 우긴다. 이혼 단계에 들어가면 여자 쪽 어머니가 이혼을 주도하는 경우가 많다.

권위적인 아버지

당신 여자는 아버지한테도 영향을 받았다. 여자는 아버지를 상대로 앞으로 만날 남자관계를 대비하는 예행연습을 한다. 많은 예비신랑이 여자 아버지를 만나면 적당한 신랑감인가 평가받는다는 생각으로 긴장한다. 하지만, 당신도 여자 아버지를 분석 평가해야 한다.

당신과 마주 앉아있는 여자 아버지가 지나치게 권위적인가 확인하라. 권위적인 아버지는 자식이 스스로 의견을 갖도록 돕지 않으며, 아이가 다른 의견을 가지면 꾸짖기도 한다. 자식이 지킬 수도 없는 많은 규칙과 장애물을 곳곳에 설치해 고의든 아니든 자식을 의존적으로 만들어 버린다. 그리고 자식의 나쁜 행실을 고쳐주면 아버지의 의무를 다했다고 생각한다. 남성우월주의의 유교적 가부장제 사상을 선호하는 이런 아버지가 아직 꽤 많다.

이런 아버지는 결국 딸을 질식시켜 잠재력을 키울 기회를 주지 않는다. 이렇게 자란 딸은 작은 일에도 항상 아버지의 허락을 구하고 자신감을 갖지 못하고 어린아이와 같은 의존심에 사로잡힌다. 아버지로부터 과도하게 통제되어 자란 여성은 (특히 남성에 대한) 비이성적인 분노, 무력감을 호소하는 경향이 있다. 이런 여성은 인생에서 성공하기 위한 필수적인 내적 책임감을 갖고 있지 못하다.

그대가 보수적이고 남성우월적인 성격이면 당신에게 의존하는 여자가 사랑스럽게 보일 수 있다. 여자의 아버지는 자기와 비슷한 남자에게 딸을 넘김으로써 예쁘게 잘 키워 시집보냈다고 만족해할 것이다. 하지만 이런 여성은 현대 사회에서 한 사람의 몫을 할 수 있는 능력 있는 여성으로 성장하기는 힘들다. 당신 혼자서 가족을 먹여 살릴 수 있다면 이런 여성도 나쁘지는 않다.

무관심한 아버지

아이들 성장에 무관심한 아버지도 권위적인 아버지만큼 딸의 성장에 부정적인 영향을 미친다. 여자의 아버지가 딸을 대하는 태도를 보면서 부모노릇을 제대로 한 남자인가 관찰해봐야 한다.

많은 한국 남자가 직장 동료, 중고등 동창, 대학교 동문과 어울리는 재미로 가족 관계를 소홀히 한다. 사회생활과 직장생활 때문에 어쩔 수 없이 술자리에 참석한다고 한다. 하지만, 사실은 '가족과 무슨 재미로 노나' 라면서 술잔을 함께 나누며 문화와 말이 통하는 동년배들과 어울리기에 바쁘다. 짜릿한 쾌락으로 즐겁기 때문이다.

이런 아버지는 대부분 퇴근 후에도 자식들과 시간을 함께 보내지 않는다. 거실에 앉아 TV에 푹 빠져 아이들에게 신경을 안 쓴다. 아이의 세계 속으로 들어가려는 노력도 하지 않고, 하루가 다르게 성장하는 아이에게 관심과 애정을 쏟지 않는다.

아버지로부터 사랑받지 못하고 무시당한 아이들, 특히 딸은 사회나 직업에서 성공으로 보상받으려 한다. 성공하는 방법은 점차 알아가지만, 남자와 건강한 관계 맺기에 서툴고 과도한 성취욕 때문에 대인관계가 어려워진다. 사회적으로 성공하지 못하면 자신은 아무런 가치가 없는 사람이라 생각한다. 결국 자아존중감이 약한 사람이 된다.

자아존중감이 약한 여자는 가슴 속에 '왕자님'을 키운다. '왕자님'은 바로 당신이다. 그대는 친아버지도 주지 못한 사랑을 여자에게 주어야 된다. 여자의 과도한 기대를 만족시켜줘야 한다.

자기 딸이 공주인 아버지

　권위적인 아버지, 무관심한 아버지도 문제지만 성인이 된 딸을 계속해서 어린 공주님으로 대접하는 아버지도 문제다. 이런 아버지는 딸을 성인으로 인정하지 않고 영원히 자신의 보호가 필요한 어린아이로만 본다. 딸 역시 든든한 아버지의 울타리에 있어야 안심한다. 이런 딸은 모든 문제를 언제나 아버지가 해결해주었기 때문에 독립심이 약하다.

　사회적으로 성공하고 자식에 대한 애정이 유달리 강한 아버지 중에서 이런 아버지가 많다. 이런 아버지는 아이가 원하는 것은 무조건 퍼주기만 하면 좋은 줄로 안다. 이런 아버지 밑에서 자란 딸은 영원히 능력 있는 아버지 역할을 해줄 수 있는 남편을 찾고 결혼하면 남편을 항상 아버지와 비교한다. 여자 마음속에는 자신을 언제나 예쁜 공주님으로 대접해준 아버지가 자리 잡고 있다. 당신에게서 부족한 면이 발견되면 바로 친정아버지와 비교를 한다. 이런 여자와 결혼하면 아내의 마음을 얻기 위해 막강한 장인과 경쟁해야 한다.

　이런 여자는 결혼생활이 위태로우면 쉽게 남편을 포기하는 경향이 있다. 이혼해서 아버지한테 돌아가면 예전처럼 즐겁게 생활할 수 있다고 생각한다. 아버지가 모든 것을 해결해주었기 때문에 자연히 독립심은 약하고 세상과 맞설 의지도 약하다. 살다가 조금만 힘들어도 못 참고 아버지에게 도움을 요청한다. 진짜 위기는 모든 것을 해결해주는 친정아버지가 세상을 떠나고 남편인 당신만이 그녀 곁에 있을 때 찾아온다.

그녀의 아버지를 만나는 자리에 의례히 술이 오고 간다. 체질적으로 주량이 센 사람과 약한 사람이 있다. 어른이 권한다고 자신의 주량을 넘도록 술을 마시지 마라. 술 먹고 해롱대는 모습을 보여 안 좋은 인상을 주느니 적정선에서 멈추도록 하라. 여자 집에 인사하러 갔다가 권하는 술을 넙죽넙죽 받아 마시다 인사불성이 되어 추한 모습을 보여 파혼되는 경우가 실제로 가끔 있다.

오빠와 남동생

오빠와 남동생도 여자의 남성관과 결혼관에 영향을 끼친다.

희선에겐 한 살 위 오빠가 있는데 안 좋은 기억만 가지고 있다. 어렸을 때부터 오빠는 놀기 좋아했고, 희선은 열심히 공부했다. 희선은 늘 부모님에게 귀여움을 받았으나 오빠는 구박을 당했다. 그럴 때마다 기분이 나빠진 오빠는 희선에게 폭력을 휘둘렀다. 희선에게 오빠는 공부는 안하고 늘 빈둥빈둥 대고 툭하면 주먹을 휘두르는 상종하지 못할 인간이었다. 이런 오빠 때문에 자연히 희선은 남자에 대한 부정적인 생각을 갖게 되었다. 희선에게 남자는 늘 이겨야 할 대상이었고, 무능력한 남자는 무시당해도 싸다고 생각해 왔다. 오빠보다 훨씬 좋은 대학에 들어간 희선은 연애를 하면서 남자 친구에게서 조그만 결점이 발견되어도 용서를 하지 못했다.

미선은 희선과는 정반대 경우다. 미선의 오빠는 미선보다 3살

위였다. 오빠는 어렸을 때부터 미선을 챙겨주었고 보살펴주었다. 학교공부도 도와주었고, 대학에서 전공을 선택할 때도 조언을 아끼지 않았다. 미선은 남자를 사귈 때도 오빠의 조언을 따랐다. 미선에게는 오빠가 부모님보다도 더 가까웠고 믿을 수 있는 존재였다. 미선은 자신도 모르게 아버지보다는 오빠가 더 이상적인 남성상으로 자리 잡았다. 드디어 오빠가 좋은 여자를 만나 결혼을 결심하게 되고, 오빠는 미선에게 '이제 내가 널 챙겨줄 수 없으니 네 일을 네 스스로 알아서 하라'고 말했다. 그 말을 듣는 순간 미선은 엄청난 상실감에 시달렸다.

미선은 여러 남자를 만났으나 어느 누구에게서도 오빠에게서 느꼈던 친밀감을 느낄 수 없었다.

유정은 두 살 아래인 여동생과 10살 아래인 남동생이 있다. 남동생이 애기 때부터 귀저기도 갈아주고 우유도 타 먹이며 보살폈다. 유정은 입버릇처럼 '쟤는 내가 키웠다'고 자랑했다. 유정에겐 모든 남자가 보살펴줄 대상이고 결혼해서 아이를 키우는데도 별 어려움이 없었다.

남자 형제들과 자라면서 적절한 자극을 서로 주고받으면서 건강하게 자란 여성은 남자를 이해할 수 있는 토대를 갖추고 있다. 그대의 여자는 남자형제들과의 관계가 어땠는가?

그대가 사귀고 있는 여자가 입버릇처럼 "난, 오빠, 아빠 때문에 너무 힘들었어."라고 한다면 당신은 힘들었던 그녀의 과거를 애틋하게 생각하고 당신이 그 상처를 치유해줄 거라고 다짐할 수 있다. 하지만, 그녀의 마음 속 깊은 곳에는 남자에 대한 불신감, 적개심이 깔려 있을 수 있다. 그 적개심이 결혼 후에 수면 위에 떠올라 당신의 결혼생활이 전투모드로 돌변할 수 있다.

이혼한 부모의 딸

이혼 가정이 늘어나면서 편부모나 할아버지, 할머니 손에서 자란 아이가 늘어나고 있다. 편부모 자녀에게 쓸데없는 편견을 가질 필요는 없다. 폭력적이고 문제 많은 부모 밑에서 자란 아이보다 할아버지나 할머니, 편부모의 사랑을 듬뿍 받고 자란 아이가 더 건강하게 성장한다. 편부모 밑에서 자란 젊은이가 어떤 문제점을 안고 있는가를 알면 그를 이해하는 데 도움이 된다. 물론 이런 문제점은 일반적이며 모든 사람이 그렇다고 생각해서는 안 된다.

일반적으로 아버지와 함께 많이 놀았던 아이는 사회성이 좋다. 성장기에 좋은 아버지가 곁에 있었던 아이는 아버지가 없었던 아이에 비해 훨씬 자신감을 가지고 성장한다.

아버지 없는 가정에서 자란 딸은 아버지(즉 집안의 남자)를 접촉할 기회가 거의 없기 때문에 남자에 대한 현실적이면서 정확한 관점을 갖기 어렵다. 전반적으로 왜곡된 남성관을 가지고 있어 남자와 건강한 관계를 맺는 것을 어려워한다. 남편이나 애인에게 비현실적인 기대를 많이 하며 결혼 상대자를 결정할 때 현명하고 좋은 선택을 하기 힘들어 한다.

그래서 아버지 없이 자란(또는 학대하는 아버지를 둔) 젊은 여자는 좋은 아버지를 찾으려는 잠재적 욕구 때문에 나이 많은 남성과 사랑에 빠지기도 한다.

그리고 어렸을 때 아버지로부터 거절당했던 기억을 갖고 있거
나 아버지로부터 외면당한 어머니를 보고 자란 여자는 버림받는
느낌에 대해 보통 여자보다 훨씬 예민한 반응을 보이는 경향이
있다.

성장기에 받은 상처 때문에, 미래가 안겨주는 부담감 때문에,
결혼이 현실적으로 가까이 다가오면 자신이 과연 아내와 어머니
역할을 제대로 해낼 수 있을까 하는 걱정하는 여자가 많다. 그대
와 마찬가지로 여자 역시 소비 자본주의 사회에서 결혼을 부담스
럽게 생각하고 있다.

주위를 살펴보면 모든 여자가 결혼하기에 적당하지 않은 여자
로 보일 수 있다. 하지만 믿어라. 세상에 좋은 여자는 아직도 많이
남아있다. 이 시대에 '좋은 여자와의 결혼'은 정말로 중요하고,
로또 당첨보다 몇 십 배, 몇 백 배 더 소중한 행운이다. '결혼하기
에 좋은 여자'는 어떤 여자일까.

이런 여자가 좋은 여자다

현대 남성이 결혼하고 싶어 하는 이상적인 여성은 어떤 여자일
까?

'예쁘면서 늘씬하고, 독립적이면서도 마음이 열려 있고, 지성을

갖춰 전문직에 종사하거나 좋은 직장에 정규직으로 근무하고, 교양을 갖춰 예술과 문화를 같이 즐기며 대화가 통하는 여자, 그러면서 요리솜씨도 좋고 아이들도 잘 키우고, 시부모에게도 싹싹하고, 돈을 밝히지 않으면서도 돈을 많이 벌수 있는 능력 있는 여자, 살아가면서 내려야할 의사 결정 과정을 도와줄 수 있는 합리적인 여자, 청바지도 잘 어울리고, 파티드레스를 입어도 잘 어울리는 여자, 다른 남자에겐 기품 있게 행동하면서 침대에서 나만을 위해 봉사해주는 여자……' 등 아마 끝이 없을 것이다.

이 책을 읽는 독자는 이 모든 조건을 갖춘 여자는 컴퓨터 게임 속에서 존재하지 현실에선 찾기 힘들다는 것을 안다. 현실에서 배우자를 고르기 위해서는 요구 조건을 조절해야 한다. 우선 앞에서 보여준 '이런 여자는 다시 생각하라'에서 언급된 여자들만 피해도 최악의 경우는 어느 정도 피할 수 있다. 하지만 거기에 만족하지 말고 좀 더 욕심을 내서 숨겨진 보석 같은 여자를 찾아보자. 세상은 넓고 좋은 여자는 아직도 남아 있다.

베푸는 여자

한국의 여성주의 미술의 대모로 불리는 윤석남 씨는 2009년에 버려진 개를 주제로 나무 조각 전시회를 열었다. 윤석남 씨는 경향신문과의 인터뷰에서 유기견과 페미니즘의 관계를 다음과 같이 설명했다.

"이 작업은 개를 다루지만 근본적으로 '보살핌'에 관한 이야기

예요. 돌봄, 보살핌은 여성들의 몸과 마음에 본능처럼 새겨진 것이 아닐까 생각합니다. 사실 애신의 집에 관한 신문기사를 보고 개를 돌보는 이들이 대부분 할머니들, 여성이라는 데 흥미를 느꼈어요.”

그렇다. 돌봄과 보살핌을 본능으로 생각하는 여성! 이런 본능을 가지고 있는 여성이 좋은 여자다. 이런 여자는 아직도 많이 남아 있다. 현대 자본주의 사회에 사는 사람은 고독과 소외감을 느낀다. 인간은 거대한 사회조직의 하나의 부품으로 전락했고, 그 결과 자신의 존재감을 하찮게 생각하는 사람들이 늘어나고 있다.

거대 사회에서 파편화, 원자화된 현대인은 감정이 피폐해지고 갈가리 찢겨져 있다. 이런 조각난 현대인의 감정을 봉합해주는 것이 바로 돌봄과 보살피는 마음이다. 돌봄과 보살핌의 정신으로 파편화되고 조각난 현대인을 어루만져줄 수 있는 여자. 바로 그런 여성분이 ‘좋은 여자’다.

아무리 여성의 지배욕이 강해지고 물질적 가치가 중요시 되었다 하더라도 현대 여성 중에도 돌봄과 보살핌의 본능이 살아 숨쉬는 여성이 있다. 황금만능주의와 물질주의의 파도에 익사하지 않은 여자들이다. 이런 여자야말로 진흙 속의 진주와 같다. 이런 여자를 배우자로 얻는 것은 인생 최대의 행복을 보장하는 열쇠다.

이 세상에는 여러 부류의 여자가 있다. 자신의 주장만 내세우는 여자, 조금도 손해를 보지 않으려는 여자, 뒤에서 음모를 꾸미는 여자, 그리고 마음이 따뜻해서 베푸는 것이 자연스러운 여자 등. 그대가 섹시하고 늘씬한 여성에게만 눈과 마음이 쏠리면 이런 좋은 여자를 놓칠 수 있다. 상업 미디어가 만들어내는 인공적인 미인들의 환상에서 빠져 허우적대지 말고 돌보고 베푸는 여자를 찾아야 한다.

곁에 있어 주는 여자

저 여린 가지로 혼자인 날 느낄 때
이렇게 아픈 그대, 기억이 날까
내 사랑 그대,
내 곁에 있어줘
이 세상 하나뿐인 오직 그대만이
힘겨운 날에 너마저 떠나면
비틀거릴 내가 안길 곳은 어디에

1990년에 세상을 떠났지만 아직도 사랑받고 있는 김현식의 〈내 사랑 내 곁에〉의 가사다. 남자가 혼자임을 느낄 때, 힘겨울 때 곁에 있어주는 여자. 여자보다 정신적으로 약한 남자에겐 이런 여자가 필요하다.

하지만, 현대 여성은 시도 때도 없이 안아달라고 치대는 남자는 사랑해주지 않는다. 세상이 바뀌었어도 여자는 여전히 강한 남자를 좋아한다. 자신의 2세를 위해서 그리고 자신이 힘들 때 든든한 어깨를 내줄 수 있는 강한 남자를 원한다.

남자는 모든 것이 잘 풀리고 세상에 무서운 것이 없을 때는 말초적 욕구를 충족시켜주는 여자를 원한다. 하지만 자신이 초라해지면 기댈 수 있는 여자, 곁에 있어주는 여자를 찾는다. 남자의 이런 이기적인 욕심은 허진호 감독의 영화 〈행복〉에 잘 나타나 있다. 서울에서 방탕한 생활을 즐기던 영수(황정민)는 간이 나빠져 시골의 요양소로 들어간다. 그곳에서 폐가 안 좋은 은희(임수정)를 만난다. 은희의 따뜻한 마음과 간호에 건강을 회복하자 영수는 서울의 화려한 생활을 그리워하고 결국 은희를 버리려 한다. 그때, 영수는 은희에게 '네가 먼저 얘기 좀 해줘. 헤어지자고.' 라고 잔인한 말을 내뱉는다. 결국 은희 곁을 떠난 영수는 다시 방탕한 생활을 즐기고, 버림받은 은희는 병이 악화돼 쓸쓸히 죽음을 맞이한다. 남자의 제멋대로이고 이기적인 태도를 적나라하게 까발린 영화다.

남자는 잘 나갈 때는 육감적인 여자를 원하고, 나약해지면 의지할 수 있는 여자를 원한다. 남자는 그만큼 이기적인 동물이다. 인류는 돌봄과 베푸는 여성이 있었기에 이제까지 생존하지 않았나 싶다.

지금 만나고 있는 여자에게 힘들다는 사인을 보내봤는가. 그녀는 무거워지는 분위기에 낯설어하며 '오빠, 분위기 꿀꿀하다.' 라며 어두운 분위기 탈출하려고만 하는가. 물론 그녀가 어려서, 경험이 없어서, 어떻게 당신에게 마음 한 칸을 내어줘야 하는지 몰라서 그럴 수 있다. 그렇다면 사랑을 조금씩 키워나가면서 그녀는 곁에 있어주는 여자가 되는지 모른다.

하지만 천성적으로 약해진 남자 곁에 있어주지 못하는 여자가 있다. 인생의 밝은 면만 추구하는 여자는 일이 잘 풀리는 동안은 밝고 명랑하고 발랄하다. 하지만 조금만 힘들어도 견디지 못한다. 한 인간의 진정한 모습은 어려움이 닥쳤을 때 드러난다.

남자의 성충동을 이해하는 여자

남자가 성욕을 마음대로 발산하도록 내버려두었다면, 거리는 시체와 임산부로 넘쳐났을 것이다. 결혼이란 제도, 특히 일부일처제는 남자의 성욕을 절제시키려고 만들어진 제도다. 남자는 여자에겐 일부일처제를 요구하면서도, 자신의 아랫도리는 부지런히 다른 여자와 외도를 일삼았다.

기본적으로 남자의 성욕은 충동적이다. 가끔 남자는 머리가 아니고 고환으로 생각한다. 상대여자를 사랑하지 않으면서도 성충동 때문에 섹스를 한다. 남성 유전자에는 '되도록 많은 여자와 관계를 맺어 자손을 퍼뜨리라' 는 명령어가 프로그래밍 되어 있다. 성충동과 바람기는 남자에게 자연 현상이며 성직자가 아닌 평범한 남자는 조절하기 힘들다. 남자는 거느리는 성 파트너의 숫자로 수컷으로서의 자신의 능력을 확인한다.

이러한 남자의 무절제한 성욕에 대해 과거 여자는 속이 상했지만 어쩔 수 없다고 체념했다. 하지만, 여권이 강화되면서 남자의 몰상식한 성욕발산을 그냥 넘어가주는 여성은 거의 없다.

이 시대의 한국 여자는 '성 배분권' 을 이용하여 남자를 조종하려 한다. 기혼 여성은 남편에게 불만이 있으면 성관계를 거절하면서 부부파워 갈등에서 무기로 사용한다. 섹스를 거절당한 남편은 직업여성으로 눈을 돌리려하지만, 2004년에 성매매 특별법이 입법화되면서 돈을 지불하고 맺는 성관계가 범죄화 됐다. 법원은 아내와 강제로 성관계를 맺는 남편에게 강간죄를 적용한다. 과거 남자가 누리던 성적 우월성이 계속 규제 축소되고 있다. 남성의 성권리(성권리라고 표현하기에는 뭐하지만!)가 규제되면서, 자연히 여자의 성배분권은 강화되고 남자에 대한 지배력은 강화되고 있다.

남자는 애인이나 부인으로부터 성관계를 거절당하면 정신적 타격을 입는다. 현대에 와서도 남자의 자부심은 대부분 자신의 성적 매력에 근거하고 있다. 남자에게 섹스는 여자와 교감하고 더 가까워지기 위한, 그리고 일체감을 느끼는 수단이다. 여자가 성적 접촉을 거절하면 남자는 자신의 존재감이 거절당했다고 생각한다. 거절이 계속 반복되면 스트레스 수치는 극한으로 치달아 폭력을 휘두르기 일쑤다. 연애하는 커플의 경우 여성의 거절로 스킨십 단계가 계속 올라가지 않으면 둘의 관계는 결국 깨지게 된다. 성관계 거절은 남녀관계의 발전을 위협한다.

과거 여자는 남자가 외도를 하면 자신에게 문제가 있다고 생각했다. 늘어진 엉덩이, 쭈글쭈글한 뱃살, 푹 꺼진 가슴이 원인이라고 믿었다. 하지만 여자의 생각이 달라졌다. 여권이 강해지면서 남자 애인이나 배우자가 '다른 여자와 단 한 번 관계'를 맺어도 그날로 헤어지겠다고 단단히 결심하는 여성이 많아졌다.

현대 여성은 남성의 외도를 '자원의 분산'과 '지배력에 대한 도전'이라는 시각에서 본다. 남자가 다른 여자를 만나면 남자가 가지고 있는 자산(현대 여성은 남자의 자산을 자기 재산이라 생각한다)이 다른 여자에게 나눠지고 자연히 자기 몫이 줄어든다. 자기 몫에 대해 민감한 현대 여성으로선 용납할 수 없는 상황이다. 이 시대 여자는 자신의 인생뿐만 아니라 남자(남편과 아들)의 인생도 관리 감독해야 직성이 풀린다. 이런 여성에게 남자의 외도는 자신에 대한 도전이라 간주한다.

남자에게 좋은 여자는 남자의 성욕구를 이해해주는 여자다. 남자와 갈등 상황에 처하더라도 성접근권을 무기로 활용하지 않는 여자다. 물론 여자도 남자가 꼴 보기 싫어지면 살 맞대기가 싫어진다. 이럴 땐 남자더러 다른 곳에서 성욕구를 해결하라고 권하는 여자까지는 아니더라도 눈은 감아주는 여자가 좋은 여자다. 이런 여자에게 남자는 감격하고 경외심까지 갖는다.

남자의 성욕과 본성을 이해할 수 있는 여자는 남자에 대해 연구를 많이 했다. 남자의 일회성 외도 정도는 담담하고 의연하게 받아들이는 여자가 남자에게 좋은 배우자감이다. '술 취한 남자 중에서 여자가 유혹하는데 넘어가지 않는 남자가 어딨냐?' 이런 생각을 하는 여자가 좋은 여자다.

남자에게 끊임없이 섹스 욕구를 자극하는 현대 사회에서 결혼 후 한 여자에게 충실해야 하는 일부일처제는 남자에게 큰 과제를 던지고 있다. 남자가 여자에게 일방적으로 요구하고 복종시킬 수 있는 시대는 사라졌다. 이제 남자는 여러 명의 여자와 섹스하고 싶다는 본능적인 욕망을 잘 조절하면서 살아가는 노하우를 터득해야 한다.

이 시대의 결혼생활에 가장 위협적인 요소는 남자, 여자 모두 성욕이 강해지고 있다는 것이다. 현대 남성은 성욕과 성감이 풍부해진 여성을 만족시켜야하는 과제를 떠안고 있다.

아직까지는 타고난 색녀를 제외하고는 대부분의 여자는 남자와
는 달리 섹스 욕구를 조절할 수 있다. 남자는 섹스를 간절히 원하
고, 여자는 대상을 골라 섹스를 허용한다. 어느 쪽이 더 유리한가.
당연히 여자가 파워를 가지고 있다.

세계의 결혼제도

헬렌 피셔의 『사랑의 해부(Anatomy of Love)』(1992)에 따르면 853개의 문화권 가
운데 일부일처제를 규정한 곳은 16%에 불과하다. 나머지 84%는 남자가 동시
에 두 명 이상의 아내를 얻을 수 있는 일부다처제를 채택하고 있다. 일부다처제
는 남자가 자손을 많이 낳을 수 있는 최상의 생식 전략이기 때문이다. 일부다처
를 공인한 대표적 종교는 미국의 모르몬교로, 모르몬교회 간부들은 평균 5명
의 부인과 25명의 자식을 가졌던 것으로 전해진다. 그러나 일부다처제인 문화
권에서도 실질적으로 여러 명의 아내를 거느린 남자는 인구의 5~10%에 불과
하다. 또 일부다처제를 시행하고 있는 곳 대부분은 문화가 발달하지 않은 작은
사회다.

일처다부제의 나라도 있다. 티베트가 대표적이다. 여자가 다섯 명까지 남편
을 둘 수 있는데 남편들은 대개 형제들이다. 맏형이 장가를 들면 그 아래 남동
생들도 줄줄이 형수와 결혼하는 것이다. 그러나 일처다부제는 여자들이 일생
동안 25회 이상은 출산이 불가능한 생물학적 한계로 확산되지 못했다. 때문에
인류사회의 0.5%만 채택하고 있다.

- 경향신문, 뉴스메이커

경제 감각이 있는 여자

부자가 되고 싶은가? 그럼 결혼을 잘해야 한다. 부잣집 딸과 결혼하란 말이 아니다. 경제 감각이 있는 여자를 선택하란 말이다.

남자는 결혼해야 돈을 모을 수 있다는 전설이 있었다. 술 좋아하고 친구 좋아하는 남자가 알뜰하게 살림 잘하는 여자와 결혼하니 그제야 돈이 모이기 시작했다는 이야기다. 예전 여자는 남자보다 알뜰했는지 모른다. 하지만 요즘은 남자보다 낭비가 심한 여자도 많다.

쇼핑중독에 빠진 여자가 있다. 30대 초반인 이 여자는 남편이 출근하면 인터넷 쇼핑과 홈쇼핑을 들락거리며 쇼핑을 계속 해댔다. 방 하나에 수백 벌의 옷이 기득하고, 구매하고도 한 번도 입지 않은 옷이 여러 벌이고, 가방도 수십 개, 구두도 수십 켤레 가지고 있었다. 신기한 건 자기 것은 그렇게 많이 사면서도 남편 것은 거의 사지 않는다. 남편 와이셔츠는 목 부분이 닳아서 헤질 정도로 낡아 있었다. 이런 여자와 결혼하면 남자가 아무리 열심히 돈을 벌어도 밑 깨진 독에 물 새듯이 돈이 남아있지 않게 된다. 여자가 쇼핑 중독에 빠진 이유는 어렸을 때 받은 상처-외로움과 소외감-를 달래기 위해서였다. 그 여자 인생도 불쌍하지만 남편 인생도 참 힘들겠다는 생각이 들었다.

한국에서 알뜰한 여자가 사라지고 있다. 많은 한국 여자가 어렸을 때부터 소비 쾌감을 즐기는 분위기에서 자랐다. 상업 미디어가 10대와 20대의 여성을 겨냥한 광고를 얼마나 쏟아내는가. 상품 광고는 여자를 정조준하고 있다. 이렇게 한국 여성은 소비 쾌락을 조장하는 소비조장 공화국 한가운데서 자라고 성장했다.

여성 단체들은 지금 당장 '우리 여성을 더 이상 소비 대상으로 삼지 말라'고 들고 일어나야 한다. 동료 여성에게는 광고와 마케팅의 달콤한 유혹에 빠지지 말라고 충고해야 한다. 여성에게 올바른 경제 감각을 알려주는 다양한 프로그램을 개발해야 한다.

아무리 광고를 많이 퍼붓는다 하더라도 가정에서 올바른 소비 습관을 교육시킨다면 다행이다. 하지만 이 시대의 딸 가진 어머니 역시 올바른 소비를 해왔던 세대는 아니다. 어머니들 역시 소비를 삶의 즐거움으로 여기고 살아 왔다.

이 시대 한국 여자는 누구나 소비의 여왕이 될 수 있는 위험성을 안고 있다. 당신이 재벌 3세가 아닌 이상 소비 여왕의 비위를 맞추기는 어렵다.

경제 감각이란 지방의 싼 땅을 사러 돌아다니거나 아파트 미등기 전매로 돈 버는 투기 감각을 말하는 게 아니다. 소나기 퍼붓듯이 소비를 유혹하는 광고 속에서 한정된 자산을 가지고도 합리적이고 적절하게 소비할 수 있는 감각을 말한다. 소비 숭배 공화국에서는 낭비의 유혹을 참아내고 합리적인 소비를 할 수 없으면 행복하게 살기 힘들다. 현대 사회의 남성과 여성에게 모두 경제 감각이 절실히 요구된다.

모성애가 있는 여자

모성애는 남자가 여자에게 많은 책임을 지게 해서 여성에게서

보다 많은 것을 얻기 위해 만들어낸 관념일 뿐이라고 주장하는 여성운동가도 있다.

하지만 동물의 암컷에는 수컷에는 없는 모성애가 분명히 있다. 개도 새끼를 잉태하면 건강한 2세를 낳기 위해 몸조리에 신경을 많이 쓰고, 새끼를 분만하면 상당한 기간 동안 젖을 물리고 정성으로 돌본다. 누가 가르친 것도 아닌데 새끼가 어느 정도 자랄 때까지 스스로 어미로서의 역할을 충실히 수행한다.

인간의 암컷인 여성에게 모성애가 있다는 사실은 여러 과학적 연구에도 증명이 됐다. 하지만 현대 여성이 과거 여성보다 모성애에 큰 가치를 두지 않는다는 것도 사실이다. 과거 여성은 혼기가 차면 결혼 말고 다른 선택이 거의 없었다. 하지만 실력만 있으면 얼마든지 경제적으로 독립할 수 있는 현대 여성에게 결혼은 여러 선택 중의 하나이고, 임신과 출산도 선택에 불과하다.

어렸을 때부터 결혼보다는 독립을 외치는 현대 여성은 자연히 모성애가 약할 수밖에 없다. 열 달 동안 고생하여 자기 배에서 나온 아이가 커리어 개발에 방해가 되는 현실에서는 현대 여성은 모성애를 부담스런 감정으로 여긴다. 사교육비 부담과 살인적인 입시 경쟁 역시 한국 여자가 결혼과 출산을 주저하게 하는 요소다. 이런 여러 요인 때문에 현대 여성은 모성애를 억누르고 있다. 현대 사회에서 강한 모성애를 가진 여성의 숫자가 줄어드는 현상은 여성의 이기심 때문만은 아니다. 험한 세상에 2세를 내놓지 않으려는 암컷의 현명한 전략일지도 모른다. 전쟁 기간이나 불황일 때는 출산율이 떨어진다. 지금 한국 여성은 이 시대를 전쟁시기만큼 어려운 시기로 보고 있다.

모성애는 여성 개인의 성향과 품성에 따라 차이가 많이 난다. 원치 않은 임신을 한 여성 중에서도 낙태하는 여자가 있는 반면, 미혼모 시설에서 출산하는 여자도 있다. 시설에서 낳은 아이를 제3자에게 입양시키는 경우도 있고, 싱글맘으로 아이를 키우는 여성도 있다. 반면에 더 좋은 남자를 찾기 위해, 더 좋은 조건에서 살아가고 싶은 욕심이 모성애를 억누르고, 자식을 조부모에게 맡기고 새 삶을 찾는 여성도 있다.

그대에게 좋은 여자는 모성애가 강한 여성이다. 여성주의 미술의 대모인 윤석남 씨는 '돌봄, 보살핌'은 여성의 몸과 마음에 본능처럼 새겨진 것이라고 강조했다. 돌봄과 보살핌은 모성애의 중요한 요소이다.

여성의 모성애는 어떤 조건에서 발휘되는 걸까?

기본적으로 모성애는 자신이 출산한 자식에게 가장 강하게 배출된다. 그리고 가족관계를 공식적으로 인정받는 '결혼'이라는 사회적 장치를 통해 가족이 된 사람에게도 모성애는 발휘된다. 결혼 후 유전학적으로 관련 없는 남편 쪽 어머니와 아버지에게 시어머님, 시아버님이라도 부르고 시동생에게도 애정을 표시한다.

친자식이 아닌 아이나 동물에게 사랑을 베푸는 여자가 있다. 아이를 좋아하고, 남의 아이를 보고 예쁘다고 안아주고 마냥 행복해하는 여자는 기본적으로 모성애가 풍부한 여성이다. 애완견을 키우면서 수명이 다할 때까지 정성을 다해 키우는 여자도 돌봄과 보살핌의 정신이 강한 여성이다. 결혼 전에는 모성애가 없던 여성도 임신하고 출산하면서 강한 모성애를 샘솟는 여성도 꽤 있다.

모성애가 강한 여성은 사회적으로 크게 성공하기 힘들다는 약점이 있다. 아이를 집에 놓고 회사에 출근하면 죄를 짓는 거 같기도 하고 아이 얼굴이 어른거려 회사 일에 집중하기 힘들어 한다. 결국 스스로 회사를 그만두고 육아에 전념해버린다. 정보통신기술 덕분에 집에서 아이를 돌보면서 업무도 할 수 있지만 조직에서의 고위직 승진은 기대하기 힘들다.

모성애가 강한 여성과 결혼하면서 그녀에게 오랜 사회활동을 기대하는 건 무리다. 모든 것을 가질 수 없는 법. 아이를 건강하게 키우는 것도 사회적 성공만큼 큰 행복이다. 아이 잘 키우고 살림 잘하고 남편 잘 챙겨주는 모성애가 강한 여성은 좋은 배우자감이다.

몸과 마음이 건강한 여자

사람은 몸과 마음이 함께 건강해야 한다. 현대인은 스트레스를 많이 겪는다. 건강한 몸과 마음을 유지하려면 스트레스를 잘 관리해야 한다. TV 드라마는 '쇼핑 좀 했더니 스트레스가 확 풀리네.' 하면서 백화점 쇼핑백을 주렁주렁 달고 오는 사모님 이야기나 '스트레스 풀러 바람 좀 쐬러가자.' 하면서 자가용을 끌고 야외 카페에서 커피를 홀짝 마시는 아줌마들이 등장한다.

한국 여성은 이런 드라마를 갓난아기 때부터 엄마랑 같이 봐왔다. 그래서 스트레스를 해소하려면 당연히 돈을 써야 한다 생각한다. 스트레스가 생길 때마다 돈으로 해소하는 습관은 좋지 않다. 경제적으로 어려움이 없는 사람도 스트레스에 굴복하는 경우가 많은 걸 보면 재산은 결코 스트레스를 해소할 수 있는 도구는 아니다.

그대의 여자는 다른 사람보다 스트레스를 쉽게 많이 받는 사람인가? 스트레스를 쉽게 받고, 돈쓰지 않으면 스트레스를 풀지 못하는가? '한국은 너무 갑갑해' 하면서 주기적으로 해외여행을 다녀와야 스트레스가 풀린다는 여성도 있다. 비싸게 스트레스를 푸는 또 하나의 예이다. 돈을 써야 스트레스가 풀리는 여자와 결혼하면 남자는 평생 스트레스에 시달린다. 부동산이나 금융자산이 많은 부유층이 아닌 일반인은 나이가 들수록 수입이 줄어들기 마련이다.

스트레스를 매우 쉽고 값싸게, 돈을 들이지 않고 해소하는 여성을 배우자로 삼아야 한다. 운동을 좋아하는 여성은 기본적으로 좋은 배우자감이다. 운동을 좋아하는 사람은 대부분 몸이 건강하고 운동을 하면서 스트레스를 해소하므로 마음도 건강한 사람이 많다. "난 운동은 헬스클럽에서 해야 돼."라고 말하는 여자는 진정으로 운동을 좋아하는 여자가 아니다. 머리를 끈 하나로 뒤로 묶고 트레이닝 바지를 입고 어디서라도 달릴 수 있는 여자가 진정으로 운동을 좋아하는 여자다. 운동 말고도 목욕, 산책, 독서, 음악 감상 등 검소한 취미생활로 스트레스를 해소하는 여성도 좋은 여자이다.

건강한 정신은 얼마나 독립된 자아를 가지고 있는가, 얼마나 정서적으로 안정되어 있는가라는 문제다. 나이가 들었는데도 자기 생각이 없는 여자가 많다. (물론 이런 남자도 많다) 주위 사람 말에 이리 저리 흔들리고, 다른 사람을 지나치게 의식하는 사람은 사회생활을 제대로 못하고, 결혼생활도 제대로 하지 못한다. 건강하게 독립된 자아를 가지고 있으며 정서적으로 안정된 여자. 그런 여자가 인생의 동반자로 좋은 여자다.

독서의 즐거움을 아는 여자

영상 미디어가 발달하면서 책을 읽는 사람들이 날이 갈수록 줄어들고 있다. 그래도 찾아보면 독서를 즐기는 사람들을 여기저기 찾을 수 있다. 책을 좋아하는 여성은 대체로 삶과 인간에 대한 이해력이 높다. 차분하고 생각이 깊다. 한 권의 책을 끝까지 읽기 위해서는 인내심과 집중력이 필요하다. 대중 영상 미디어가 던져주는 자극과 감각에 중독되지 않는다. 책을 좋아하는 사람은 문제가 생겨도 쉽게 흔들리지 않으며 스스로 해결 방법을 찾는다. 책읽기를 통해 마음의 내공, 마음의 힘을 쌓았기 때문이다. 독서를 좋아하는 여성은 보다 적은 비용으로 인생을 즐기는 방법을 알고, 그래서 스트레스도 적게 받는다. 아이들 양육에도 많은 정보를 보유한다.

사귀는 여성을 독서의 세계로 안내하자. 만일 그녀가 이제까지 가벼운 읽을거리만 즐겼다면 이제부터는 『나쁜 사마리안들』, 『정의란 무엇인가』, 『대화, 리영희』 같은 민주주의와 인권, 자본주의의 문제점, 대중문화의 문제점, 사회계급과 계층, 복지와 배분, 통일 등과 같은 주제를 다룬 책도 권해보자. 물론 그대도 같이 읽어야 한다.

　'결혼하기 좋은 여자'라고 해서 한 몸에 모든 장점을 지니고 있기를 기대하지 말자. 그런 여자는 이 세상에 없다. 앞에서도 말했지만 좋은 여자는 드문 세상이 되었다. 모성애가 강하거나, 살림을 잘하거나, 머리가 좋거나, 사회적 능력이 뛰어나거나, 이런 장점 하나에 몸과 마음이 건강하면 '결혼하기 좋은 여자'라 생각하는 게 좋다.

좋은 여자인지 안 좋은 여자인지 잘 모른다면

　인간이란 복잡한 존재다. 속마음을 잘 드러내지 않는다. 속마음을 헤집어 볼 수도 없다. 여자는 자신의 진짜모습을 꽁꽁 감출 수 있다. 그리고 인간은 변한다. 결혼하기 전에는 멋지고 근사한 사람이 세파에 시달리면서 겉모습은 물론이고 도덕심과 가치관마저 180도로 변하는 경우가 얼마든지 많다.

　지금 만나는 여자가 결혼을 피해야 하는 여자인지 아니면 진흙 속의 진주인지 잘 모를 경우가 있다. 이럴 때는 충분한 시간을 두고 다음과 같은 여러 각도에서 관찰할 필요가 있다.

인생을 어떻게 보는가?

인생의 밝은 면을 보는 여자가 있고 어두운 면을 주로 보는 여자가 있다. 우울한 분위기의 여성은 당신의 보호 본능을 불러일으킨다. 하지만 이런 여성을 계속 만나면 당신 자신도 어둡고 우울한 분위기에 잠기게 된다.

인생의 밝은 면만을 보려는 여자도 문제다. 부모님의 든든한 울타리 안에서 안락한 생활을 즐기는 동안에는 평안하기 때문에 밝게 웃으며 지낼 수 있다. 아직 인생의 쓴맛을 겪지 않았기 때문에 긍정적인지 모른다.

결혼은 부모님으로부터 독립해서 새로운 인생의 장을 여는 일이다. 결혼 이후의 인생은 40년, 50년 이상 계속 된다. 다른 환경에서 자란 남녀가 한 이불을 덮고 살면서 아이도 낳고, 직장을 다니고 은퇴한다. 그사이 양쪽 부모님도 돌아가신다. 수많은 사건들이 인생의 오아시스가 되기도 하고 지뢰가 되기도 한다. 그렇게 나이를 먹으면서 인생관이 조금씩 바뀐다.

현대는 모든 것이 빠르게 변한다. 도덕규범이나 윤리의식도 새로워지고 개인의 인생관도 바뀐다. 특히 한국처럼 모든 것이 빠르게 변하는 사회에서는 결혼할 당시의 가치관과 인생관이 수십 년 후에도 같을 수 없다. 결혼생활이 지속되면서 당신과 아내의 인생관도 변하기 마련이다. 30년 전만 하더라도 결혼한 여자는 남자 동창들과의 만남은 가지지 않았다. 지금은 남자 동창들과 함께 하는 모임에 적극적으로 참여해 밤늦게 술 마시고 즐기는 게 생활의 일부가 되었다.

변화의 흐름 속에서 중요한 것은 인생을 보는 자세다. 인생의 밝은 면을 보는 사람은 약간의 어려움이 생겨도 되도록 밝게 생각하고 밝게 해결하려 한다. 인생의 어두운 면을 보는 사람은 그 반대로 생각하고 행동한다. 인생의 밝은 면을 보는 사람은 훈훈한 온기를 주위사람에게 옮겨준다. 그대의 여자는 인생의 밝은 면을 보는 사람인가.

참을성이 있는가

과거에는 주로 남자에게 참을성이 요구되었다. 하지만 남녀의 권한과 책임이 균등해지는 시대에는 여자에게도 참을성, 인내심이 요구된다. 참을성 없는 여자가 빠른 속도로 늘어나고 있다.

상업 미디어의 광고 조작에 의해 소비 욕구와 기대수준은 빵 터질듯이 팽창했지만 현실에서는 결코 만족스러울 만큼 충족되지 않는다. 참을성이 부족해 이런 상황을 못 견디는 여자는 생활이 쪼들리면 폭발하기 쉽다.

남부럽지 않은 월급을 받던 남편 B씨는 결혼 후 직장을 그만 두고 시민운동에 뛰어들었다. 열심히 시민운동을 하던 어느 날 아침 상에 국수가 올라왔다. 집안에 쌀이 떨어진 것이다. 그때까지 아내는 아무런 불평도 하지 않았다. 그해 추운 겨울 집에 돌아오니 방은 차가운 얼음장이었다. 아내와 아들과 딸이 이불을 끌어안고 덜덜 떨고 있었다. 보일러 기름이 떨어진 것이다. 아이들의 입술은 추위에 파랬다. 그때까지도 아내는 불평을 하지 않았다. 아내와 아이들을 붙들고 실컷 운 B씨는 가족을 돌보기로 하고 취직했다. 그 아내는 혹독한 현실을 참으면서 가족을 버리거나 남편에게 불평하지 않고 남편 스스로 새로운 길을 선택하도록 유도했다. 이 아내와 가족은 앞으로 어떤 어려움도 능히 참아낼 것이다.

당신이 매일 저녁 전화를 거는 여자의 참을성은 어떤가? 당신이 어쩔 수 없는 상황 때문에 10분만 늦어도 화를 불같이 내는가. 친구 핸드백은 명품인데 당신이 선물한 핸드백은 국산이라 짜증을 내는가.

책임감이 있는가

과거의 한국 가정은 남자가 집안의 주인이었던 가부장 시대였다. 이제 그 시대는 막을 내렸다. 미래의 가족 제도는 어떤 모습일까. 간혹 '신가모장제(新家母長制)가 도래'하고 있다고 호들갑떠는 대중 미디어도 있다. 하지만 가모장제가 가부장제를 대처할 가능성은 별로 없어 보인다. 가부장제나 가모장제 같은 하나의 가족형태가 정착되기 보다는 사회구성원의 다양한 성향을 반영하는 다양한 가족형태가 등장할 것이다.

가부장제가 무너진 이유는 아내와 자식이 남편과 아버지를 더 이상 가장으로 인정하지 않고, 남자도 가장의 책임을 혼자 지려고 하지 않기 때문이다. 할아버지 세대가 누리던 가장의 권한도 없는데 남자들이 무한 책임을 짊어지고 싶지 않은 것이다. 젊은 남자가 맞벌이를 원하는 이유도 바로 무거운 가장의 의무를 나누고 싶다는 의사표시다.

　가부장의 몰락은 여성에게 권리도 주었지만 동시에 책임감도 요구하고 있다. 이제 남자는 스스로 능력의 한계를 인정하고 여성과 '공동가장'으로서의 책임감을 나눠가졌으면 한다. 하지만 남자가 이런 요구를 하면 여자가 떠나가 버리고, 스스로를 남자답지 못하다고 생각한다. 그래서 남자는 노골적으로 책임분담을 요구하지 않고, 우회적으로 표현한다. 맞벌이하는 여자를 원한다고.

　그동안 여성운동가는 가부장제에서 남성에게 집중된 권한을 통렬하게 비판했다. 가부장제는 없어져라, 가장은 사라져라! 라고 외쳤고 마침내 남성 가장은 사라졌다. 문제는 여성 중에 공동가장의 책임감을 짊어지려는 여성은 많지 않다는 것이다.

　사귀는 여자에게 "너와 내가 우리가 세울 가정의 공동가장이야."라고 하면 여자는 좋아한다. 하지만 "공동가장이니까 책임도 공동으로 져야 해."라고 말하면 여자의 표정은 어떻게 변할까. 눈을 부릅뜨고 기막혀할 거다. 절대 다수의 한국 여성은 가장의 책임을 나눠가질 생각은 없고, 권리는 되도록 많이 가지려 한다. 공동가장의 공동책임은 아직 익숙하지 않은 개념이다. 하지만 가정에서의 여성 권리가 증가하면 자연히 공동가장으로서의 책임도 증가해야 한다. 이런 책임감에 대한 부담 때문에 여성 역시 결혼을 기피하려고 한다.

　책임감이 있는 여자라야 공동가장의 책임도 질 수 있다. 책임은 지지 않고 권리만 주장하는 여성은 합리적이지 않다. 그대가 사귀는 여자가 성인으로서의 책임감이 어느 정도인지 확인해 볼 필요가 있다.

자신이 한 말을 책임지고 지키는가. 회사의 업무를 성실하고 책임감 있게 잘 처리하는가. 그대와 맺은 약속을 잘 지키는가. 동성 친구와의 약속도 잘 지키는가. 동아리나 인터넷 카페모임 일도 책임감 있게 잘 하는가. 작은 아르바이트라도 맡은 일을 성실히 수행하는가?

타인을 어떻게 대하는가

그대의 여자가 사람을 어떻게 대하는가를 관찰해보라. 가족은 기본적인 인간관계가 형성되는 곳이다. 가족에 대해 어떻게 생각하고 어떻게 말하고, 형제, 사매에 대해 어떤 생각을 하는가를 관찰하라.

부모가 함께 살고 형제자매와 함께 자랐다고 해서 반드시 좋은 환경이라고 말할 수는 없다. 배우자에 대한 원망을 아이에게 돌려 아이를 힘들게 하는 부모도 있고, 이혼했지만 자식에게는 사랑을 아낌없이 베푼 부모도 있다. 부모의 이혼을 겪으면서 좋은 가족의 소중함을 절실히 느끼고 또래보다 인간적으로 성숙해진 아이도 있다.

한 인간의 인생관을 수능시험에서 정답 고르듯이 알아맞힐 수는 없다. 그래도 타인을 대하는 태도를 보면서 우리는 그 사람을 어느 정도 알 수 있다. 길가에 누워있는 노숙자를 보고 마치 벌레 보듯이 호들갑 떨면서 피하는 여자와 그들의 남루한 모습을 보면서 가슴아파하는 여자는 인간을 보는 눈이 다르다. 항상 일등에게만 찬사와 선망의 환호성을 보내는 여자와 꼴찌에게도 따뜻한 박수를 쳐주는 여자사이에는 인간을 보는 시각이 백두산과 한라산만큼 멀리 떨어져 있는 것이다. 꼴찌에게도 박수를 보내는, 인간에 대한 예의를 갖춘 여자가 좋은 여자다.

능력 있는 여자와의 결혼에서 고려할 점

남자 못지않게 성공하는 여자가 많다. 미국 가정의 30% 정도는 부인의 연봉이 남자보다 많다고 한다. 자신에게 능력 있는 여자와의 결혼은 남자에게 약이 될 수도 있고 독이 될 수도 있다. 사회적으로 성공한 여자는 기질이나 성격, 성취 전략과 전술 면에서 성공한 남자와 별로 다르지 않다. 능력 있는 여자와 결혼에 있어서는 고려해야 할 점이 몇 가지 있다.

배우 고현정은 경향신문 2010년 6월 김제동과의 인터뷰에서 '아내 같은 남자'를 원한다고 했다.

김제동 : 연애 안 해요?
고현정 : 왜 안하고 싶겠어. 그런데 냉정히 말해 나에겐 아내 역할을 해줄 사람이 필요해. 내가 아내가 될 자질이나 소양은 부

족한 것 같아. 나의 변덕스러움과 고집스러움, 말도 안 되는 논리를 아내의 마음으로 항상 응원해주는 사람말야. 그리고 내가 말하는 결혼의 의미는 같은 방을 쓴다는 것보다는 기업합병에 가까운 의미라고 해야 하나? 어쨌든 서로를 인정하고 존중하면서 내 편, 동지가 돼 주는 거지. 돈은 내가 벌 수 있으니까 돈 벌어야 할 책임감은 안 가져도 돼. 얼마나 좋아? 그러니 김제동, 다시 한 번 생각해봐.

‘아내 같은 남자’ 한국에서 사회적으로 성공한 여자가 결혼하기를 원하는 남자는 고현정의 말처럼 ‘아내 같은 남자’가 아닐까 싶다.

남자든 여자든 성공하려면 자기 분야에 집중해야 한다. 미국 ABC 방송국 여성 앵커인 바바라 월터스는 "여성은 아내, 엄마, 일 가운데서 선택해야 한다. 이 중에서 두 가지는 가질 수 있지만 세 가지 전부는 안 된다."고 말했다.

성공한 여자는 모성 본능을 억누르는 경향이 있다. 아이를 가지려는 욕구는 있어도 실제로는 아이를 갖지 않는 여자가 많다. 어머니가 되고자 하는 욕구보다 성공에 대한 욕구가 더 강한 것이다.

그동안 많은 페미니스트들이 성공을 위해 가정을 등한시 한 남자들을 비난했다. 이제 페미니스트들은 성공을 위해서 가정, 임신, 출산을 포기하려는 성공지향적인 여자를 어떻게 평가할 것인가 궁금하다. 성공지향적인 남자와 여자는 성공을 위해서는 많은 희생을 감수하려고 한다. 당연히 가족의 희생이 크다.

만일 당신의 여자가 성공에 집착한다면 당신이 기여할 수 있는 부분은 꽤 많다. 성공한 여자는 직업세계에서는 언제나 강인하고 자신감에 차 있어 보인다. 하지만, 성공녀도 남자만큼이나 스트레스에 시달리고 있다. 그들이 강해보이는 건 그렇게 보이려고 처절한 노력을 하기 때문인지도 모른다.

이 시대의 능력 있는 여성은 자신을 보호해주거나 경제적으로 지원하는 남성을 원하지 않는다. 결혼은 그녀에게 필수사항이 아닌 선택사항이다. 남자가 주는 건 그녀 스스로도 얼마든지 조달한다. 하지만 정서적 안정감은 다르다. 직장에서 성공할수록, 사회에서 성공할수록, 피라미드 꼭대기로 올라가면 주위에 동료는 거의 남아 있지 않고 혼자란 걸 안다. 전업주부 친구와는 공통된 화제 거리가 없고, 동료 여직원은 자리를 다투는 경쟁자다. 사회적 지위와 뛰어난 업무 능력은 순수함을 포기하고 전쟁터에서 쟁취한 노획물이다. 경제적 능력이 정서적, 정신적 안정을 가져다주는 건 아니다. 사회적으로 능력 있는 여자일수록 마음의 허전함이 깊고 넓다는 것을 느낀다. 그래서 정서적 허기를 채워주고 정서적 안정감을 제공해줄 수 있는 배우자 즉, '아내 같은 남자'를 원한다.

그대가 만나고 있는 여자가 진정으로 뛰어난 능력을 가졌다면 아버지 세대와는 다른 가치관으로 결혼을 생각해야 한다. 그녀가 일, 아내, 어머니 역할 가운데 일과 어머니를 선택하면 당신은 그녀로부터 남편에 대한 전통적인 아내의 역할(식사준비와 이것저것 챙겨주는 일 등)을 기대 못한다. 만일 그녀가 일과 아내를 선택한다면, 당신이 아이들을 위해 어머니 역할(숙제 봐주기, 학원 데려다주기, 진로 상담 등)을 제공해야 한다. 만일 그녀가 아내와 어머니 역할을 거부하고 일만 하겠다면 그대는 중대한 결정을 내려야 한다. 사회적으로 뻗어나가는 그녀를 바라보면서 아내와 어머니 역할을 그대가 모두 다할 것인가를. 그럴 경우 당신의 인생은 어떻게 될 것인가. 그런 당신의 인생에 만족할 수 있겠는가.

과거의 여성은 자신을 희생하면서 남자를 성공시켰다. 그런 희생을 미덕이라고 생각하게끔 사회가 만들었다. 여성상위 시대, 남녀평등 시대에 남자가 외조를 잘해서 여자의 성공을 자기 인생의 보람으로 삼을 수도 있다.

남자 중에는 적극적으로 앞에 나서기 보다는 조용한 뒷바라지가 기질적으로 더 맞는 사람도 있다. 만일 당신이 그런 남자이고 여자는 적극적이고 능력 있다면 둘의 역할 분담에 대해 더놓고 이야기해볼 필요가 있다.

사회적 활동을 적극적으로 하는 여자는 약속 이행을 중요하게 생각한다. 만일 그대가 '일단 결혼하고 보자'는 생각으로 지키지도 못할 약속을 마구 해버리고 결혼 후 오리발을 내밀면, 여자는 망설임 없이 이혼이란 강수를 선택할 가능성이 높다. 따라서 이런 여자에게는 지키지 않을 약속은 처음부터 하지 않는 것이 좋다.

능력 있는 여자와 결혼하는데 있어서 몇 가지 주의해야 할 점이 있다.

능력 있는 여자는 능력남과 마찬가지로 배우자를 지배하려는 경향이 있다. 사회적으로 성공한 사람은 배우자를 대하는 방식이 남녀불문하고 거의 같다. 자신의 배우자가 자신보다 뛰어난 것을 원치 않는다. 당신 배우자가 집중 조명을 받으며 TV에 모습을 드러내는 시간에, 그대는 아이들을 유치원에 데려다주거나, 학부모 회의에 참석해야 할런지 모른다. 그런 인생을 받아들이겠는가.

또 한 가지 생각해야 할 건 변심이란 문제다.

예전 한국 신파 영화에는 여자가 남자를 성공시키기 위해 몸 주고 마음 주고, 온갖 희생을 다했지만, 성공한 남자가 결국 배신한다는 스토리가 많았다. 이런 신파 스토리가 당신에게 일어날지 모른다. 당신의 내조 덕분에 성공한 여자가 당신을 배신하는 거다. 성공한 사람은 자신의 능력으로 성공했지 다른 사람의 도움은 그리 높게 평가하지 않는 공통된 특징을 가지고 있다.

남자나 여자나 성공의 계단을 오를 때마다 이전에는 만나지 못했던 매력 있는 사람들을 만난다. 노는 물이 달라진다. 파티에서 사회적으로 성공한 수컷들을 만나고 돌아온 아내는 집에서 아이를 돌보면서 아내의 귀가를 기다리는 그대를 별 볼일 없는 남자라는 생각을 차츰 할런지 모른다.

마지막으로 확인해야 할 점은 사회 활동을 정말 하고 싶어 하고 그만한 능력을 갖춘 여자인가라는 문제다. 그저 집안일을 하기 싫어 무조건 사회 활동에 뛰어드는 여자가 많다. 당신이 아무리 옆에서 응원하고 열심히 내조해도 원래 능력이 부족해 목표했던 성과를 거두지 못할 수 있다. 사랑한다고 무조건 응원만하지 말고 과연 이 여자가 진심으로 원하고, 목표를 달성할 능력이 있는가 정확히 판단할 필요가 있다.

동거가 유용할 수 있다

결혼은 두 사람의 관계가 정서적 관계를 넘어 법과 제도가 쳐놓은 울타리로 들어가는 거다. 이 울타리는 두 사람의 관계를 보호하는 기능도 있지만, 자유를 구속하는 측면도 있다. 혼인이란 울타리에 들어갔다가 다시 빠져나오려면 상당한 심리적, 경제적 대가를 치러야 한다. 그래서 결혼은 남녀에게 모두 상당한 부담을 주는 중요한 의사결정이다.

그녀가 결혼하기에 좋은 여자인지 아닌지 확신이 안선다면 동거를 해볼 필요가 있다.

동거의 필요성을 언급하면 일부 여성운동가는 한국에서의 동거는 성욕구가 해결되기 때문에 남자에게만 유리하고, 동거가 깨지면 여자가 남자보다 피해를 더 본다고 주장한다. 이러한 주장은 현대 여성이 남자 못지않은 강한 성욕을 가지고 있다는 사실을 간과했고, 여자가 입는 피해란 결국 결혼시장에서의 상품성 하락을 염려하는 것이다. 이혼이 증가하는 상황에서 동거는 남자와 여자 모두에게 이점을 준다.

인류사를 살펴보면 동거가 결혼보다 더 오랜 역사를 가지고 있다. 동거 욕구는 음탕하거나 어두운 욕구가 아니다. '사랑하는 사람과 같이 살고 싶다'는 생각은 인간의 순수한 욕망이다. 동거의 삶에 법적인 보호망과 거래의 요소가 가미된 제도가 바로 결혼이다.

흔히들 결혼을 사랑의 결실이라고 하지만, 결혼은 오래전부터 거래의 요소를 지니고 있었다. 예전의 결혼이 집안의 어른이 경제 및 사회적 조건, 집안 대 집안의 조건을 짜맞춘 결과였다면, 현대 의 결혼은 결혼 당사자들이 직접 나서서 이러한 조건을 맞추고 있다.

결혼이 조건의 결합이라면 동거는 연애가 확장되고 연장된 결 과다. 물질숭배 사회에서 결혼은 거래의 성격이 더욱 노골화되고 있다. 하지만, 동거는 상대방과 함께 있고 싶은 욕구 때문에 같이 사는 것이다. 그래서 동거가 어떤 면에서 보면 결혼보다 사랑의 순수한 면을 더 반영한다. 동거 커플은 순수한 연애감정을 실현했 다는 자부심을 가질 필요가 있다.

유럽과 미국, 그리고 한국의 동거

유럽, 특히 프랑스에서는 결혼만큼 동거가 보편화되어 있고 결 혼의 의미가 많이 바래지고 있다. 남성보다 여성이 동거를 더 선 호하는데, 여성 입장에서 동거가 결혼보다 덜 구속적이고 평등하 다고 생각하기 때문이다. 유럽에서는 젊은 세대말고 결혼생활을 정리한 이혼자들도 동거를 선호한다.

동거를 보는 시각은 크게 미국식과 유럽식으로 나눠진다. 일반 적으로 미국에서는 동거를 연애 보다는 한 단계 더 발전한 친밀한 관계, 즉 연애와 결혼 사이에 거쳐야 하는 중간 단계로 생각한다. 미국의 유명 시트콤인 '프렌즈(Friends)'에서 챈들러와 모니카가 서로 아옹다옹 싸우다 사랑을 느끼면서 동거를 하기로 결정한다.

꽤 오랜 동거를 통해 확신이 선 둘은 그제야 결혼식을 올린다.

미국에서 동거는 자신에게 맞는 파트너를 확인하는 현실적인 방법으로 인식되고 있으며, 동거 커플은 결혼하거나 아니면 헤어지는 걸로 결말이 난다.

이러한 미국에 반해 유럽에서는 동거가 결혼을 급속하게 대체하고 있다. 기존의 결혼제도는 책임과 의무가 과도하게 부과되고, 혼인 관계를 해소하는 경우 희생 및 부담이 지나치게 크기 때문이다. 프랑스에서는 1999년 팍세(Pacser; 계약동거)를 허용하는 법안이 통과되었고, 네덜란드에서는 동거하는 커플들의 법적인 의무와 권리를 똑같이 인정해주고 있다. 유럽인은 결혼의 약점을 피하면서 결혼의 강점을 유지할 수 있는 동거를 현실적 대안으로 선택하고 있다. 중국에서는 젊은이들 사이에 결혼을 전제로 한 계약동거인 '시혼'이 늘고 있다.

그렇다면 한국에서의 동거는 어떨까?

2007년 한국 갤럽은 19세 이상 한국인에게 '필요할 경우 결혼하기 전에 동거를 해보는 것에 대해 어떻게 생각하는지' 물어봤다. '필요할 경우 결혼 전에 동거해보는 것도 괜찮다.'는 의견(49.8%)과 '동거는 절대 안 된다.'는 의견(49.5%)이 팽팽하게 맞섰다. 남자와 나이가 많을수록 '필요할 경우 결혼 전에 동거를 해보는 것도 괜찮다.'고 생각하는 비율이 높았다.

보수적인 한국 사회에서는 동거를 바라보는 시선이 여전히 차갑다. 동거하는 사람은 무책임하고 성적으로 방탕하고 사회적 규범을 지키지 않는 사람이라고 낙인찍으려는 경향이 강하다. 미혼 여성은 성적으로 문란하다는 낙인을 두려워하고, 동거 경험이 밝혀질 경우 결혼 시장에서의 손해를 걱정한다. 한국에서 동거의 가치가 왜곡된 이유는 결혼당사자와 부모가 조건의 결합인 결혼을 중요하게 생각하며, 사회 구성원이 기존체제를 옹호하고 물질을 더 숭배하기 때문이 아닌가 싶다.

하지만, 보수적인 한국 사회도 이혼이 급증하면서 동거의 필요성을 서서히 인정하고 있다. 수박의 겉만 보고서는 속을 절대 알 수 없듯이, 배우자를 선택하는 데 있어 겉으로 드러난 경제적, 신체적 조건만으로 자신과 잘 맞는 사람인지 알 수 없다.

재혼 전문 결혼중개회사 관계자에 의하면 회원 중 40%가 혼전동거를 찬성하는데, 여성 회원이 혼전동거를 더 선호한다고 한다. 이혼을 경험해보니 한 집에서 살아보기 전에는 상대를 알 수 없다는 사실을 경험으로 알았기 때문이다.

동거 경험이 있는 커플은 한 달만 동거해보면 연애 1년보다 상대방에 대해 더 많이 알게 된다고 말한다. 동거를 해보면 연애 상대에게 품고 있던 환상과 상업 미디어가 주입시킨 연애와 결혼에 대한 환상이 깨진다. 판타지가 깨지면 서운하겠지만, 건강하게 살려면 환상에서 벗어나야 한다.

동거의 마음가짐

여성이 유교적 가부장 제도를 거부할수록 동거에 대한 거부감은 줄어든다. 결혼하면 여자에게 부과되는 의무와 책임을 부담스럽게 생각하는 여자가 많다. 명절 때만 되면 남자들은 안방과 거실에서 고스톱을 치고 여자는 음식 만드는 부엌데기로 전락한다. 결혼하면서 갑자기 가족이 되어버리는 시부모, 시누이, 동서 등 남편 쪽 가족도 불편하다. 동거는 이러한 마음고생을 피하면서 남자와 함께 지낼 수 있는 삶의 방식이다.

남자에게도 동거의 이점이 있다. 더 이상 주말에 모텔의 웨이팅룸에서 룸이 비기를 기다릴 필요가 없다. 데이트 비용도 절감할 수 있다. 보통 한 번 데이트에 영화보고, 밥 먹고, 술 마시고 모텔까지 가면 10만 원 이상 든다. 동거는 이런 연애 비용을 절감시켜준다.

경제적 이점 말고도 남자는 동거를 통해 가족이 아닌 여자와 함께 사는 법을 생생하게 체험할 수 있다. 삶의 현실을 접하면서 결혼에 대한 환상이 깨질 수 있다. 하지만 알에서 깨어나는 이런 과정을 거치면서 여자와 인간, 인생에 대해 알게 되고 성숙해진다. 인간적으로 성숙해지는 것, 바로 이것이 남자가 동거를 통해 얻는 가장 큰 수확이다.

남자가 동거하는 경우 주의해야 할 점은 결혼을 빙자한 사기 혐의와 임신의 위험성이다.

동거 커플과 혼인 부부의 큰 차이는 혼인 신고와 자녀의 출산이다. 결혼할 준비가 되어 있지 않은데 임신하는 경우 여러 가지 문제가 발생하기 때문에 피임을 비롯한 대비를 철저히 해야 한다. 상대 여성과 명확한 계약서를 작성해야 한다. 계약서에는 계약기간, 거주 장소, 생활비 부담, 정조의무, 비밀누설금지 등을 약정하는데, 보통 의무 위반 시 위자료를 적기도 한다. 그렇다면 동거 계약서를 근거로 해서 동거 상대방이 제 3자와 바람을 피웠을 때 위자료 청구가 가능할까? 동거는 법적으로 보호받는 결혼부부보다 보호가 약하다. 권리가 약하면서 의무도 적다. 일부 법률전문가는 동거계약은 사회질서에 반하는 계약이므로 무효라고 볼 수 있다고 주장한다.(민법 제 103조)

한국 사회의 여러 악조건을 극복하고 동거하기로 마음먹었다면 먼저 동거여성을 존중하는 마음을 가져야 한다. 동거를 해제했을 때 누가 손해보고 누가 이익 봤느냐를 따지려면 차라리 동거하지 않는 게 좋다. 상대 여성도 이런 생각에 동의해야 한다. 동거하기로 한 이상 결혼한 부부 이상으로 상대를 존중하고, 당당하게 살아야 한다.

외국 여성도 후보로 생각하라

한국 사회는 다인종 사회로 진화하고 있다. 농촌 사회에서 결혼하는 세 가정 중의 하나는 외국 여성이다. 한국 여성은 육체적으로 힘들고, 경제적으로 비전이 안 보인다고 농촌 총각을 외면했다. 외국 여성은 그런 농촌 총각과 결혼하기 위해 혼자서 한국에 온다. 대단한 용기를 가진 여성들이다. 물론 위장 결혼으로 한국에 오자마자 잠적해버리는 외국 여성도 있다. 하지만 한국 생활에 빠르게 정착하여, 이장이나 영어 선생님, 동장, 공무원으로 변신한 외국 여성이 늘어나고 있다.

그대가 농촌 총각이 아니더라도 한국인과 결혼하고 싶어 하는 외국 여성을 주목할 필요가 있다. 일부 한국 여성은 국산 핸드백은 거들떠보지 않고 사치품에 불과한 명품 핸드백만 찾지만 지구상에는 한국 가방에도 감동하는 여성이 많다. 세계는 넓고 좋은 여자는 많다.

세계 각국에는 아직 물질만능주의와 배금주의에 물들지 않고 작은 것에도 감동하고, 가족을 소중히 여기고, 인간미 넘치는 여성이 많이 있다. 나라 밖으로 눈 돌리면 한국 여성보다 정신적으로, 육체적으로 건강한 여성이 얼마든지 있다. 사람의 정이 아직 남아있는 나라에서 영민하고 몸과 마음이 건강한 여성을 찾아보라. 얼마든지 구할 수 있다. 한국과 다른 문화를 포용할 수 있고, 외국 여성이 아닌 인간 그 자체로 배우자로 존중할 수 있다면 외국에서도 좋은 여자를 찾을 수 있다.

여자도 변해야 한다

남녀평등 사회로 진행되면서 여성도 경제적 부담을 지게 되었다. 경제활동 능력이 없는 여성은 이제 무능력자 취급을 받고 있다. 하지만 이런 변화에 적응 못하는 여성도 아직 많다.

여자도 변해야 산다. 과거엔 질투, 변덕, 변심은 여성의 품성이라 생각했다. 과거 여자는 그랬는지 모른다. 하지만, 사회는 변하고 있다. 사회생활하면서 변덕이 죽 끓듯 하고, 밥 먹듯이 변심해 가지고서는 성공하기 힘들다. 책임감 없는 갈대와 같은 품성은 이제 과감히 버리고 여성도 진화해야 한다. 여성이 좋은 방향으로 진화해야 남자의 삶도 행복해진다.

번듯한 직장을 다니며 열심히 사회생활을 하고 싶은 여성은 많지만 그럴 수 있는 사람은 소수다. 기본적으로 지금 한국 사회에는 젊은 세대에게 돌아갈 괜찮은 직장의 숫자가 너무 적다. 이런 상황에서 취업만을 위한 삶이 과연 옳은가 생각해 볼 필요가 있다. 여성은 어렵게 회사에 취직하더라도 중간관리자 단계에서 가정으로 돌아오는 경우가 많다. 여성운동가는 이런 현상을 두고 회사에 존재하고 있는 남녀차별적 요소 때문에 많은 여성이 고위직 승진에서 탈락하고 가정에 눌러앉는다고 주장한다.

이런 주장이 틀리진 않다. 하지만, 시각을 좀 다르게 볼 필요도 있다. 직장 생활이란 결국 남을 위해 시간과 에너지를 사용하고 그 대가로 급여를 받는 삶이다. 조직에서 승진하려면 여성은 그만큼 육아를 희생해야 한다. 이런 상황은 모성애가 강한 여성에게는 큰 고통이다.

직장을 그만두고 가정으로 돌아간 여성은 이런 질문을 스스로에게 던지지 않았을까. 조직의 계단을 올라가기 위해 가족과의 시간을 포기하는 것이 올바른 삶인가, 콘크리트 빌딩의 피라미드에서만 자아실현을 할 수 있는가, 가족과 좀 더 시간을 누리면서 내 꿈을 실현할 방법은 없을까, 의미 있는 삶이란 무엇인가, 진정한 행복이란 무엇인가, 등. 이런 질문의 답을 생각해본 결과, 결코 자기 것이 될 리 없는 회사를 위해 삶의 소중한 시간을 희생하는 건 어리석다는 결론을 내리고, 아이들과 정서적 교감을 나누면서 성장을 돕는 일이 더 가치 있다고 판단하여 가정에 둥지를 트지 않았을까. 현대 가족에서 아버지가 몰락한 이유는 생계를 위해 아버지가 가족과 떨어진 시간이 많았기 때문이다. 이제 여성마저 경제활동을 위해 가족과 떨어져 지내는 시간이 많아지면서 현대 가족은 모래알처럼 약한 결속감으로 위태롭게 유지되고 있다.

만일 그대의 여자가 바늘구멍 같은 취업에만 집착한다면 취업 아닌 다른 삶의 방향도 제시할 필요가 있다. 그녀의 삶에 의미가 있고, 즐거우면서도 강점을 살릴 수 있는 새로운 방법을 함께 생각해야 한다.

정보통신기술이 발달하면서 여성이 가족과 함께 시간을 보내면서 사회 활동과 자기실현을 이룩할 수 있는 다양한 방법이 계속 생기고 있다. 블로그와 동영상을 활용한 전문지식 제공형 비즈니스(예를 들면, 요리, 퀼트, 외국어 등), 인터넷 쇼핑몰 사업, 각종 디자인, 작곡, 작사, 번역, 각종 저술활동 같은 개인의 전문지식을 활용하면 자신의 창의력을 발휘할 수 있다. 물론 이런 분야에서 좋은 성과를 거두기가 쉽지는 않다. 회사 생활보다 더 힘들다. 하지만, 어느 정도 성과를 거두면 회사생활보다 더 큰 만족감을 누릴 수 있다. 자아실현이 사회활동의 목적이라면 자신의 전문성에 승부를 거는 것도 대안이다. 취업도 좋지만, 자신의 전문성을 키우는 것이 가장 확실한 투자임을 여성도 알아야 한다. 그런 사실을 모르는 여성이 있다면 알려주자.

할머니 세대와 그 이전 세대 여성은 가족 구성원들을 정서적으로 응집시키고 유대감을 강화하는 역할을 기꺼이 수행했다. 한사람씩 갈기갈기 찢어질 수 있는 가족이라는 보자기를 억세고 투박한 손으로 틈날 때 마다 바느질하여 깁고 또 기워 가족이라는 보자기를 억척스럽게 보존해왔다. 이 역할을 위해 과거여자는 가부장인 남편의 요구를 들어주고 가족을 위해 기꺼이 희생하는 삶을 살았다. 과거 가족시스템에서 여성은 남성으로부터 혹독한 차별대우를 받으면서도 위대한 역할을 수행했다. 그 덕분에 그녀들의 자손은 오늘 대지위에 땅을 딛고 서 있다. 하지만 이제 그런 시대는 끝났다.

대부분의 현대 여성은 가족을 감싸 안았던 보자기 역할을 더 이상 하고 싶어 하지 않는다. 이 시대에 누가 그 역할을 할 수 있을까? 남자가 그 역할을 할 수 있을까? 몇몇 깨어난 남성을 제외하고는 대부분 남자는 그런 역할의 존재조차 모른다.

한국 사회에는 이런 보자기 역할을 할 수 있는 여성이 봄날의 잔설처럼 아직 남아있다. 사랑하는 남자로부터 사랑받고 있음을 느끼면, 사회적 조건을 포기하고 남자를 선택하는 여자가 아직도 있다.

그대가 이런 여자를 배우자로 얻으면 밖은 거센 비바람 몰아치는 폭풍우 몰아치는 밤이지만, 그대는 따뜻하고 아늑한 산장에서 들어 있는 것과 같다. 이런 여자를 찾아야 한다.

한·국·에·서·좋·은·여·자·와·결·혼·하·기

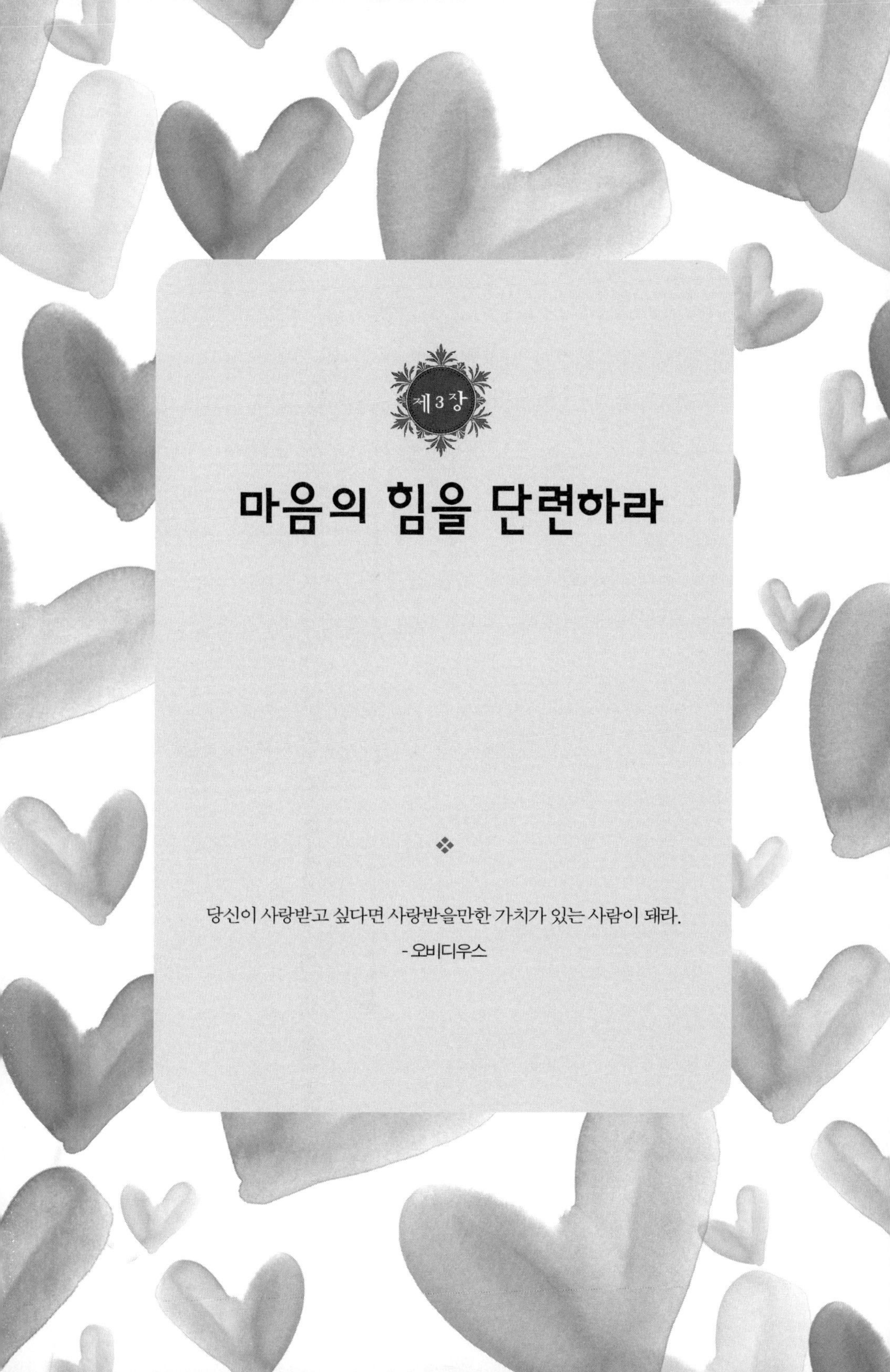

마음의 힘을 단련하라

당신이 사랑받고 싶다면 사랑받을만한 가치가 있는 사람이 돼라.

- 오비디우스

한국에서 남자로 살아남기

해마다 나이만 먹는다고 해서 저절로 성숙한 인간이 되는 건 아니다. 마음의 훈련과 단련이 필요하다. 한국의 젊은 남자는 입시 위주의 교육, 아버지와의 대화부재, 유교 및 군사 문화의 잔재 등 여러 가지 원인으로 정신과 마음을 단련하지 못한 채 나이 들어가고 있다.

지금 한국 젊은 남성은 중압감에 시달리고 있다. 소비만능사회에서 날이 갈수록 구입해야 할 품목은 늘어나지만 소득은 그만큼 따라가지 못하고 있다. '내가 과연 결혼해서 내 가족을 남들처럼 부양할 수 있을까?' 라는 질문을 던지면 어두운 답변만이 돌아온다. 지금 한국 남자는 10톤쯤 되는 중압감을 느끼고 있다.

일부 여성운동가는 가부장적 유교문화가 남성에게 많은 이점을 주고 있다고 주장한다. 이런 주장은 일부 맞기도 하지만, 유교문화 때문에 남자가 겪는 정신적 압박감에 대해서는 잘 모른다. 남자 가장이 중심이 된 가부장제는 남자에게도 많은 해로움을 끼쳤고 지금도 끼치고 있다.

한국 사회에는 여전히 유교적 가부장 문화와 군사문화가 힘을 발휘하고 있다. '남자는 용감해야 한다.', '남자는 눈물을 흘려서는 안 된다.', '군대를 다녀와야 남자가 된다.' 등 남자에 대한 편견과 잘못된 생각이 여전히 한국 사회를 지배하고 있다.

이런 문화 속에서 한국 남자는 의식적이든 무의식적이든 '나는 남자' 란 걸 증명해야 하는 압박감에 사로잡혀 있다. 남녀평등을 주장하는 여자의 입에서도 '남자답지 못하다.', '남자가 그걸 못하냐.', '남자가 뭐 그러냐.' 라는 말이 버젓이 내뱉어지고 있다.

할아버지와 아버지 세대는 이 시대의 젊은 남자를 무시하기 일쑤다. 경제성장 시대에 부를 축적한 할아버지와 아버지 세대는 우월감을 갖고 자신이 젊었을 때는 취직도 잘했고, 집도 쉽게 장만했었는데 요즘 젊은 세대는 능력이 없다고 타박한다. 이 시대의 많은 젊은 남자가 자기 아버지만큼 해낼 자신이 없다고 고백한다. 하지만 부모는 여전히 아들에게 기대한다. 한국의 부모는 아들이 자기보다 못하면 실망을 감추지 않는다.

50~70대는 고도 성장 시대의 혜택을 누린 세대다. 그 당시는 강의도 빼먹고 매일 술 퍼마시고 당구를 쳐도 대학만 졸업하면 웬만한 직장을 얻었다. 하지만 지금은 어떤가. 좋은 일자리 숫자는 급속하게 줄었고, 자영업은 몰락하고 있고, 사회의 각 분야에는 독과점 기득권 세력이 견고한 성을 쌓고 있다. 이런 환경에서 젊은 아들이 성공하지 못한다고 야단치는 아버지는 세상 보는 안목이 없는 사람이다. 할아버지와 아버지 세대가 대기업 재벌이 중소기업과 자영업을 잡아먹는, 즉 경제적으로 비 민주화된 한국형 경제 시스템을 구축했기 때문에 오늘의 젊은 세대가 숨을 못 쉬고 있다.

이 시대 한국 남자는 사회가 요구하는 다양한 기준 속에서 혼란을 겪고 있다. 특히 상업 미디어가 수시로 다양한 역할을 강요하기 때문에 남자는 더욱 힘들다.

현대 사회에서 대중 미디어는 강력한 영향력을 행세한다. 여성의 소비를 촉구해야 하는 상업 미디어는 끊임없이 남자들에게 좀 더 친절하고 좀 더 민감한 사람이 돼야지 살아남는다고 강조한다. 그러다가, 남북한 군사적 긴장이 고조되면 대중 미디어는 남자는 국가와 사회와 가족을 위해 싸울 수 있는 강인한 체력과 불굴의 의지를 길러야 한다고 강조한다.

한국에서 삶의 방향을 상업 미디어가 제시하는 기준에 맞추면 인생은 갈지자처럼 이리저리 갈피를 잡을 수 없게 된다. 한국에서 건강한 된 삶을 살기 위해서는 상업 미디어의 속성을 꿰뚫어보는 혜안이 필요하다.

한국 남자의 열등감과 두려움

오늘의 한국 사회는 대부분의 남자에게 열등감과 좌절감을 안겨주고 있다. 한국 남자가 겪는 첫 번째 좌절감은 학교 성적이다. 전국 학생을 성적순으로 줄 세우는 일제고사가 실시되면서 이제는 초등학생도 자신의 전국 석차를 알게 됐다. 입학하는 대학의 등급에 따라 자신의 인생이 어느 정도 결정됐다는 것을 알게 된다. 성적 및 등수 위주의 학교 교육은 사회에서 인정받는 대학을 가지 못하는 90%의 남자아이에게 열등감을 심어준다.

서울대, 연세대, 고려대, 카이스트, 포항공대를 입학한 학생들도 불안하기는 마찬가지다. 서열화, 등급화의 세계에서는 누구나 두려움에 떨게 마련이다. 애써 얻은 1등급의 위치를 사회에 나가서도 유지해야 한다는 강박감에 사로잡혀있기 때문이다. 그리고 마침내 능력의 한계점을 아는 순간 그동안 억눌렀던 강박감이 터진다. 그래서 경제적으로 안정된 의사, 교수, 반도체 전문가도 목을 매거나 옥상에서 몸을 던진다.

한국 남자가 겪는 두 번째의 열등감은 '부(돈)'에 대한 열등감이다. TV는 크리넥스 통에서 휴지 꺼내듯이 돈을 펑펑 쓰는 뻔뻔한 재벌집 아들과 평범한 여자의 연애 드라마를 매일 방송하고 있다. 그런 드라마를 보면서 많은 여자가 '나에게도 언젠가는 저런 기회가 오지 않을까' 라는 환상에 사로잡혀 있다. 마음에 드는 여자가 TV와 영화에 나오는 잘생기고 돈 많은 남자에게 마음을 주는 것을 평범한 남자는 씁쓰레하게 지켜본다. 자신은 TV 드라마의 주인공처럼 멋지고 화려하지 않고 썩 훌륭하지 못한 존재란 사실을 알기 때문이다. 그리고 한없이 상승하는 여자의 욕망을 충족시켜 줄 수 없을 거 같아 불안하다.

모든 것이 경쟁인 한국 사회에서는 연애와 결혼에서도 경쟁이 치열하다. 그 게임에서 탈락한 남자는 비참하다. 대부분의 여자는 자신이 설정한 기준에 못 미치는 남자에게는 접근하는 기회조차 주지 않는다. 패배를 계속 맛본 남자는 고립되고 외로운 생활에 빠진다. 주말에도 원룸에서 3분 카레를 얹은 밥을 혼자 쓸쓸히 먹고, 긴 주말 밤에는 컴퓨터를 애인삼아 야동을 보면서 끓어오르는 성욕에 괴로워한다.

주위 사람이 결혼하라고 등을 떠밀지만 결혼이 어디 쉬운 일인가. 사귀는 여자가 있어도 성관계를 하나의 거래로 생각하는 여자는 근사한 레스토랑에서 식사를 사주고 선물을 안기지 않으면 성관계를 허용하지 않는다. 직업여성을 통해 해결하려면 성매수자로 체포될 위험이 있다.

성적 욕구가 해결되지 않으면 남자는 유치해지며, 무뚝뚝해지며, 공격적이 되고, 비열하게 되는 경향이 있다. 전 세계적으로 여성만을 골라 살해하는 연쇄살인마는 공통적으로 대부분 남자고 여자에게 적개심을 가지고 있다. 그들의 해소되지 않는 성욕이 살인행각의 방아쇠를 당긴다.

본받을 역할모델이 없다

이 시대 한국 남자의 또 하나의 불행은 본받을 만한 남성모델이 없다는 점이다. 첫 번째 대통령은 독재를 하다 부정 선거와 4·19 학살 책임을 지고 외국으로 쫓겨났고, 경제발전을 주도했다는 대통령은 부하의 총에 사살 당했다. 서민의 지지로 당선된 다른 대통령은 가족이 받은 부정한 돈 때문에 바위에서 뛰어내렸다. 재벌 총수의 대부분은 회사 돈을 빼돌리는 혐의로 감옥에 들어가면, 얼마 지나지 않아, 마스크 쓴 채 휠체어를 타고 빠져나온다. 아래 위를 살피고 주위를 둘러봐도 한국 사회에는 본받을 만한 남성 모델이 없다.

가정에서도 마찬가지다. 가정에도 젊은 남성에게 역할 모델이 될 만한 사람이 없다. 남자아이의 역할 모델에 되는 사람은 아버지다. 하지만, 이 시대 아버지는 남성 역할 모델을 거의 못하고 있다. 한국의 아버지는 아이가 유아 때나 사춘기 때도 아이에게 할애하는 시간이 거의 없다. 아이와 함께 하고 싶어도 직장생활에 치여 함께 할 수가 없다고 한다. 이런 주장은 과연 사실일까.

퇴근 후 술집에서 친구나 직장동료들과 맥주잔과 소주잔을 기울이는 수많은 아버지들. 모두들 사회생활을 하려면 어쩔 수 없다고 말하지만, 그런 자리를 정말로 즐기는 얼굴이다. 친구와 즐겁게 노는 남자가 과연 30년 나이차가 나는 어린 자식과도 저렇게 신나게 놀 수 있을까. 주말에 골프장을 누비는 수많은 아버지가 과연 시간이 없어서 자식과 어울리지 못하는 걸까. 세대 차 때문에 말이 통하지 않는 자식보다는 말 통하는 동년배가 더 편한 거다. 기본적으로 술잔 기울이며 왁자지껄 놀기 좋아하는 한국의 남자는 아이보다는 같은 나이 또래(또는 적당한 어린) 성인남녀와 놀기를 더 좋아한다.

이런 회식문화의 병폐에는 40~50대 직장 간부의 책임이 크다. 이들은 집에 들어가도 성장한 자식이나 아내로부터 따돌림을 받으니 직장 동료와 시간을 보내고 싶어 한다. 그래서 부하 직원들을 붙잡는다. 아이가 어린 30대 아버지는 간부의 압력과 회식의 의무감 때문에 가족과 지내는 시간이 자꾸 사라지게 된다. 그렇게 세월을 보내다보면 30대 아버지가 40, 50대가 되면 다시 집에서 소외되니 또 부하직원을 붙잡고 회식하자고 한다. 과도한 회식 문화를 줄이기 위해서는 부하직원과 술자리를 자주 가지려는 간부에게 엄격한 인사상의 불이익을 줘야 한다. 그래서 술을 마시고 함께 망가져야 같은 편이 된다는 문화가 개선돼야 한다. 술집과 노래방, 길거리에서 세월을 보내다 아이의 성장과정에 기여하지 못한 아버지는 은퇴 후 집에 들어앉으면 결국 아내와 자식으로부터 소외되기 마련이다. 이렇게 밖에서 시간을 보내는 아버지 때문에 한국의 남자는 성장기에 아버지 영향을 거의 받지 못한다.

그리고 학교에서도 제대로 된 남성 역할을 못 만난다. 초등학교에는 여선생이 대부분이고, 중고등학교 선생님은 입시 위주 교육에만 몰두하고 있다. 남자 고등학교서는 여전히 교사가 폭력과 다름없는 체벌을 가하고 있고, 체벌금지 조치를 낯부끄럽게 반대하고 있다.

남자아이는 정당한 권위를 가진 남자 어른을 역할 모델로 삼고 그로부터 좋은 영향을 받아야 리더십, 지적 성취, 전문성, 도덕성 등을 배울 수 있다.

2002년 월드컵 때 한국인은 히딩크 감독에게 열광했다. 성적이 좋았던 이유도 있지만, 히딩크가 그전까지 한국 사회에서는 볼 수 없었던 '남자를 이끌어주는 진정한 남성 역할 모델'이었기 때문이다. 카리스마가 있지만 합리적이고 지성적인 방법으로 숨어있는 인재를 발굴하여 거친 남자들의 성장을 돕는 멘토의 역할을 보면서 한국인들은 열광했다.

한국에 젊은 남자가 스승으로 삼을 남성이 거의 없다는 사실은 한국 사회의 여러 문제가 앞으로도 쉽게 해결되지 않을 것임을 보여주고 있다.

애정표현을 억누른다

대부분의 여자는 어릴 때부터 자신의 감정을 솔직히 드러내고 말로 표현한다. 자기감정에 솔직하니 자연히 타인의 감정에 대해서도 민감하게 반응한다. 하지만, 남자는 어릴 때부터 "사내 녀석이 울긴 왜 울어?", "남자가 입이 무거워야지!" 하는 식으로 감정표현을 억제당하면서 성장한다. 이런 억제가 계속 되면 결국 자신의 감정에 대해 둔감해지면서 자연히 타인의 심정에 대해서도 무관심해지고 무시하게 된다. 대부분의 한국 남자는 어렸을 때부터 감정적으로 억압받아 감정조절과 감정표현방법이 서투르다.

많은 어른이 남자아이의 무뚝뚝한 태도를 보고 남자아이는 감정표현이 서툴고, 여자아이에 비해 감수성이 떨어진다고 생각해 버린다. 가부장제의 유교 문화와 남성우월주의에서 벗어나지 못하는 남성 기성세대는 이 시대의 남자아이가 겪는 어려움을 이해 못하고 있다. 소년은 소녀만큼 감정이 예민하고 상처도 쉽게 받는다. 한국 소년은 가정에서나 학교에서나 정서적으로 의지가 할 사람 없이 힘겹게 사춘기터널을 지나고 있다. 초등학교 때 남자아이는 성장이 빠른 여자아이들 속에서 기죽고 있으며, 중고등학교에서는 점수로 모든 것을 평가받은 시스템 속에서 남성 고유의 특성을 살릴 기회를 잃어 좌절을 거듭한다.

대부분의 한국 부모님은 아들을 강하게 길러야 한다고 생각하고 딸보다 엄격하게 훈육한다. 아들이 잘못하면 딸보다 더 매섭게 야단친다. 아들을 남자답게 키우기 위해서는 매질이 필요하고 심지어 남자아이는 맞아야 정신 차린다고 생각한다. 학교에서도 마찬가지다. 선생님은 여학생보다 남학생에게 더 많이 화를 낸다. 남학생의 활달함과 때로는 반항으로 표현되는 독립심을 꺾기 위해 선생님은 몽둥이로 남학생을 다스린다. 남자아이는 맞아야 하고 남자면 그 정도 체벌은 견뎌야 한다는 문화가 한국의 가정, 학교, 군대, 사회에 자리 잡고 있다. 이런 상황에서 남학생이 여학생보다 더 거칠게 반응하는 건 당연하다.

이런 문화에서 남자아이는 마음이 아프더라도 표현하지 않고 감춘다. 상처를 인정하고 도움의 손길을 내밀면 나약해 보이기 때문이다. 약하게 보이면 학교에서는 처참한 왕따가 되어버린다. 사춘기터널과 고교를 졸업하면 이번에는 군대라는 남자만의 사회가 기다린다. 대부분의 한국 남자는 이런 과정을 거치면서 성인이 되어왔다. 그대 역시 예외가 아닐 것이다.

남자의 감성을 무시하는 가정, 학교, 사회, 군대를 거치면서 한국 남자는 지배와 복종, 폭력에 대한 공포, 동료의 배신을 맛보면서 인간에 대한 신뢰를 잃어버리고, 타인에 대해 공감능력을 상실하면서 인간관계에 냉담해진다. 같은 남성(아버지, 선생님, 친구, 선배, 상관 등)에게 실망한 남자는 상대를 경계하고 방어하는 태도를 취한다. 많은 남자 대학생이 온전한 정신으로는 진지한 대화를 나누지 못하고, 술에 취하면 술기운으로 자신의 속마음을 조금 드러낸다. 다음날 술이 깨면 무슨 말을 했는지 기억도 못하고, 친구도 무슨 말을 들었는지 기억 못한다.

흔히들 중년 남성이 마음의 안식처를 찾지 못하고 방황하고 있다고 한다. 실제로는 대한민국의 전 연령대의 남성들, 즉 소년, 청년, 장년, 노년 세대의 남성이 정신적 허기를 느끼면서 정신적 안식처를 갈구하면서 방황하고 있다.

이렇게 가정에서, 학교에서, 직장에서 마음의 안식처를 찾지 못한 한국 남자는 괜찮은 여자를 만나면 급속하게 정신적으로 의지하려 한다. 하지만 한국 여자는 남자의 엄마 역할을 해줄 생각이 없다. 정신적 엄마를 찾는 남자는 연애게임에서 쉽게 배신당하고 상처받는다.

한국 남자는 가부장 중심의 유교문화, 강한 남자를 찬양하는 군사문화, 물질주의 소비문화에 노출되어 있고 정신적 갈증에 허덕이고 있다. 감정과 생각을 솔직히 표현하고 싶은 욕구와 남자란 강하고 입이 무거워야 한다는 고정 관념 사이에서 방황한다. 감정을 솔직히 표현하면 비웃음과 조롱의 표적이 된다는 공포심에서 자기감정을 잘 표현하지 못한다.

이런 문화와 환경에서 한국 남자가 감정 표현에 서툰 건 당연하다. 자신과 타인의 다양한 감정을 이해하고 받아들이는 능력을 향상시켜야 한다. 그래야 자신의 정체성을 유지하며 정서적으로 성숙해지고, 타인을 배려할 수 있는 인간으로 나아갈 수 있다.

어디서부터 해결해야 하는가

이 시대에 젊은 남자가 직면한 문제들은 과거와는 질적으로 다르다. 과거의 경험과 이론으로는 풀 수 없는 문제들이 대인용 지뢰처럼 남자를 노리고 있다. 새로 등장한 문제도 있고, 우리 사회 밑바닥에 깔려 있는 한국 사회 특유의 문화적 속성 때문에 그동안 외면한 문제도 있다. 어떤 문제든 여러 원인이 복합적으로 얽혀있어 쉽게 해결되지 않는다.

어머니로부터 독립하라

결혼을 생각하는 남자라면 자신의 어머니를 객관적으로 봐야 한다. 어머니가 자신에게 품는 감정이 과연 순순한 어머니로서의 애정인가? 아니면 그보다 다른 어떤 감정(예를 들면, 아버지에 대한 대체 감정)인가를 파악해야 한다. 그리고 어머니가 자신이 가지고 있는 아버지와 여자에 대한 생각에 얼마나 영향을 끼쳤는가를 성찰해야 한다. 어머니의 남성관, 어머니가 가지고 있는 아버지에 대한 생각이 자신에게 스며들었음을 알아야 한다. 아들에게 첫 번째이자 가장 가까운 여성은 어머니다. 진정한 어른이 되기 위해서는 아들은 심리적으로 어머니에게서 벗어나야 한다. 어머니로부터의 정서적 독립은 남자의 정서적 발달 과정에서 중요한 과정이다. 그래야 인생에서 만나는 여자들(애인, 아내)과 친밀하고 건강한 관계를 수립할 수 있다.

아들은 어머니의 성과는 대립되는, 남자로서의 성 정체성을 스스로 형성해야 한다. 이 과정에서 아들은 어머니에게서 따뜻하게 보호받으며 격려 받는 특권을 포기해야 한다. 이 특권의 포기는 큰 고통이지만, 고통만큼 독립의 열매는 소중하다.

남자가 사춘기 중반이 되면 내면 깊은 곳에서 이제는 엄마에게서 독립할 시기가 왔음을 본능적으로 알게 된다. 그래서 사춘기 남자아이는 어머니에게 거칠게 반항하면서 어머니와의 경계선을 긋는다.

정서적으로 어머니로부터 독립 못하고 계속 종속된 삶을 살아온 남자는 사십이 넘으면 자신이 이제까지 어머니의 남편, 연인, 영혼의 동반자 역할을 해왔음을 깨닫는다. 그리고 그런 삶을 후회한다.

유교의 영향이 강한 한국 사회는 부모로부터의 정서적 독립을 막으며 부모와의 정서적 독립을 불효라고 까지 생각하는 경향이 있다. 마마보이는 바로 마마로부터 독립을 못한 남자다. 한국 남자가 어머니로부터의 독립하는 건 멀고도 험한 고난의 과정이다. 한국 어머니는 그 어느 때보다 강한 지배력을 가지고 있다. 거의 모든 가정에서 어머니의 파워는 아버지를 능가하고 있다. 어머니의 힘은 아버지와는 비교 안 되는 자식과의 오래된 관계에 기반을 두고 있다. 강해진 어머니는 웬만해서는 아들의 독립을 받아들이지 않는다. 아들의 여자, 아들의 아내와 상당한 갈등을 겪으면서, 아들을 며느리에게 뺏기고서야 모자간의 독립이 이루어지는 경우가 많다.

성숙한 어른으로 자란 남자는 대개 어린 시절부터 각성된 부모로부터 명확하게 정의된 성역할을 부여받는다. 남자는 결혼하기 전에 자신의 정체성을 찾아야 한다. 그러기 위해서는 어머니로부터 독립해야 하고 한국 남자를 둘러싸고 있는 잘못된 환상들로부터 벗어나야 한다. 그 첫 번째 환상은 바로 '남자다움' 이란 환상이다.

'남자다움' 압박에서 탈출하라

'남성다움' 이란 무엇일까. 남자라면 무서워하지 말아야하는 용감함, 어려움을 참고 이겨내야 하는 참을성, 어린이나 여자들을 돌봐줘야 한다는 의무감 등을 가리키는 관념이다.

'남성다움' 이란 개념은 부족국가 시대부터 전쟁과 전투에서 이길 수 있는 전투원으로 양성하기 위해 남자에게 강조되어온 개념이었다. 그리고 남자를 결혼이라는 제도에 끌어들이기 위해 만들어낸 달콤한 유혹덩어리였다. 그 중에 가장 강한 유혹이 바로 '가장, 즉 집의 주인' 이었다.

존 그레이는 『화성에서 온 남자, 금성에서 온 여자』라는 책에서 '남자라면 누구나 가슴속 깊은 곳에 영웅이나 빛나는 갑옷을 입은 기사가 자리하고 있다. 무엇보다도 그는 자기가 사랑하는 여자를 섬기고 지켜주는 일을 여봐란 듯이 멋지게 해내고 싶어 한다.' 고 서술했다. 이렇게 존 그레이 같은 작자가 말하는 영웅, 빛나는 갑옷을 입은 기사라는 개념이 바로 남자는 이래야 한다고 남자를 옭아매는 환상이다.

특히 한국은 북한과의 대결에서 이기기 위해 수십 년간 한국 남자에게 '진짜 사나이', '남자다움' 이란 환상을 끊임없이 계속 심어왔다. 군대에서 남자다움에 대한 집요한 교육을 받은 한국 남자는 제대 후에도 오랫동안 남성다움에 집착한다.

현대남성은 진정한 인간다운 삶을 살기 위해서는 '남자는 이래야 한다' 는 속박과 고정관념에서 벗어나야 한다. 그리고 그런 남자가 될 수 없다, 그런 남자가 아니라는 사실에 좌절하고 상처받을 필요 없다. 남자다운 남자가 되기 위해서 자신을 혹사해서는 더욱 안 된다. 과거에는 남자라면 말이 없고 과묵하거나, 밤을 새며 말술을 마시고 호기를 부려야 남자라는 그릇된 편견이 있었다. 오늘날에는 과묵하고 말이 없는 남자는 음흉한 인간으로 간주되고 직장이나 가정에서의 건전한 인간관계를 방해하는 고쳐야할 할 인격적 결함으로 간주되고 있다. 밤새워 술 마시고 가족이나 업무에 소홀히 하면 자기관리를 못하는 사람이다. 예전의 남자다움이란 거의 모두 가부장적이고 남성우월주의 시대에 만들어진 골동품이다. 이제 남자 스스로 그런 역사적 잔재를 하나하나 버려야 한다.

하지만, 여전히 많은 한국 남자가 남자다움에 집착한다. 남자다움을 고집하는 대표적인 고집불통 남성 집단으로 군대와 조직폭력배 그리고 10대 소년들의 세계를 들 수 있다. 10대 남자아이가 비행을 저지르거나 친구들과 싸우는 이유는 자신의 남자다움을 표현하기 위한 수단이기 때문이다. 학교 성적과 등수가 중요한 학교에서 상처받은 자존심을 회복하기 위해 소년은 힘으로 서열을 나누고 지배, 복종의 권력관계를 만들어 낸다. 그리고 남자가 저지르는 범죄는 상당수 '남자답게' 보이고는 싶은데 학력, 돈, 사회적 지위 등이 따라주지 않아 저지르는 경우가 많다.

보통 남자는 여자보다 10년 일찍 죽는다. 남자의 생명을 단축시키는 원인 중의 하나가 우울증이다. 남자는 지역과 국가를 초월해서 여자보다 두 배 정도 더 많이 우울증으로 고통 받는다. 남자다움이라는 관념에 갇혀 마음속 응어리를 혼자 삭이는 남자의 폐쇄성이 우울증으로 이어지면서 갖가지 질환의 원인이 된다.

'남자다워야 한다.' 라는 강박관념에서 남자가 해방된다면 지금보다 훨씬 행복해지고, 10대 소년들이 저지르는 비행과 불량 남자가 저지르는 폭행, 강도, 살인, 강간, 사기, 절도의 범죄가 상당히 줄어든다.

'청춘 숭배' 와 결별하라

청춘! 이는 듣기만 하여도 가슴이 설레는 말이다.
청춘! 너의 두 손을 대고 물방아 같은 심장의 고동을 들어 보라. 청춘의 피는 끓는다.
끓는 피에 뛰노는 심장은 거선(巨船)의 기관같이 힘 있다.
이것이다. 인류의 역사를 꾸며 내려온 동력은 꼭 이것이다.

중학교 교과서에 실려 있는 민태원의 수필 「청춘예찬」의 일부다. 이 수필처럼 한국인은 젊은 시절에 지나치게 높은 가치를 준다. '청춘', '청년' 이란 단어는 조선이 무너진 이후 한국인이 자신의 이상적 자아를 투사해온 상징체 중의 하나이다. 1900년대의 근대잡지와 신문을 통해 등장한 이후 '청년' 은 창조와 파괴, 열정의 표상으로 여겨지고, 미래를 담당하는 상징적 주체였다. '청년'

의 이러한 상징적 지위는 1세기동안 거의 변하지 않았다.

그래서, 21세기에도 여전히 청춘, 즉 젊은 시절이 인생에서 가장 아름답고 좋은 시절이라 생각하고, 피부나 체력에서 젊음이 조금이라도 빠지면 마치 죽음이 가까이 온 것처럼 호들갑을 떨면서 젊은 기운을 조금이라도 오래 유지하려고 애쓴다.

정이현의 소설집 『오늘의 거짓말』에 실려 있는 「위험한 독신녀」는 38살 된 여자가 화려했던 20대 시절을 그리워하며 자신이 스물다섯이라고 생각하는 미친 여자의 이야기다. 소설의 주인공은 여성이지만 이런 생각에 사로잡힌 남자도 꽤 많다. 대학을 졸업하고 사회인이 되어서도 대학생처럼 생각하고 행동하는 사람이 많다. 청춘이란 연못에서 나오려 하지 않는다. 나이가 들면서 과거에 품었던 꿈을 내려놓고 현실을 받아들이는 마음자세는 누구에게나 필요하다. 이런 과정을 거치치 않은 사람은 근거 없는 자만심에 빠지거나 상처받지 않으려고 환상 세계에 머물러 버린다.

젊은 시절은 과연 좋은 시절인가. 객관적으로 볼 때 청년 시절이 좋을 이유가 별로 없다. 경험도 부족하고 배운 것도 별로 없고 사회적 기반도 약하다. 경제력도 약해, 저축도 거의 없다. 그럼에도 불구하고 청춘이 인생에서 가장 빛나는 시기라고 당연하게 여기는 건 잘못된 생각은 도대체 어디서 온 걸까?

21세기에도 한국에서 청춘이 가장 좋은 시절이라는 주장이 힘을 얻는 것은 소비조장세력의 부추김 때문이다. '딸린 식구 없을 때 마음껏 즐겨라, 돈을 써라' 고 젊은 소비자의 소비를 부추기기 위해서다.

남자는 소비 조장 집단이 떠들어대는 '청춘 예찬'의 허구를 빨리 깨닫고 현실을 직시해야 한다. 사회의 첫 문을 연 젊은 남자는 화려한 꽃밭은 보이지만 그곳에 있는 꽃들은 마음대로 가질 수 없는 꽃들임을 깨닫는다. 멋진 젊은 수컷으로 보이고 싶지만, 현실은 보여줄 게 거의 없다. 청춘이 제일 아름다운 시절이란 소비조장세력이 만들어낸 신기루란 사실을 깨달아야 한다. 인류역사에서 젊은이에게 호의적이고 긍정적인 시기는 한 번도 없었다. 이 진실을 받아들이면 현재의 어려움을 이겨낼 마음의 힘이 생긴다. 인생의 행복은 저절로 얻어지지 않는다. 젊을 때부터 마음의 힘을 강화해 쟁취해야 한다.

성욕구를 긍정적으로 생각하자

미국의 시인 로버트 블라이는 『무쇠 한스 이야기』에서 젊은 남자의 '성적인 에너지는 좋은 것이요. 동물적인 저돌성과 격렬함과 열정적인 충동 역시 좋은 것'이라는 사실을 인정해야 한다고 주장했다. 지하철에서 마음에 드는 여성을 보면 성기가 단단해지는 현상은 남자로서 바람직하고 긍정적인 상태지 부끄럽거나 죄책감을 느낄 필요는 없다. 단지, 욕구를 자제 못하고 손으로 여자를 더듬는다면 그건 범죄행위다. 클럽에서 멋있는 여자와 서로 마음이 맞아 부비부비 한다면 그건 멋있는 행위다. 남자의 성적 에너지가 나타나는 현상 자체를 불온시할 필요는 없다.

남자는 사춘기에 몽정과 발기가 시작되면 자신의 성욕이 불결하고 부끄럽다고 생각한다. 사춘기 어느 날 자다가 이상한 느낌이 들어 깨어나면 속옷이 축축하게 젖어 있다. 느끼한 냄새가 나는 액체가 묻은 속옷을 가족에게 들킬까봐 졸린 눈을 비비면서 휴지로 닦고, 더러워진 속옷을 세면대에 빨아야 했던 일은 남자라면 한번쯤 겪었을 경험이다. 이렇게 반복되는 몽정 체험은 '정액은 더럽다, 내 몸은 더럽다'는 감정을 만들어 낸다. 멋있는 여자를 보기만 해도 자동적으로 그 부분이 딱딱해지는 경험은 성욕이란 컨트롤할 수 없는 무서운 존재라고 생각해버린다.

인간은 모두 죄인이라고 부르짖는 청교도적 신앙이 강한 집안에서 자란 남자, 남편의 외도에 한이 맺혀 남자의 성욕을 끊임없이 공격하는 어머니 밑에서 자란 남자는 남자의 성욕에 대해 죄의식을 갖기 쉽다.

이런 특별한 환경에서 자라지 않은 평범한 남자도 남자의 성욕에 죄의식을 느낄 때가 많다. 대중매체가 각종 성범죄 기사를 계속 보도하는 건 범죄를 고발하는 측면도 있지만, 독자의 관심을 끌기위해 집중적으로 다루는 측면도 없지 않다. 섹스와 성범죄에 관한 기사는 언제나 독자의 주목을 끈다.

성범죄에 관한 기사가 나올 때마다 남자들은 여자들의 따가운 시선을 느껴야 하고, 혼잡한 지하철에서는 치한이 아님을 증명하기 위해 두 손을 번쩍 올려야 한다. 성범죄에 대한 지속적인 보도는 사람들에게 남성의 성욕은 충동적이고, 공격적이며, 범죄성이 있으며, 더럽고 추한 욕정이라는 인식을 심어주었다. 그래서 많은 남성이 성욕을 부끄러워하고 억압한다.

남자의 성욕과 문명의 관계를 생각해볼 필요가 있다. 부족사회에서부터 인간의 문명은 남자의 성욕을 길들이는 방향으로 발전해 왔다. 초원과 야산을 뛰어다니며 사냥을 하던 남자 원시인은 기본적으로 자유를 추구하는 종족이었다. 성욕이 생기면 아무 거리낌 없이 옆에 있는 여자와 성욕을 풀고 언제나 다시 자유로운 생활로 돌아갔다. 하지만 이런 자유로운 남자 원시인을 그대로 두었다가는 인간 종족은 살아남을 수 없었다. 성인 남자 원시인이 아무런 부담이나 소속감 없이 떠나버린 남겨진 무리에는 사냥 능력이 없는 병든 노인과 어린 아이, 그리고 여자들 밖에 남지 않기 때문이다. 그래서 남자 원시인을 무리에 정착시키는 방법을 고안해냈다. 그것이 바로 가부장 가족 제도이다.

남자에게 가족제도의 여러 이점이 제공되었다. 사유재산도 보장해주고, 재산을 자기 유전자를 이어받은 자식, 아들에게 물려주게 했다. 그래서 가문을 통해 자신의 유전자가 후손에게 확대되는 삶이 중요한 가치임을 인식시켰다.

여권 운동가들은 한 여자에 만족하지 못하는 남성의 성적습관에 대해서 비난한다. 물론 결혼 후 외도를 일삼는 남자의 성욕은 일부일처제의 약속을 어기는 주요 원인이다. 하지만 인류의 발전 과정을 생각해볼 때, 만일 남자들이 한 여자와의 섹스만으로 만족했다면 인류는 오래 전에 멸망했을 것이다. 자연이 남성에게 한 여자에 만족하지 말고 계속 섹스 파트너를 교체하라고 프로그래밍한 덕분에, 인류가 많은 자손을 계속 생산했고 그래서 지금까지 살아남았다. 남자의 성욕은 남자 스스로도 완전히 제어하지 못하는 부분이다.

가부장적 가족제도가 구축되고 수천 년 동안 남성의 지배를 받아온 여자들은 19세기 말부터 목소리를 높이면서 참정권의 획득 등 여권을 비약적으로 향상시켰다. 그리고 이제는 남성에 대한 지배권을 서서히 증가시키고 있다. 자연이 오래 전에 심어준 성욕 유전자는 현대 사회에서 강해진 여권과 충돌을 일으키고 그 결과 많은 가정이 위태롭게 되고 깨지기도 한다.

여권이 강화되는 한국 사회도 남성의 성욕에 대한 다양한 제재를 만들어내고 있다. 성매수 남성을 처벌하는 법률제정, 아내 강간범죄를 인정하는 판결 등이 그 예다. 21세기 한국에서는 남성의 성욕은 아내나 애인의 동의하에서 아내나 애인을 통해서만 해소해야 한다는 규칙이 만들어 졌다. 성매매에 대한 단속과 처벌은 국가 권력이 중산층 이상의 여성을 위해 남성의 성욕을 통제하는 제도다. 매춘, 포르노, 마사지, 폰팅 등 매춘업이 지니고 있는 여러 가지 해악을 부정할 수는 없다. 하지만, 소외되고 고립된 남자들의 성욕을 해소시켜 공격성을 감소시키는 긍정적인 요소도 분명 가지고 있다. 만일 매춘에 긍정적인 요인이 전혀 없었다면 인류의 가장 오래된 직업으로 살아남지 못했다. 현대 남성은 결혼하기도 힘들고, 연애를 통해 여자를 침대로 끌어들이기까지 소비되는 에너지와 복잡한 절차에 지쳐있다. 그리고 성매수는 범죄란 인식이 들어 두려워한다. 그래서 현대 남성에게 성경험 쌓기가 날이 갈수록 힘들어지고 있다.

남자가 섹스 경험이 충분하지 못하거나 너무 늦어지면 성정체성이 약해진다. 인류의 조상인 고대인은 남자가 정신적으로 완벽해지기 위해서는 여성과의 충분한 육체 결합, 즉 충분한 섹스가 필요하다고 믿었다. 섹스를 모르는 남자는 불완전하다고 믿었다.

주세페 토르나토레가 만든 영화 〈말레나〉에는 아버지가 성적 욕구에 힘들어하는 사춘기 아들을 사창가로 데려가 첫 경험을 시켜준다. 창녀와 첫 경험을 나누는 건 바람직하다고 주장하는 건 아니다. 하지만 그 영화에서 아버지가 아들에게 '넌 오늘 남자가 되는 거야.' 라는 말은 남자의 성장에서 섹스가 중요하다는 걸 잘 표현해주고 있다.

성을 사고파는 행위는 분명 바람직하지 않다. 하지만, 한국의 성매매 특별법에서 규정한 성매매는 살인이나 절도처럼 전 세계의 모든 국가가 해악을 인정하는 보편적인 범죄는 아니다. 네덜란드, 캐나다, 오스트레일리아, 뉴질랜드와 같은 나라는 성매매를 범죄로 규정하지 않는다. 이들 나라가 한국보다 문화적 수준이 낮거나 여성인권에 무관심해서 성매매를 범죄에서 제외시키건 아니다. 매춘의 특성과 남성의 욕구를 통찰한 결과 성매매를 범죄로 다스릴 정도는 아니라고 사회적 합의를 한 결과다. 한국에서도 미성년자의 성매매를 엄격히 단속하고, 기혼남자의 성매수만 범죄로 다루는 정책전환이 필요하다.

여성의 기대 수준이 높아지면서 많은 남자가 여자의 마음을 사로잡는 사랑게임을 힘들어 한다. 머리를 복잡하게 쓰느니 차라리 쉽게 돈으로 성욕을 해소한다. 그런 방법의 성욕 해소가 연애보다 오히려 편안한 기분을 느낀다고 말한다. 연애와 결혼의 장벽이 높아지면서 나타나는 현상이다.

여성운동가나 대중 미디어가 남자의 성욕을 어떤 말로 비난을 하든, 남자의 성장에는 충분한 섹스 경험이 필요하다. 이왕이면 건전한 성적 경험을 쌓는 게 좋다. 하지만, 연애활동을 통해서는 성경험을 얻기가 정말로 정말로 힘들다면, 비상수단으로 직업여성을 통해서라도 성경험을 쌓아야 한다.

빠른 속도로 성이 개방되고 있는 한국에서는 남성 간에는 성경험에 있어서 부익부 빈익빈 현상이 심각하다. 성경험을 많이 누리는 남자는 계속해서 성을 즐기지만, 경제력 다툼인 성경쟁에서 탈락한 남성은 성을 접할 기회를 상실한다. 성경쟁에서 탈락된 남성은 욕구불만이 쌓이고 날카로운 공격성을 보이는 경향이 있다. 각종 성폭행과 연쇄살인은 바로 이런 남자들이 저지르는 범죄다. 괴물 같은 남자들의 폭발직전의 공격성을 발산하고 해결할 수 있는 사회시스템에 대해 한국 사회는 좀 더 유연하게 생각해야 한다.

가장의 권한과 책임을 나눠라

2010년 5월에 실시된 조사에 의하면 연세대 남학생 중 37%는 결혼 후 아내가 충분히 돈을 번다면 전업주부로 살 생각이 있다고 밝혔다. 무너지고 있는 가부장제에 대한 젊은 세대의 생각이 잘 드러난다. 더 이상 가장이란 자리에 연연해하지 않으며 가장의 책임을 혼자 짊어지지 않겠다, 가장이란 자리를 언제든지 내놓겠다는 생각이다.

이 시대 한국 남자는 할아버지 세대가 누리던 강력한 가부장적 권한을 누릴 수 없다. 하지만, 사회는 여전히 남자들에게 가장의 의무를 부과하고 있다. 그래서 많은 남성이 혼란을 겪고 있다. 아버지와의 대화는 어렸을 적에 이미 끊어졌고, 본받을 만한 스승은 없다. 대학입시와 취업의 경쟁 이데올로기 때문에 또래 친구와는 벽을 쌓는다. 이런 소외감과 고립감은 결혼 후에도 쉽게 해소되지 않는다. 아내와 아이는 가장의 능력을 한 달 수입액으로 평가한다. 이웃집 남편(또는 아빠)보다 낮으면 무시당하고, 질책 받는 불쌍한 존재로 전락하고 있다.

분명 이 시대의 한국 남자는 정신적으로 과거 한국 남자보다 행복하지 못하다. 1980년대 만하더라도 한국 남자는 경제적으로 풍요하지 않아도 가정에는 위세를 부리면서 살았다. 이제 다시는 그런 시대는 오지 않는다. 이 시대 한국 여성은 이 남자가 경제력도 시원찮으면서 자신을 부려먹지 않을까 신경을 곤두세우며 남자의 능력을 끊임없이 탐색한다. 어렵게 결혼하더라도 한국 여자는 더이상 순종적이 아니다. 전업 주부는 집안일도 회사일 못지않게 힘들다고 우기면서 퇴근하고 돌아온 남편에게 설거지를 시키려 한다. 기혼 남성 직장인 중 30%는 아침을 집에서 먹지 못한다.

이 시대 한국 남성은 가부장제의 혜택은 거의 받지 못하면서도, 남성의 권리를 조금만 주장해도 가부장제의 부활을 꿈꾸는 시대에 뒤떨어진 마쵸파라고 낙인찍힌다.

이렇게 가부장 제도가 사라진 사회에 남성이 어떻게 대처해야 하는 가에 대한 논의가 거의 없다. 나이 드신 부모님은 여전히 가장으로서의 책임과 권한을 강조하지만 사회나 여성계는 가장의 권한을 인정하지 않고, 책임만 강조하고 있다. 그래서 한국의 젊은 남자는 혼란을 겪고 있다.

이런 혼란을 벗어나기 위해서는 젊은 남자들이 과감히 가장으로서의 권한과 의무를 나눠주겠다고 선언해야 한다. 그리고 이 문제에 대한 본격적인 논의가 시작되어야 한다. 이미 한국 사회에서는 유교적 가부장제가 무너졌지만 아무도 공식적으로 무너졌다고 선언하지 않는다. 보수적인 남성계는 가부장제가 무너졌다고 선언하면 여성의 기가 더 드세질까봐 현실을 외면한다. 여성은 남자에게 부과된 가장의 책임을 떠맡을까봐 걱정하고, 행여나 가부장제가 다시 부활할까봐 걱정한다.

유교적 가부장제는 여성뿐만 아니라 남성도 억압하는 체제다. 가부장제 붕괴는 남자에게도 인간적인 삶을 누릴 수 있게 해주는 긍정적인 물결이며, 여성 해방처럼 남성에게 인간다운 삶을 가져다주는 남성해방이다.

가장으로서의 해방은 그동안 남자를 무겁게 눌러왔던 출세에 대한 부담, 언제나 강하고 일등이어야 한다는 부담, 그리고 남자가 전적으로 집안 경제를 책임져야 하는 부담에서 해방시켜준다. 이러한 의무와 부담으로부터의 해방은 남자가 조직이나 상사에 무조건 복종해야만 하는 강박감도 완화시켜준다.

남자는 가장의 의무감을 벗어던지면서 가장의 특권도 함께 내려놔야 한다. 의무는 부담하지 않으면서 특권을 놓지 않는다면 자연히 충돌이 발생한다. 새로운 시대에 맞는 새로운 남녀관계를 도출해야한다.

지금 사귀고 있는 애인에게 가장의 의무와 권한을 어떻게 분배할 것인가를 의논하라. 남자가 행복하기 위해서는 책임과 권한을 가족 구성원에게 과감히 나눠줘야 한다. 쉬운 일은 아니다. 책임을 회피하는 이기적인 사람으로 보인다는 걱정도 들 것이다. 여자가 반발할 수도 있다. 가장의 권리와 의무를 나누면 당연히 여자에게도 의무가 생긴다. 한국 여자 중 일부는 입으로는 남녀평등을 외치면서도, 여전히 의무는 거부한다. 그럼에도 불구하고 열린 마음과 용기 그리고 협상과 대화의 기술을 활용하여 가장의 권한과 의무를 나눠야 한다. 좋은 여자는 기꺼이 권한과 책임을 받아들인다.

많은 남자가 연애 하는 동안 자신의 능력을 과장하고 여자의 헛된 욕망을 자극하여 일단 결혼에는 성공한다. 그래서 결혼생활이 시작되자마자 속았다고 생각하는 여자가 많다. 이러한 과장된 약속과 헛된 기대를 기반으로 시작된 결혼생활은 바람 앞의 촛불처럼 위태롭다. 신혼 이혼이 늘어나는 이유는 과장된 약속이 중요한 원인이다.

자신만의 성공과 돈에 대한 기준을 세워라

돈이 인생의 최고 가치라고 생각하는 사람이 늘어나고 있다. 자본주의 사회에서 재산과 돈은 쾌감을 주는 사냥감이 되었다. 현대인은 돈과 재산을 모으면서 짜릿한 쾌감을 느낀다.

황금만능주의가 위세를 떨치고 있는 한국 사회에서는 경제력과 소비력이 한 사람의 가치를 결정하는 절대적 기준이 되었다. 술값을 잘 '쏘고', 돈을 펑펑 쓰는 사람들이 인기를 얻고 조직에서 리더가 되고, '남자답다'란 평가를 받는다.

자본주의 사회에서 성공과 출세를 하면 자연히 남보다 많은 경제력을 획득할 수 있다. 풍족해진 경제력은 남보다 많은 소비 지출을 보장해주고 자연히 주위에 사람들이 모여든다. 자기를 따르는 사람들을 보면서 자신감이 생기고 당당해진다.

하지만 승자독식의 사회에서는 승자의 숫자가 그리 많지 않다. 성공을 거머쥐는 사람은 전체 남성의 1% 정도다. 대부분의 남자는 성공인의 대열에 끼지 못한다. 그래서 자본주의 사회에서 대부분의 남자는 '성공하지 못했다, 그래서 난 남자답지 못하다'라고 자기 비하에 빠져버린다.

과거의 남자는 남보다 못한 이유를 여러 가지로 댈 수 있었다. 전쟁 때문에 부모를 잃고 교육을 못 받았다, 집안이 가난해서 대학을 못 갔다 등 상황의 탓으로 돌릴 수 있었다. 하지만, 이 시대는 상황 탓으로 돌릴만한 핑계거리가 거의 없다. 초등학교 때부터 실력이 들어나면서 20대 초에 입학한 대학의 서열로 1차적으로 서열이 결정 난다. 대학을 졸업하면서 어떤 직장을 갖느냐에 따라 또 한 번 서열이 결정 난다.

경제력과 소비력이 인간의 가치를 판단하는 중요한 기준이 되면서 대부분의 한국 사람은 성공하지 못하면 무능력한 존재로 낙인찍힌다고 불안해한다. 그래서 경쟁이 심한 한국 사회에서는 힘 있는 사람 주위에 모여 수단과 방법을 가리지 않고 성공과 출세, 권력, 돈을 잡으려고 발버둥 친다.

이러한 성공과 출세에 대한 욕구도 결국 사냥을 하고, 식량을 축적해야 한다는 인류 조상이 남겨놓은 본능이다. 21세기를 살면서도 남자는 여전히 수천 년 동안 내려온 수컷의 사냥본능과 지배욕구에서 벗어나지 못하고 있다. 근대이후 가혹한 어려움을 겪었던 한국인들은 그 어느 때보다 강하게 돈과 권력에 대한 욕구에 사로잡혀 있다.

그대는 돈 없으면 연애도 못하고, 행복하지도 못하고, 여자에게 잘해줄 수 없다는 두려움에 떨고 있지 않은가. 그렇다면 그대 역시 돈의 위력에 압도되어 황금만능주의의 노예가 되어버린 것이다.

소비 자본주의 사회에 사는 남자로서 진정한 행복을 찾기 위해서는 한국 사회가 그대에게 강요한 돈과 성공에 대한 고정관념을 바꿔야 한다. 자본주의 사회에서 돈을 무시하거나 초연할 수는 없다. 돈과 성공의 중요성은 인정하되 압도되지 마라. 인생의 목적을 출세와 돈 벌기에만 두지 마라. 돈은 살아가는데 필요한 실용적인 수단이지 절대가치는 아니다.

성공과 돈은 행복한 삶의 가장 중요한 요소는 아니다. 인간의 행복감은 재산의 액수에 정비례하지 않는다. 수천 억 원의 재산을 가진 재벌 집 막내딸도 자살하고, 촉망받던 교수와 의사, 반도체 전문가도 스스로 이 세상을 떠났다. 많은 재산과 사회적 지위, 출세가 행복한 삶을 보장해주지 않는다.

행복에 대한 수많은 조사는 재산과 수입이 일정 수준에 오르면 더 이상 행복지수를 높이는 역할을 하지 못한다는 사실을 밝혀냈다. 저명한 심리학자 데이비드 마이어스는 '극도의 빈곤으로 기본적인 의식주가 충족되지 않는 경우를 제외하고는 물질적인 부와 행복 사이에는 거의 상관관계를 찾을 수 없다.'고 주장했다.

이제 성공의 의미를 그동안 한국 사회가 숭배해온 의미와 다르게 해석해야 한다. 출세해서 돈과 권력을 획득해야 성공한 삶이 아니라, 성공한 삶이란 자기가 하고 싶은 일을 하면서 주위 사람과 좋은 인간관계를 맺으며 자아실현을 이룩한 삶이라고 생각해야 한다.

독일의 문필가이자 사상가인 헤르만 헤세는 '우리가 이 세상에 온 목적은 오로지 행복하기 위해서'라고 말했다. 아리스토텔레스는 '행복은 삶의 의미이며 목적이고 인간존재의 목표이며 이유다.'라고 단언했다. 그렇다. 삶의 의미와 목적을 출세, 돈 벌기, 권력획득에 두지 말고 행복에 둬야 한다. 자신에게 의미가 있고 즐거움을 주는 전문적 일을 즐겁게 열심히 하면 먼저 일생이 즐겁고, 좋은 여자가 다가오고, 결국에 행복이 온다.

한국 사회는 미래를 위해 현재의 가치를 희생하는 성취주의자를 지나치게 찬미한다. 과도한 성취주의자는 자신뿐만 아니라 타인의 현재의 행복을 꾹꾹 누르고 목표를 달성할 때까지 미룬다. 목표를 달성해도 기다리는 행복은 오지 않고 더 높은 목표를 위해 다시 숨차게 달려가야 한다. 이러한 목표 달성과 성공에만 목숨 건 인간을 따라할 필요가 없다. 그대의 행복기준을 다른 사람과 동일시 할 필요가 없다. 그대가 좋아하는 분야에서 그대가 정한 기준에 도달하면 된다. 독서와 예술, 인간다운 삶을 사랑하는 사람의 행복의 기준이 주식과 부동산으로 성공한 사람의 기준과 같을 필요가 없다. 물질이 주는 즐거움과 행복감은 질도 낮으며 양도 그리 많지 않다.

그대의 행복 기준이 정해지면 사귀는 여자에게 충분히 설명하라. 그대의 행복기준을 듣고 언제나 남보다 좋은 명품을 걸쳐야만 행복해 하는 그녀가 그대를 떠난다 해도 아쉬워하거나 속상해 할 필요가 없다. 그대의 행복 기준은 그런 여자의 행복 기준보다 고귀하고 값지다. 그대의 행복 기준을 동의하고 환영하는 여자를 찾아라. 세상은 넓고 여자는 많다.

마음의 힘을 강화하라

현대 사회에서 스트레스를 피할 수 없다. 마음의 힘이 약한 사람은 스트레스를 잘 조절하지 못한다. 정신적으로 약한 남자는 조금만 힘들어도 짜증을 내고 괴로워한다. 만일 그대가 스트레스에 약하고 정신적으로 심약하다면 무엇보다도 먼저 마음의 힘을 강화해야 한다.

'마음의 힘(心力)' 이란 살아가는 동안 맞닥뜨리는 온갖 희로애락에 쉽게 흔들리지 않고 굳건한 의지로 마음을 다스릴 수 있는 능력을 말한다. 마음의 힘이 약한 사람은 늘 불안하고, 정서적으로 불안정하며, 삶의 방향이 수시로 흔들린다. 마음의 뿌리가 약한 남자는 작은 실패에도 충격을 받고 좌절의 늪에서 쉽게 빠져나오지 못한다. 소비가 신화가 된 소비만능 사회에서 행복하게 살아가기 위해서는 심력(心力)이 중요하다. 심력이 강한 남자는 자연히 경제력도 높아진다.

마음의 힘은 자신을 사랑하는 마음에서 나온다. 당신의 인생은 당신이 생각한 대로 이루어진다. 자신을 바라보는 태도가 미래를 결정한다. 당신에게 어떤 일이 일어났느냐는 그리 중요하지 않다. 당신이 그 일을 어떻게 해석하고 어떻게 받아들이느냐가 더 중요하다. 그래서 긍정의 마음이 중요하다.

긍정의 마음에 해가 되는 것은 바로 타인과의 비교이다. 타인과 비교하기 시작하면 끝이 없다. 위를 바라보고 비교하면 질투심과 좌절감 때문에 괴롭고, 아래와 비교하면 죄책감이 든다. 타인과의 비교를 멈추고 자기 자신을 긍정적으로 바라보라. 이 세상에서 그대는 유일하고 특별한 존재임을 잊지 마라. 여자는 강한 남자를 좋아해왔다. 과거에는 신체적 건강함만 중요하게 생각하고 근육맨이 건강한 남자라고 생각했다. 의학의 발달로 육체적 문제는 거의 해결되었지만, 마음의 문제는 여전히 미개척분야다. 신체적으로 멀쩡한 사람도 정신적으로 피폐해지면 한순간에 건강을 잃는다. 엄마로부터 정신적 독립이 이루어지지 않은 마마보이가 바로 심력이 약한 남자이다. 그래서 여자는 마마보이를 싫어한다.

콘크리트 정글에서 파편화되어 가면서 소외감과 고립감에 힘들어하는 현대 여성은 '정서적 허기'를 채워주는 남자를 원한다. 자신이 필요할 때 정신적, 정서적 지원을 해줄 수 있는 남자, 즉 '마음의 힘'을 가진 남자를 찾는다.

현대 사회에서의 진정으로 강한 남자는 심력(心力)이 강한 남자다. 아무리 명품 양복을 걸쳤다하더라도 남자가 정신적으로 약하면 여자는 마음을 주지 않는다. 남녀평등 시대이고 여성의 힘이 강해져도 여자는 정신적으로 성숙한 남자에게 호감을 갖는다. 현대 여자는 자신을 존중해주면서, 중요한 결정을 도와주고, 올바른 방향을 제시해주는 남자를 원한다. 이런 역할을 할 수 있는 남자는 결코 근육맨이 아니다. 정신적으로 성숙하고, 여성의 내면의 요구에 민감하고, 정확한 판단과 올바른 방향을 제시할 수 있는 남성이 궁극적으로 여성과 진정한 동반자가 될 수 있다.

이 시대의 진정한 힘이 있는 남자는 마음의 힘이 강한 남자이다.

좋은 여자의 기준을 가져라

한 남자가 여자의 마음을 사로잡기 까지는 수없이 거절을 당한다. 이 시대의 한국 여자는 부드럽고 따뜻한 마음을 가진 여성이 결코 아니다. 거절당한 남자가 겪어야 하는 아픈 상처는 조금도 신경 안 쓰고 냉정하고 가혹하게 거절한다. 여자 입에서 쏟아지는 차가운 거절에 몇 번 마음에 생채기가 생기면서 여자 사귀기를 포기하는 남자가 많다. 여자에 대해 자신감이 없어진 남자가 하는 말은 "난 여자 관심 없어."이다.

거듭된 여자의 거절에도 불구하고 줄기차게 대쉬하는 남자도 있다. 한 여자가 거절해도 다른 여자에게 또다시 대쉬한다. 이들에게는 식지 않는 투지와 열정이 있고, 거절을 뛰어넘는 자신감이 있기 때문이다. 거울을 보고 눈에 힘을 주고 '나는 할 수 있다!' 라는 주문을 외어보라.

자신감은 몸의 자세로도 알 수 있다. 고개를 숙이고 어깨가 꾸부정한 자세로 걷는가. 허리를 쭉 펴라. 그래야 그대의 자신감도 펴진다. 자신감이 있어야, 그대 자신을 믿게 되고 연애뿐만이 아니라 인생에서도 크게 성장할 수 있다.

아무리 연애교과서를 탐독하고 테크닉을 외워도 자신감이라는 갑옷을 입지 못하면 여자의 날카로운 창에 상처를 입기 쉽다. 자신감은 어렸을 때 부모의 양육 방법에 많이 좌우된다.

연애를 잘하려면 자신감과 좋은 여자에 대한 자기 기준이 있어야 한다. 자신이 정한 기준에 따라 연애 감정을 컨트롤해야 한다.

즉, 예쁜 여자라고 무조건 마음에 들어 하지 말고 사랑에 빠지지 마라. 아무리 예쁘더라도 그대가 정한 기준에 맞는지 확인한 다음 마음을 움직이는 여유가 필요하다. 주위 친구가 "와, 쟤 너무 예쁘다."라고 한눈에 반하더라도 '그래? 내 기준에 맞는 상대인가?' 하는 과정을 한 번 거치는 것이다.

즉 '자신의 개별화(개성화된) 기준'에 맞는 여자인가를 검토하는 과정을 먼저 거치는 것이다.

흔히 남자가 좋아하는 여자의 타입은 거의 같다고 생각하기 쉽다. 보이는 이미지가 중요해졌기 때문이다. 상업매체들이 계속해서 날씬한 몸매와 예쁜 얼굴이 여성의 가장 중요한 요소라고 세뇌시켜 이 시대 남성은 과거 남자보다 더욱 겉으로 보이는 이미지에 집착하게 되었다. 내가 좋아하는 여성의 타입이 바로 상업 미디어가 만들어낸 이미지 상품으로서의 여자가 아닌가 생각해봐야 한다.

당신의 개별화된 기준은 신체적, 이미지 요소보다는 정신적 정서적 요소에 초점을 맞춰야 한다. 좋은 여자는 정서적, 정신적 자질이 중요하기 때문이다. 자신의 기준을 가지고 있으면 아무리 이효리 같은 몸매의 여자라 나타나더라도 "책을 읽지 않아 대화가 통하지 않는 여자는 별로야.", "신간 도서는 전혀 모르고 명품리스트만 외우기 바쁜 여자는 별로야." 등 자신의 기준에 맞는 좋은 여자를 선별할 수 있게 된다.

자신만의 기준을 갖게 되면 그대가 연애를 주도할 수 있다. 내 마음이 움직인 이유가 꼬리를 흔든 여자가 아니라 내가 정한 기준에 맞기 때문이란 사실은 그대에게 책임감과 함께 자존감을 준다.

남자가 자신을 존중하는 마음인 자존감을 가지고 여성을 만나면 그 여성도 남자를 존중하게 된다. 물론 자존감을 가지고 접근해도 거절하는 여자가 있다. 하지만 남자는 큰 상처는 받지 않는다. 내 기준에 맞는 다른 여자를 만나면 된다. 세상은 넓고 아직 좋은 여자는 많다. 자존감을 가지고 여자에게 접근하면 여자를 만나더라도 지나치게 긴장하거나, 수줍어하지 않으며, 거절을 당해도 공격적인 성향을 보이지 않는다. 여자를 좋아하는 마음은 내가 만들어내고 내가 조절할 수 있는 감정이란 사실을 잊지 않으면 남녀관계가 보다 수월해진다.

많은 여자를 만나고 헤어지는 경험은 좋은 배우자를 선택하는데 필요한 영양소다. 남자에게 연애와 배우자 고르기는 소홀히 해서는 안 되는 중요한 과제다.

연애를 하다보면 마음속으로는 멋있게 행동하고 싶지만, 실제 행동은 서툴고 얼굴이 화끈해지는 실수가 계속된다. 여자와의 교제는 행복한 경험이 아니라 자신의 부족함이 드러나는 수치스러운 악몽이 될 수 있다. 이런 경험을 하나하나 극복해나가면서 성장하는 것이다. 이런 상황을 극복하지 못하는 남자들이 늘어나고 있지만, 자신의 숨어있는 매력을 발견하면 어려운 상황을 극복해나갈 수 있다.

자신의 매력을 알자

결혼정보회사 듀오는 20~39세 미혼 남녀 975명(남자 503명, 여자 472명)을 대상으로 2009년 미혼남녀의 이상적 배우자상을 조사, 발표하였다.

이 조사에서 여성 응답자는 원하는 배우자의 연소득을 3000만 원대(29.7%, 140명), 4000만 원대(25.2%, 119명) 6천만 원 이상(13.3%, 63명)의 순으로 답했다. 신부의 연소득에 대해 남성응답자는 '중요하지 않다(33.8%, 170명), 2000만 원대(34.4%, 173명), 3000만 원대(18.5%, 93명)' 이었다.

남성의 3분의 1은 여성의 연소득이 중요하지 않다고 생각하는 반면, 여자의 경우 남자 연봉에 신경 쓰지 않는다는 응답은 불과 6.4%에 불과했다. 이 조사결과만 보더라도 한국 여성은 여전히 남자가 벌어들이는 수입에 지대한 관심을 갖고 있음을 알 수 있다.

현대 사회에서 결혼이 어려워진 이유는 남편감을 고르는 여성의 기준이 높아졌기 때문이다. 기준 이하의 남자와 결혼할 바에야 혼자 사는 게 낫다고 생각하는 여성이 늘어났다. 할머니 세대처럼 먹고 살기 위해, 입 하나를 덜기 위해 결혼을 결심하는 여성은 이제 한국 여성 중에는 거의 사라졌다. 이 자리를 이주 여성이 메우고 있다.

남자의 매력은 육체적 매력, 사회적 매력, 인간적 매력으로 구성된다. 잘생긴 얼굴, 큰 키, 빨래판 복근, 이런 것이 바로 육체적 매력이다. 사회적 매력은 변호사, 의사, 교사와 같은 직업과 연봉, 출신 대학 등 그 사람이 가지고 있는 사회적 지위 및 능력(경제력, 소비력 등)을 말한다.

이성에 눈을 뜬 여자는 먼저 남자의 육체적 매력에 꽂힌다. 여자가 키 큰 남자를 좋아하는 이유는 예전부터 키 큰 남자가 건강하고, 사냥이나 전투에서도 살아남았기 때문이다. 여자는 그런 남자의 유전자를 받고 싶어 한다. 그런데 키와 얼굴 같은 육체적 매력은 상당 부분 유전 요인에 좌우된다.

상품광고와 밀접하게 연결된 상업 미디어는 남자의 육체적 매력에 초점을 맞추고 있다. 상업 미디어의 대표 주자인 TV는 보이는 '그림' 즉, 이미지를 중요시하기 때문에 매력 있는 남자의 몸을 계속해서 내보낸다. 이런 상업 미디어의 영향으로 키 180cm 이하인 남자를 루저라고 말하는 여자도 생기고, 남자의 생생한 복근이 TV 화면에 나타나면 여자들은 환호성을 지른다. 근육질 남자, 빨래판 복근도 결국 상업주의가 만들어내는 상품이다. 상업 미디어는 자신이 만들어낸 상품의 가치를 높이기 위해 더욱 상품의 노출을 자극적으로 내보낸다.

남자의 육체적 매력에 빠진 여자라도 결혼을 고려하면서부터 육체적 매력보다는 사회적 매력, 특히 남자의 경제력을 중요시 여긴다. 결혼모드로 들어간 여자는 대부분 육체적 조건을 결정적 요소로 내걸지 않는다. 얼굴이나 키보다는 사회적 지위나 학력, 경제력을 중시한다. 연애상대와 결혼상대는 당연히 다르다고 생각하기 때문이다.

남자만큼 경제력을 갖춘 여자가 늘어나고 있지만 여전히 남자의 경제력은 결혼게임에서 중요한 요소다. 내가 돈을 버니까 '결혼할 남자는 경제력은 없어도 돼. 키 크고 미남이면 돼.' 라고 하는 한국 여자는 아직은 소수다. 하지만 '아내 같은 남편' 을 원하는 여자도 분명히 늘고 있다.

'아내 같은 남편' 을 원하는 경향을 보면 경제력 역시 여자의 마음을 잡는데 절대적 요인은 아니다. 경제력과 사회적 지위를 갖춘 여성이 증가하면서 남자의 사회적 매력은 과거만큼 중요한 요소는 아니다. 예전에는 사법고시 합격생은 최고 신랑감으로 여겨졌지만 최근에 그 위상은 많이 낮아졌다. 여의사 세계에서는 판검사, 변호사에 대한 선호도가 매우 낮은 편이다. 경제력과 사회적 지위를 갖춘 여성은 어떤 남성을 선호할까? 이들에게 중요한 남자의 매력은 무엇일까?

인간적 매력

여자가 결혼 모드에 들어가면 남자의 인간적 매력을 철저히 분석한다. 여자가 중요시하는 남자의 인간적인 매력은 무엇보다도 '성실성'이다. 원시 시대 때부터 여자는 자신과 자신의 자식들을 평생 변함없이 보살펴 줄 믿을 수 있는 남자를 선호했다. 키 크고 멋있고 조각처럼 잘 생겼어도 다른 여자한테 쉽게 넘어가서 가족을 버릴 가능성이 있는 남자는 피해야 할 대상이었다. 남자의 뛰어난 미모를 부담스러워 하는 여성이 있는 이유는 바로 이 때문이다. 더구나 여자의 미모는 시간이 지나면 사라진다는 걸 여자가 더 잘 안다. 아이를 배서 배불뚝이가 되어도 변함없이 사랑해주고, 흰머리가 생기고, 얼굴에 자글자글한 주름이 덮여도 변하지 않는 남자를 남편감으로 선호한다. 그래서 여자는 결혼 전에도 남자의 성실성을 끊임없이 테스트하고, 결혼 후에도 성실성을 유지하고 있는지, 가족에게 충실한지 아닌지 계속해서 확인하려든다.

육체적 매력이 떨어지는 남자라도 성실함을 강하게 어필하는 방법을 연구하면 좋은 여자와 결혼할 수 있다. 성실성과 형제 같은 개념이 바로 책임감이다. 성실한 남자는 당연히 가슴 속에 책임감을 가지고 있다. 작은 일에도 성실하고 책임감을 있게 접근하는 태도는 연애뿐만 아니라 어떤 삶에서도 중요하다.

성실성 다음으로 남자가 관심을 가져야 할 인간적 매력은 '배려심'이다. 타인에게 관심을 갖고 도와주고 베풀려는 마음이 바로 배려심이다. 간섭이란 인상은 주지 않으면서 상대를 존중하면서 위하는 마음은 상대를 감동시킨다. 이런 배려심이 좀 더 확장되어 여자의 부모와 가족에게로 확장되면, 키 크고 잘생긴 남자가 다른 여자를 쳐다 볼 때마다 그녀의 마음은 성실성, 책임감, 배려심이 가득한 당신에게로 마음이 기울어진다.

배려심 다음으로 '유머와 위트'도 중요하다. 유머와 위트는 밝은 성격의 표현이다. 밝은 성격이 아니면 유머와 위트를 구사하지 못한다. 유머와 위트는 살아가면서 생기는 긴장감을 완화시켜주는 중요한 역할을 한다. 여자는 연애상대로도 재미있는 사람을 좋아한다. 유머와 위트가 있으면 부족한 신체적 매력, 사회적 매력을 어느 정도 보충할 수 있다. 유머 능력은 누구나 노력만 하면 가질 수 있다. 약간의 노력만으로 연애 게임이나 인생에서 최대의 효과를 거둘 수 있는 능력이 바로 유머능력이다.

유머능력은 밝은 커뮤니케이션의 바탕이 된다. 남녀 관계를 비롯해 모든 인간관계는 커뮤니케이션으로 시작되고 또 커뮤니케이션을 통해 성장한다. 유머와 위트는 명품을 사주는 경제적 능력보다 더 중요한 능력이다.

자신의 약점과 강점을 잘 파악해서 아무리 해도 개선될 수 없는 약점(예를 들면 작은 키)은 더 이상 신경 쓰지 마라. 강점을 더욱 살려 자신의 신체적, 사회적 매력 그리고 인간적 매력을 계속 강화하라.

삼성그룹의 신라호텔을 경영하는 이부진 씨는 이건희 회장의 맏딸이다. 그녀는 봉사활동에서 처음 만난 삼성의 평직원 임우재 씨와 4년 동안 연애 끝에 1999년에 결혼했다. 당시 이부진 씨의 학벌이나 재산, 사회적 지위 등 모든 사회적 조건이 남편보다 우위였다. 하지만 그녀는 끈질기게 부모님을 설득해서 임씨와 결혼했다. 그녀가 임씨에게 끌린 건 무엇이었을까. 남편 될 사람의 인간성(즉 인간적 매력)에 끌렸기 때문이 아니었을까. 두 사람은 동반자형 사랑을 나누었을 것이다.

연애활동을 거부하지 마라

〈결혼은 미친 짓이다〉라는 영화가 있다. 2002년에 상영되었지만 결혼에 대한 현대 여성의 심리를 꿰뚫어보는 혜안을 보여주는 영화다. 여주인공 엄정화는 감정적으로 끌리는 남자가 있지만, 안정되고 안락한 삶을 위해 경제력 있는 남자와 결혼한다. 결혼 후에도 '난 자신 있어. 안 들킬 자신' 이라며 계속 애인과 밀회를 즐긴다.

원작 소설을 쓴 이만교 작가와 유하 영화감독은 '당신 아내가 이런 여자일 수 있어. 여자들이 이런데 결혼하고 싶은 마음이 드니? 결혼은 미친 짓이 돼 버린 거야.' 라고 관객들에게 속삭인다.

〈결혼은 미친 짓이다〉, 〈아내가 결혼했다〉와 같은 많은 영화, 드라마, 소설이 현대 여성의 '결혼으로부터의 자유' 롭고 싶은 심리를 보여준다. 즉, 결혼은 했지만 남편 말고 딴 남자와도 즐기고 싶다는 욕구, 결혼은 했지만 언제라도 자유롭게 파트너를 바꾸고 싶다는 욕구를 보여주고 있다. 영화는 영화 일뿐, 드라마는 드라마 일뿐이라고 말하는 사람도 있지만, 실제로 자유롭고 얽매이지 않은 결혼생활을 즐기려는 여성을 꽤 발견할 수 있다.

그래서 연애와 결혼을 주저하는 젊은 남자가 꽤 많다. 경제적 이유 때문에 남자가 결혼을 못하거나 망설인다고 해석하는 사람도 있지만, 좀 더 깊이 들여다보면 현대 남성들에게서 사랑과 결혼에 대한 회의를 발견할 수 있다.

주위에서 이혼하는 커플을 많이 보고, 결혼에 대한 회의적인 사례를 계속 접하면 자연히 사랑과 결혼에 대해 부정적인 시각을 갖게 된다. 그래도 용기를 짜내서 여자를 만나면 여자의 뻔뻔하고 적나라한 욕구를 알수록 더욱 사랑과 결혼에 대해 회의를 하게 된다. 드라마 〈프라하의 연인〉에서 남주인공은 여자들에게 외친다. '너희 여자들 정말 왜 그러니. 정말 무섭다.' 라고. 이런 드라마를 보면서 남자는 겁먹고 여자는 파워를 느끼면서 흐뭇해한다. 확실히 이 시대의 한국 여성은 남자에게 버거운 상대가 돼버렸다.

그렇더라도 그대는 뒷걸음질치지 말고 여자들과 맞닥뜨려야 한다. 그래야 보석처럼 그대를 기다리는 좋은 여자를 만날 수 있다. 세상은 넓고 아직도 좋은 여자는 남아 있다.

애인이나 여자 친구가 없는 경우 우선 당신의 성향에 문제가 없는가를 생각해봐야 한다.

성향에 문제없나

여자를 안 사귀는 (어쩌면 못 사귀는) 남자의 경우 지나치게 눈높이가 높은 경우가 많다. TV나 영화, 게임 등에서 8등신 미인이 넘쳐나는데 눈앞에 나타난 여자는 벙커에서 막 튀어 나온 폭탄이다. 내 여자 친구는 소녀시대의 수영 정도는 돼야 한다고 생각하고, 눈높이를 낮추면 인생수준이 내려가는 것 같아 절대로 안 낮추려 하는가. 하지만 이성적으로 생각해보라. 수영이 그대의 손을 잡아줄 가능성이 과연 얼마나 되는지. 모니터와 브라운 안에서 아무리 예쁜 요정이 춤추고 당신을 향해 웃어줘도 그대는 그녀와 대화를 나누거나 만질 수 없다. 모니터 속에 있을 뿐이다. 파워를 끄면 이미지는 사라지고 어둠만 남는다. 만일 그대의 요정이 출연하는 모든 프로그램을 녹화하고, 휴일에는 밖에도 나가지 않고 녹화된 파일 보는 것이 유일한 즐거움이라면 그대의 증세는 심각하다. 이것이 바로 당신이 현실의 여자를 사귀지 못하는 이유일 것이다. 당신은 현실과 타협해야 한다. 현실에서 손 잡아주고 따뜻하게 안아주는 현실의 여인을 찾아야 한다. 환상과 현실을 잘 분리해야 한다. 여자는 이상형과 현실의 남자를 잘 분리한다. 강동원을 사모하더라도 그의 여인이 되는 건 불가능하다는 것을 알고 현실과 타협한다. 이러한 현실과의 타협능력이 바로 여성이 지닌 장점이고 수천 년 동안 험악한 남성과 살아오면서 몸에 익힌 삶의 자세다. 그대는 여성처럼 현실과 타협하는 유연한 자세가 필요하다.

아는 여자는 많은데 한 여자와 연인관계로 발전시키지 못하는 남자도 있다. 이런 남자는 대개 모든 여자에게 잘해준다. 이성적으로 끌리는 관계, 즉 연인관계로 발전되는 남녀관계는 평범한 관계와는 다르다. 연인관계는 섹스와 관련된 관계다. '저 여자를 침대로 데리고 가서 안고 싶다'는 욕구를 나쁜 욕구라고 생각하지 마라. 건강한 남성이라면 당연히 생기는 건전한 욕구다. 마음에 드는 여자에게도 그런 욕구가 안 생긴다면 일부러라도 생기도록 노력해야 한다.

여자를 못 사귀는 최악의 수컷은 '여자 주제에', '여자가 감히'라는 생각을 하는 남자다. 만일 그대가 '여자 주제에'라는 생각을 한다면 당신 뇌에 아직도 원시인 유전자와 조선 시대의 유전자가 함께 둥지를 틀고 있다. 하루빨리 그 유전자를 없애야 한다. 이런 남자의 뇌는 지배적이고, 경쟁을 좋아하는데 특히 여자를 상대할 때 그 특성이 강하게 드러난다. 똑똑하고 현명한 여자는 이런 남자를 피한다. 이런 남자 주위에는 자아가 빈약하고 어리석은 여자만 꼬인다. 현대 사회에서는 여자를 존중하며 협조를 이끌어낼 능력이 없으면 성공하지 못한다. 성공한 남자는 대개 여자를 존중한다. 나와는 다른 사람을 배척하지 않고 다름을 존중하는 열린 마음을 가져야 성공한다. 여자를 인정하고 존중할 줄 아는 남자가 돼라.

그 밖의 문제 성향

❤ 연애중독체질

연애중독인 남자가 꽤 많다. 연애의 달콤함만 찾는 남자다. 이런 남자는 낯선 여자를 만나 연애테크닉을 동원해서 친밀한 관계를 이루는 과정만 즐긴다. 친밀한 관계를 넘어 책임과 의무를 요구하는 관계가 되면 시들해진다. 바람둥이는 여러 명의 여자를 동시에 만나고 입으로만 사랑한다고 속삭인다면, 연애중독자는 진심으로 한 여자에게 충실하고 아끼고 사랑한다. 단 연애기간 동안만.

이런 유형의 남자는 좋아하는 사람과 결혼하더라도 달콤한 신혼기간이 끝나면 다시 연애라는 달콤한 케이크를 먹고 싶어 한다. 나이가 들어도 '애인' 이라는 액세서리를 꼭 가지려 한다.

연애중독자는 연애의 성공을 좋은 결혼으로 발전시킬 생각이 없다. 성공한 연애경험을 자신의 능력을 자랑하는 훈장으로 생각

한다. 그 훈장을 가슴에 숨기고 계속 연애상대를 끊임없이 찾는
것이다.

♣ 남자가 더 좋아

동성애자가 아니더라도, 같은 남자들과 어울리는 시간이 너무
즐거운 남자가 한국에 많다. 남자하고는 술도 마시고 호탕하게 놀
지만, 여자를 만나면 세세한 부분까지 신경 써야 하는 자체가 비
에 젖은 옷처럼 무겁고 귀찮게 느껴진다. 보통 이런 남자는 여자
에게 잘해주면 한심하다고 놀리는 친구들과 어울리고, 친구들은
여자를 존중하는 걸 남자답지 못한 걸로 오해한다. 조선 시대처럼
남자의 우월성을 주장하는 친구는 결코 좋은 친구가 아니다. 타인
에 대한 존중과 배려심이 부족하고 시대의 흐름에 어두운 사람들
이다. 여성을 존중해준다고 해서 남자의 자존심이 상하는 건 아니
다. 그런 자존심이라면 지금 당장 버리는 게 좋다.

이 밖에, 예쁜 여자만 찾는 남자도 있다. 예쁘면 모든 것이 용서
된다, 못생긴 건 용서 못한다 등 여성의 외모에 집착한다. 예쁜 여
자보다 아름다운 여자를 찾아라. 좋은 여자는 평범한 외모라도 빛
을 발휘한다.

성공에 지나치게 집착해서 연애와 사랑을 미루는 남자도 있다.
조직에서 살아남기 위해 업무에만 매진하는가. 머릿속에 회사와
업무에 대한 생각만 가득 차서 연애할 시간이 없는가. 이런 상황
이면 자연히 여자를 사귈 마음의 여유가 없다. 기반을 다진 후에

좋은 여자를 찾으려면 그런 기회는 오지 않는다. 좋은 여자와 연애하고 결혼하는 일이 회사에서의 승진과 성공보다 몇 백 배 중요하다. 회사는 많지만 좋은 여자는 그리 많지 않고 그대를 기다리지 않는다.

지금 한국 사회는 대학입시와 취업준비 같은 경쟁관계 때문에 가족구성원의 관계도 느슨해지고 친구와 같은 인간관계도 몰락하고 있다. 그래서 진지한 인간관계 구축을 위한 훈련을 제대로 받지 못해왔다. 연애와 결혼은 가족이 아닌 여성을 가족보다 더 가까운 관계로 만들고 삶을 공유하는 과정이다. 좋은 연애를 하기 위해서는 자신을 잘 아는 것이 중요하다. 자신의 잘못된 점을 고치며 장점을 개발해야 한다. 여성 관계가 원활하지 못한 남자 대부분은 여성을 탓한다. 물론 문제 있는 여성도 있다. 하지만 남성 자신도 문제가 있는 경우가 많다. 우선 나 자신에 대해 잘 생각해 보고 자신의 문제점을 파악해야 한다. 내가 어떤 여자를 좋아하는가만 생각하지 말고 내가 좋아하는 여성이 어떤 남자에게 호감을 느끼는가를 파악하는 것이 중요하다.

나 자신을 잘 알게 되면 상대를 더 많이, 더 깊이 이해할 수 있다. 나를 알고 그 다음 상대를 포용하는 게 순서다.

새로운 남성상이 필요하다

한국 남자는 가부장적인 유교문화, 획일적인 군사문화, 물질주의 소비문화의 영향을 받고 있고, 강요된 경쟁, 고립감과 외로움, 그리고 정서적 소심함에 시달리고 있다. 남자의 내면은 조각조각으로 금이 가 조그만 충격에도 부서질 정도로 약해졌다.

이 시대 한국 사회는 상호모순적인 능력을 갖추도록 남자에게 요구하고 있다. 북한과의 전투에서 싸워 이기는 강한 전사를 요구하면서, 동시에 여자가 좋아하도록 부드럽고 세심한 사람이 돼야 한다고 강조한다. 몸은 하나인데 동시에 짐승남과 훈남이 되라고 한다. 이런 모순된 요구는 남자에게 정체성 혼란을 안겨준다. 멧돼지의 거친 투지와 토끼의 섬세함은 한 사람에게 쉽게 양립하기 힘든 성향이다. 이종 격투기 선수 추성훈이 꼼꼼하게 바느질하는 모습이 상상이 되는가.

남자다움에서 인간다움으로

많은 남자가 자신이 원하는 삶보다는 사회가 요구하는 기준에 맞춰 살아가고 있다. 남자다움은 오랫동안 남자들에게 무거운 짐이 되어왔다.

♥ 남자는 배짱이 두둑해야 한다.
♥ 남자는 감정을 조절할 줄 알아야 한다.

♣ 남자는 자제력이 있어야 한다.

♣ 남자는 처자식을 먹여 살려야 한다.

♣ 남자는 자신감에 차 있어야 한다.

♣ 남자는 책임감이 있어야 한다.

♣ 남자는 약해보여서는 안된다.

♣ 남자는 결단력이 있어야 한다.

♣ 남자는 (여자를)리드해야 한다.

♣ 남자는 두려워해서는 안 된다.

♣ 남자는 술을 잘 마셔야 한다

이런 전통적인 요구 사항을 만족시키려고 애쓰다보면 남자는 진정 자신이 원하는 삶을 살지 못하는 경우가 많다.

최근에는 소비와 관련되어 상업 미디어가 남성에게 새로운 과제를 던지는 경우도 많다.

전기밥솥 광고에서 남자연예인이 식사를 준비하는 장면이 나오고 '누군가가 나만을 위한 식사를 준비해주는 것이 모든 여성의 꿈'이라는 목소리가 나온다. 식사준비는 더 이상 여성이 할 일이 아니고, 이젠 남자가 여성을 위해 식사준비를 해야 한다는 내용이다. 어떤 은행 광고에는 여성고객 앞에 양복을 입은 남자가 무릎을 꿇는다. 소비권력을 확보한 여성에게 남성 전체가 무릎을 꿇고 사정하는 메시지다. 광고뿐만이 아니라 TV 드라마에서도 여성우월을 강조한다. 여배우가 남자의 뺨을 내리면 남자는 그냥 참는 장면을 많이 보여준다. (이런 드라마를 보고 어떤 여자는 남자 친구의 뺨을 때리자, 드라마와는 달리 남자가 참지 않고 그대로 여자 뺨을 몇 차례 때려 당황스러웠다고 고백했다.)

소비파워가 막강한 여성 고객을 만족시키려고 과장되긴 했지만, 이런 광고는 여성에게 여성우월주의를 심어주면서 왜곡된 남성상을 제공한다. 왜곡된 남성상은 남성뿐만이 아니라 여성에게도 좋지 않은 영향을 미친다.

옛 남성은 우월감으로 여성을 지배했다. 그래서 여성에게 많은 피해를 안겨주었다. 이제 소비파워를 갖춘 여성이 남성우월주의에 대한 복수로 여성우월주의를 강조한다면 남성의 반발을 살뿐만 아니라 건전한 남녀관계가 형성되기 힘들다.

건전한 남녀관계는 어느 한쪽에 대한 우월감이나 열등감에서 자유로워야 한다. 남녀모두가 '인간다움'이란 무엇인가를 진지하게 생각해야 한다.

한국 남자는 남성사회의 특징인 서열에 따른 지배와 복종의 인간관계를 맺어왔다. 아직도 사회의 많은 조직이 지배와 복종의 관계로 이루어져 있다. 이러한 지배-복종 관계는 여성의 사회진출이 늘어나면서 곳곳에서 도전을 받고 있다. 물론 지배-복종 관계를 즐기는 여자도 있다.

여성의 막강해진 파워를 서열 중심의 지배-복종 관계를 개선하는데 쓰이도록 유도해야 한다. 여성의 사회 진출로 봉건적인 지배-복종의 관계 대신에 상호존중을 바탕으로 하는 협력적인 인간관계가 한국 사회에 정착되어야 한다.

과거는 출세해서 돈과 권력만 가지면 모든 것이 용서되는 시대였다. 미래는 권력과 경제력을 소유한 남자라도 부인과 자식, 형제, 자매, 주위 사람으로부터 진정한 지지를 얻지 못하면 내적으로 쓸쓸한 인생을 살 수 밖에 없다. 인간적 가치와 품격을 잃어버리면 헛된 인생인 것이다.

상호존중과 상호협력. 이런 정신이 바탕이 된 사회가 바로 인간다운 사회이며 남자와 여자 모두에게 도움이 되는 사회다.

남자의 진화

여러 실험 데이터에 따르면 남성의 고환 크기가 계속 작아지고 있으며 정자수와 정액의 생산양도 줄어들고 있다. 2000년대 남성의 평균 정자 수는 1940년대 남자의 절반 수준에 불과하다. 앞으로 우리 후손은 여성성이 많이 들어간, 할아버지보다 훨씬 덜 남성적인 남자, 부드러운 남자를 낳고 기를 것이다. 미래 남자는 지금 보다 훨씬 여성적일 것이다.

부드러운 남자의 등장은 남자가 환경의 변화에 적응하면서 진화하기 때문이다. 여성파워가 강해진 현대 사회에서 남성우월주의 가치관이나 편견을 가진 남자는 더 이상 연애도 못하고 좋은 짝을 만나지 못한다. 여성파트너를 구하지 못하면 후손을 남길 수 없다. 수컷으로서 자신의 유전자를 후대로 옮기는 후손을 얻지 못하는 상황은 공포 그 자체다. 수컷으로서의 존재가치가 없어지는 것이다. 환경에 적응하기 위해 남자가 진화하는 것이다.

환경은 변했지만, 남자는 더 이상 남자끼리 어깨를 나란히 하여 변화에 대응하지 못한다. 계층사회가 되면서 남자의 가치관은 자신이 속한 계층에 따라 확연히 다르다. 같은 고등학교 출신이라도 월수입이 500만 원인 사람과 월 80만 원인 사람은 가치관이 다르다. 이제 남자는, 아버지와의 유대도 약해졌고, 친구들은 경쟁상대가 돼 버려, 그 어느 시대보다 고립됐다. 그래서 불안하다.

지난 수천 년 동안 억압을 받으며 고된 삶을 살아온 여성은 20세기 들어 억압과 차별을 극복하기 위해 본격적으로 싸워왔다. 투쟁을 거치면서 여자는 변했고, 여성의 지위는 조금씩 나아졌다. 마침내 주도권을 잡기 시작했고 이제는 남자친구, 애인, 남편, 자식에 대한 통제력을 강화하고 있다. 이 시대 한국 여성은 150년 전의 한국 여성과는 정신적이나 육체적으로, 더 나아가서 인종적으로 전혀 다른 여성이다. 여자가 진화한 것이다.

여자가 남자를 통제하려는 시도는 당연한 행보다. 수천 년 만에 쟁취한 이 기회를 활용하여 확실하게 입지를 다져놓지 않으면, 투쟁적이고 폭력적인 남성에게 언제 다시 주도권을 빼앗길지 모르기 때문이다.

여성이 변한 만큼 남성도 변해야 한다. 한국 남자는 여성의 힘이 날로 강해지는 사회에 적응해야 한다. 변화를 깨닫지 못하고 적응하지 못한 남자는 사회에서, 직장에서, 가정에서 쓸쓸하고 외로운 인생을 살 수 밖에 없다.

이런 변화된 흐름에 대응하기 위해서 세계 각국에서는 여러 남성운동이 일어나고 있다. 보수주의 남성운동가는 남자가 약해졌기 때문에 제구실을 못한다고 한탄하면서 다시 '남자다운 남자'

가 되어 자신감을 가져야 한다고 주장한다. 이들은 남성의 원시성과 공격성을 다시 숭배하는 경향마저 있다.

한국에서도 유교의 가부장적인 남성우월주의를 복원하려는 움직임도 꽤 있다. 지나치게 효를 강조하고, 나이든 어른이면 무조건 존경받는 사회를 계속해서 유지하려고 애쓴다. 이런 보수적 남성운동은 이제는 사라진 과거로 돌아가고자 하는 헛된 몸부림에 불과하다. 여성계의 저항도 심하겠지만, 남성이 과거의 비인간적인 '사내다움'에 희생당하는 것도 바람직하지 않다.

새로운 남성상은 할아버지, 아버지 세대가 남자답다고 생각한 거칠고 폭력적인 마초나 유교숭배론자가 생각하는 가부장적인 '전통적 아버지상'이 되어서는 안 된다.

한국 남자가 극복해야 할 대상은 여권신장을 주장하는 여성운동가가 아니다. 이제 남성은 여성과 함께 비인간적인 물질주의 풍토, 폭력과 파괴를 숭배하는 군사폭력문화, 지배—복종의 서열문화인 유교문화, 그리고 1등만을 우상화하는 1등 독점 문화를 극복해야 한다. 남성과 여성은 함께 인간다운 삶과 행복을 추구하는 동반자가 돼야 한다.

『로마인 이야기』의 저자 시오노 나나미는 '매력 있는 남자란 스스로 생각하고, 스스로 판단하고, 무슨 무슨 주의 주장에 파묻히지 않고 유연한 사람, 그러니 더욱 예리하고 통찰력 있는, 바로 그런 자다.'라고 말했다. 대중매체가 조장하는 소비 유혹과 조작에 흔들리지 않고 스스로 생각하고 판단하는, 자기 주관이 뚜렷하고, 삶에 대한 예리한 통찰력을 갖추고 있는 남자가 진정한 매력남이라는 주장이다.

　21세기에 바람직한 남성상은 남성과 여성에서 동시에 환영받는 남자다. 사상적으로 유연하며, 감정표현을 두려워하지 않으며, 여성을 존중하면서 여성과 친구로서 혹은 연인으로서 대화하고 어울릴 수 있는 남자. 자신의 일과 가족에게 균형 있게 공헌하는 정신적으로 신체적으로 건강한 남자. 지성과 감성을 갖춘 그런 남자가 21세기에 바람직한 남성상이다.

좋은 여자 구애 방법

돈만을 위하여 결혼하는 것보다 더 나쁜 것이 없고,
사랑만을 위하여 결혼하는 것보다 더 어리석은 일은 없다.
-B. 존슨

결혼 전에는 두 눈을 크게 뜨고 보라.
그리고 결혼 후에는 한쪽 눈을 감아라.

반드시 결혼해야 하는가

현대 여성은 결혼을 꼭 해야 한다고 생각하지 않는다. 남자 없이도 얼마든지 행복할 수 있다고 생각한다. 2007년 한국 갤럽은 '반드시 결혼해야 하는가?' 라는 질문을 19세 이상 남녀에게 물어보았다. 여성 65.3%가 반드시 결혼할 필요는 없다고 응답하였다. 어머니 세대의 여성이 짝짓기 게임에서 누구를 짝으로 선택할 것인가를 고민했다면, 이 시대 여성은 짝짓기를 할 것인가 말 것인가를 먼저 고민한다.

전 세계적으로 남자는 결혼하고 싶어 하지만, 상당수 여성은 결혼자체를 망설이고 있다. 기준에 미달하는 남자와 결혼하느니 차라리 가벼운 교제나 가끔 하면서 혼자 살겠다는 쪽으로 마음을 굳혔다.

대부분의 여성이 이런 생각을 하는 상황에서 좋은 여자를 얻으려면 남자는 먼저 심력(心力)을 단련하고 정신적으로 강해야 한다. 그리고 구애방법에도 관심을 가져야 한다. 좋은 여자를 만났지만 접근 방법이 서툴거나, 마음을 못 읽어 아깝게 놓치는 경우가 많다. 사랑을 발전시키려면 섬세한 기술이 필요하다. 좋은 여자를 인생의 파트너를 얻기 위해서는 구애기술을 익혀야 한다.

보석처럼 숨어있는 좋은 여자를 발견하고 결혼하는 건 남자의 삶에서 대단히 중요한 과제다. 경전 『탈무드』는 '세상에서 가장 행복한 사람은 좋은 아내를 얻은 남자' 라고 수천 년 전에 단언했다. 좋은 여자와 결혼하려면 여성에 대한 진지한 마음이 중요하다. 연애과정을 가볍게 생각하지 말아야 한다. 현명하고 좋은 여자는 연애의 쾌락만 즐기는 바람둥이를 금방 알아차린다. 성실한 마음에서 우러나오는 구애와 바람둥이가 구사하는 테크닉을 구별한다.

클럽에서 마음에 드는 여자를 꼬드겨 하룻밤 섹스상대로 즐기는데 성공했다고 연애를 잘하는 건 아니다. 그건 연애가 아니라 배설행위에 불과하다. 여성에 대한 배려와 진지한 마음 없이 연애의 쾌감만 즐기다간 연애중독자가 돼버린다.

연애는 좋은 배우자를 발견하고 선택해서 마음을 얻는 여정이다. 그 과정에서 두 사람의 습관과 행동 방식이 드러난다. 상대의 심리를 알고 적절히 반응해야 한다. 그래서 인내심, 대화술, 협상능력 등 인간관계에 필요한 총합적인 기술이 필요하다. 인간은 연애과정을 거치면서 자신의 부족한 점을 알게 되고, 자신을 더욱 성장시키고 인생의 의미를 알아간다. 연애를 통해 진정한 자신의 모습을 볼 수 있다.

연애 과정에서 겪는 경험은 남녀관계뿐이 아니라 모든 인간관계에서 활용된다. 연애를 잘하는 사람은 대부분 직장이나 사회생활도 잘한다. 연애관계는 상대를 배려하면서 커뮤니케이션이 이뤄지는 쌍방향 인간관계이기 때문이다.

이러한 연애의 필요성에도 불구하고 많은 남자가 실수와 좌절, 실패를 겪으면서 연애를 힘들어 한다. 거절당했을 경우 받을 상처를 두려워한다. 그래도 실패를 밑거름 삼아 두려워하지 말고 계속 앞으로 나아가야 간다. 열등감과 두려움을 떨쳐버리고 삶을 긍정적으로 보아야 한다. 그러기 위해서는 먼저 당신 자신을 사랑하고 믿어야 한다. 자신을 믿어야 자신감이 생기고 적극적으로 대처할 수 있다.

이 시대에 연애하려는 남자는 상대 여자가 따뜻하게 위로해주고 자신의 부족한 점을 채워주기를 기대해서는 안 된다. 자신의 부족한 점을 발견하면서 스스로 고쳐가야 한다. 현대 여성은 정서적으로 나약하고 문제를 해결하지 못하는 남자를 포근히 감싸주지 않는다. 여성 자신도 힘들기 때문이다.

현대의 짝짓기 특징

한국의 미혼남녀는 짝짓기 게임에 뛰어들기 전에, 또는 뛰어든 후에라도 다음과 같은 질문을 자신에게 던진다.

'내가 진정으로 결혼을 하고 싶은가?'
'결혼이 독신생활보다 좋은 점이 무엇인가?'

인류가 결혼이란 제도를 고안했을 때부터 결혼 즉, 짝짓기는 일종의 구매와 판매로 이루어진 거래행위었다.

100여 년 전 한반도에서는 젊은 남녀는 상대의 얼굴도 못 본 채 집안 어른이 결정하는 대로 결혼해야 했다. 집안의 결합이었다. 물론 지금도 재벌, 정치가 집안은 권력 강화를 위해 봉건적 가족

결합방식을 꾀하고 있다.

1980년대까지 남자(집안)는 자신의 사회적 지위를 활용하여 순종적인 아내, 좋은 엄마가 될 배우자를 찾으려 했고, 여자(집안)는 집안의 재산, 자신의 젊음과 외모 그리고 순결을 무기로, 남성후보자들의 사회적 지위와 잠재력 등을 종합적으로 고려하여 자신에게 맞는 남자를 배우자로 삼았다.

자본주의 시스템이 정착되면서 한국에서의 결혼은 급속하게 판매와 소비의 관계가 되었고, 짝을 찾는 일도 쇼핑에 비유되고 있다. 최근에는 결혼이 아예 영리활동 되어버렸다. 과거에는 부모나 중매자가 결혼 당사자 대신 계산기를 두들기면서 협상 테이블에 나갔다. (지금도 잘난 아들이나 딸을 둔 부모는 잘난 며느리, 잘난 사위를 직접 계산기를 두들기며 영향력을 행사하고 있다.)

21세기에는 특수한 경우를 제외하곤, 젊은 남녀가 직접 계산기를 두들겨야 한다. 결혼정보회사는 이 계산 기능을 대신 해주는 역할을 한다. 인생 경험이 적은 젊은이의 계산기에는 장밋빛 희망으로 가득 차기 일쑤다. 이미지에만 많은 점수를 주고 정말 중요한 요소는 낮게 평가하고 위험요소는 외면해버린다.

상업 미디어는 사랑에 빠지는 순간만 아름답게 포장하여 보여주고 사랑을 유지해가는 정작 중요한 현실의 모습은 보여주지 않는다. 현실을 보여주면 환상이 깨지고 '그림'이 안 나오고, '장사'가 안 되기 때문이다. 대중매체에 노출되어 자라온 이 시대의 젊은 남녀는 대부분 낭만적 사랑에 대해 지나친 환상을 가지고 있다.

현대인은 사랑에는 잘 빠지지만, 사랑을 유지하는 건 힘들어 한다. 사랑을 유지하는데 필요한 긴장과 인내를 감당하지 않으려 한다. 더 나은 사랑이 어딘가에 있다고 믿고 열정이 시들해지면 미련 없이 예전 사랑을 버리고 새로운 사랑을 찾는다. 신상품을 소비해야 만족하는 '새로운 것은 언제나 좋다'는 소비 자본주의의 영향 때문이다.

인간이 개별화, 파편화되어가는 자본주의 사회에서 현대인은 그 어느 때보다 낭만적 사랑을 갈망하고 있다. 사랑은 종교가 되었고, 사랑의 묘약이 인간을 위로해준다고 믿기 때문이다. 파편화된 인간에게 사랑은 그 무엇보다도 중요해지고 있지만, 진정한 사랑의 정의는 사람마다 달라졌다. 그래도 인간은 사랑에 희망을 걸고 있다. 사랑이 콘크리트 사막에 핀 마지막 오아시스라 믿으면서.

여성의 성적 결정권

짝짓기 게임에서 여자는 권력을 쥐고 있다. 일반적으로 여성은 남성보다 가벼운 교제에 능숙하다. 남자는 여자가 마음에 들면 바로 깊은 관계로 들어가려 하지만, 여자는 줄 듯 말듯 하면서 여러 남자를 사귀는 즐거움도 누리면서 배우자 후보들을 저울질한다.

예나 지금이나 결혼은 남자에게 중요하다. 특히 가문의 영광을 중요시하는 한국에선 남자는 후손이 있어야 한다. 한국 여성에게 선택되지 못한 농촌과 저소득층 노총각들이 거액을 쓰면서 베트남, 태국에 가서라도 신붓감을 구해오는 걸 보면 남자가 결혼에 적극적임을 알 수 있다.

현대 여성은 역사상 가장 확실하게 성적 자기결정권을 행사하고 있다. 직장 내의 성희롱 문제, 거절하는 아내를 남편이 강제로 관계 맺는 부부 강간 문제는 여성이 자기 몸에 대한 접근권을 강화하면서 생기는 현상이다. 여성이 '내 몸은 오로지 나의 허락을 받아야만 접근할 수 있다'고 주장할 수 있게 되면서 여성은 자기 몸을 희소한 자산으로 관리할 수 있게 되었다.

성이 개방되고 여성도 섹스를 즐기는 시대가 되었지만 한국 여성은 섹스에 대해 보수적이다. 한국 여성이 다른 나라 여성보다 순결을 중요하게 생각해서가 아니다. 성을 희소 자원화하기 때문이다. 명확한 계산 없이 몸을 허락하면 자신의 성(性)이 연애 및 결혼 시장에서 가치가 없게 되고, 남자에게 특별한 선물로 인정받을 수 없기 때문이다.

한 젊은 여성은 연애 중에 섹스를 최대한으로 늦추려는 이유를 이렇게 설명한다.

"일단 허락하면 남자들은 계속 요구하잖아요. 그러면 요구를 거절하기도 힘들구요. 남자들은 '그걸' 하기 위해서 선물도 사주고, 좋은데 데려가서 밥도 사주고 그렇잖아요. 연애 초기에 섹스를 너무 빨리 허락하면 이런 선심을 받을 수 있는 기회가 그만큼 줄어드는 거잖아요. 그래서 첫 섹스를 최대한 늦추는 게 여자에게 좋은 것 같아요."

섹스를 영리활동, 자원획득, 물자획득의 도구로 생각하는 현대 여성의 생각을 적나라하게 보여주고 있다.

이렇게 연애할 때부터 성을 물자획득의 기회로 삼는 여성이 많아지면서 남자에게 결혼의 벽은 자연히 높아진다. 연애할 때도

'교환가치'를 생각하며 남자를 고르는 여성이면 결혼상대, 즉 평생 섹스 및 다른 요구를 들어줘야 하는 남자를 선택할 때는 머릿속에서 얼마나 열심히 복잡한 계산기를 두들기겠는가.

올빼미 짝짓기

올빼미의 짝짓기를 보면 인간의 결혼과 유사한 점이 많다. 암컷 올빼미는 들쥐를 잡아온 수컷에게만 짝짓기를 허락한다. 사냥능력과 임신기간 동안 필요한 양식을 준비하는 수컷만이 암컷에게 간택 받는다.

이 시대의 대부분의 한국 여성은 암컷 올빼미와 유사하다. 남자의 보이지 않는 정성이나 마음에는 관심이 없다. 마음보다는 옷, 시계, 핸드백, 액세서리, 콘서트 티켓 등 돈으로 지불된 재화에 높은 점수를 준다. 인터넷 중고매매 시장에는 헤어진 남자친구로부터 선물 받은 명품 핸드백, 장신구를 처분해서 돈으로 바꾸려는 여성의 광고가 계속 올라오고 있다.

연애시절 비싼 선물 공세를 하는 남성에게만 섹스를 허락했던 미혼 여성은 결혼상대자를 선택할 시기가 오면 이제까지 받은 자질구레한 선물보다는 훨씬 비싼, 결혼 후 오랫동안 안락한 삶을 보장해주는 경제력이 있는 남성을 선택하려 애쓴다.

여성의 이런 '남자 고르기' 행태는 여성의 유전자에 각인된 어쩔 수 없는 생존 본능임을 이해할 필요가 있다. 원래부터 암컷은 경쟁에서 이기고 살아남는 최고 유전자를 가진 수컷을 선호해왔다. 그래야 자신의 삶도 보장되고 낳은 새끼도 건강하게 살아남기 때문이다. 강한 수컷을 선호하는 것은 암컷의 권리이자 본능이다.

여자는 자신은 능력이 있든 없든 신중하게 최고의 배우자를 고르려 한다. 진화생물학자 다윈은 이를 '암컷 선택(female choice)'이라 하고 번식에 관한 결정권은 궁극적으로 암컷에게 있다고 주장했다.

현대 자본주의 사회에서도 여성은 먹이를 잘 가져다주는 남자를 원한다. 여성의 경제활동은 활발해졌지만, 많은 여성이 임신과 육아 때문에 회사를 그만둔다. 회사를 떠나도 자신과 자식들에게 충분한 경제력을 오랫동안 제공하는 남자를 원한다. 여성은 역사적으로 마음보다는 손으로 만질 수 있는, 물질적인 것을 중요하게 생각하는 올빼미식 사랑을 중요시했다.

여성의 혼란한 메시지

이 시대를 사는 여성이 남성에게 보내는 메시지는 점점 더 복잡해지고 시시각각 변한다. 그래서 짝짓기 게임이 어렵고, 남자들은 혼란을 겪는다.

2009년 미국 인디애나 주립대 연구진은 데이트하는 24쌍의 모습을 보여주고 남자와 여자의 마음을 알아맞히는 실험을 했다. 실험참가자는 남자의 마음은 어느 정도 맞혔지만 여자의 마음은 대부분 정확히 알아맞히지 못했다. 여성의 애매한 태도 때문이었다. 이 연구는 여성이 애매한 태도를 취할수록 남성은 여성의 마음을 알려고 더 많은 시간을 투자하여 정보를 얻으려 하고, 그 사실을 하는 여자들은 일부러 남자를 애태우게 하여 더 많이 자신에게 봉사하도록 한다는 사실을 증명해주고 있다.

인디애나 연구진이 밝혀내지 못하는 사실이 있다. 그것은 여자 자신도 진정으로 자신이 무엇을 원하는지 모를 때가 많다는 사실이다. 그래서 현대 사회에서 사랑이 더 어려워지고 있다. 여자는 월경, 임신, 출산, 폐경 등으로 인해 호르몬 변화를 자주 겪기 때문에 감정적으로 기복이 심하다. 여자 스스로도 자기가 어떤 기분인지 정확히 얘기하기 어려울 때가 있다고 고백한다.

이런 생리적인 이유 말고도 여성의 가치관이 정립되지 않아 상호 모순되는 요구를 하는 경우도 꽤 있다. 여성은 남자로부터 동등하게 존중받기를 원하면서도 자신이 필요할 때는 여자로서 대접받길 원한다. 여성은 자신을 위해 시간을 많이 내주는 남성을 원하면서도, 사회적 지위도 높고 경제적으로 풍족한 남성을 원한다. 자본주의 사회에서는 타인을 위해 시간과 노력을 많이 할애해야 부와 지위를 얻을 수 있다. 이런 사실을 여성은 외면한다. 한 손에 불과 물을 동시에 가지고 싶어 하는 여성의 이러한 요구에 남자는 어느 장단에 맞춰야 하는지 혼란해 한다.

나와 그녀는 어떤 사랑을 하는가

영화 〈타이타닉〉을 보았는가. 빙하와 충돌해서 참사가 벌어지는 선박에서 하류층의 잭과 상류층의 로즈가 만나고 사랑하고 헤어지는 과정을 보여준다. 두 사람이 연애절정기에 서로의 사랑을 확인하고 새로운 인생을 시작하려는데, 배가 침몰한다. 어두운 바다에 빠진 잭은 로즈만 널빤지에 올려놓는다. 결국 얼어 죽은 잭은 어둡고 차가운 바다로 가라앉아 버린다. 관객의 애틋한 마음을 자아내는, 타이타닉 호에서 벌어진 로미오와 줄리엣 이야기다.

하지만 잭이 죽고 난 후 로즈가 선택한 삶은 줄리엣과는 다르다. 셰익스피어의 줄리엣은 연인을 따라 목숨을 끊었지만, 현대판 줄리엣인 로즈는, 사랑하는 연인 잭은 바다 속으로 사라졌지만 열심히 살라는 잭의 말대로 사랑의 추억을 지닌 채 새 남자를 만나 아들, 딸 낳고 호호백발 할머니가 되어 손녀와 함께 탐사선에 온다. 행복한 인생을 산 것이다. 감독은 남자를 사랑하더라도 남자 따라 죽을 생각은 결코 없고, 사랑은 사랑, 내 인생은 내 인생! 이라고 외치면서 살아가는 현대 여성의 삶의 자세를 표현하고 싶었던 게 아닐까.

현대 자본주의 시대의 사랑은 로미오와 줄리엣 시대의 사랑과 다르다. 춘향과 이몽룡 시대의 사랑은 더욱 아니다. 현대의 사랑은 다양한 모습을 보이고 있다. 같은 한국인이라도 명문대를 졸업한 여성 전문인의 사랑과 고등학교를 졸업하고 비정규직으로 살아가는 남성의 사랑 방식이 다르다.

한국 사회에 남녀 감정이 결혼에 중요해진 것은 산업화 시대가 시작되면서부터다. 채 100년이 안된 새로운 현상이다.

현대의 사랑은 남자가 여자의 영역 속으로 몸을 던져야 시작된다. 남자가 "너랑 사귀고 싶어."라는 말을 하는 순간 여자는 강력한 권력을 갖게 된다. 그리고 남자의 충성심을 끊임없이 테스트한다. 그리고 "날 좋아한다면 이 정도는 해줘야 하는 거 아냐?", "날 진정으로 사랑한다면 (내가 원하는 걸) 말 안 해도 알아줘야 하는 거 아냐?"라고 남자를 다그친다. 자신의 마음을 알지 못하고, 자신이 원하는 걸 가져다주지 않는 건 자신을 사랑하지 않는다는 논리를 사용하여 남자에게 의무감과 죄책감을 불러일으킨다.

인류 역사상 지금처럼 여자가 사랑 게임에서 파워를 누리던 시절은 없었다. 여자도 그 점을 잘 알고 있다. 그래서 여자는 사랑을 매력적으로 여기도록 남자를 세뇌시키고, 대중 미디어는 소비를 늘리려 여성을 위한 사랑 예찬에 장단을 맞추고 있다.

사랑이란 감정과 정신 상태를 분석해야 한다. 사랑은 한마디로 '이거다' 라고 정의를 내리고, 모든 사람이 동일하게 받아들이는 단일 감정은 아니다. 전문직 여성이 기대하는 사랑과 편의점에서 알바 하는 30대 남자가 생각하는 사랑이 같을 수 없다.

사랑이란 감정은 사람마다 다르고, 사랑을 바라보는 태도 역시 사람마다 다르다. 사랑은 시대 상황에 따라 달라지기도 한다. 니체는 '사랑이 깨지는 것보다 더 두려운 것은 사랑이 변하는 것이다.' 라고 말했다.

사랑은 자신의 감정을 바탕으로 상대방에 대한 친밀감, 호감,

열정, 애정, 헌신, 의무감, 관심, 성욕, 소유욕, 지배욕, 질투 등이 복잡하게 얽히고설켜 겹겹이 쌓아진 복잡한 정서 상태다. 대중가요나 TV 드라마, 영화와 소설 등에서 많이 접한 남자가 사랑하는 여자를 위해 양보하고 희생하는 상황이 사랑은 아니다.

남자가 생각하는 사랑과 여자가 생각하는 사랑의 차이를 명확히 인식해야 한다. 남자의 불행은 바로 이 차이를 구별하지 않는 데서 시작된다. 여자가 생각하는 사랑은 남자를 길들이기 위한 목적을 감추고 있다.

남자가 '사랑이 어떻게 변하니?' 하고 따지면 여자는 '사랑은 움직이는 거야.(그걸 몰랐니?)'라고 응수한다. 현대 여자에게 사랑이란 자신이 필요할 때는 두 사람을 구속하는 자물쇠지만, 그것을 푸는 열쇠는 자신만이 가지고 있고, 자신이 풀고 싶을 때는 언제라도 마음대로 풀 수 있다고 생각한다. 사랑이란 자신의 판단에 의해 마음대로 생길 수 있는 여러 마음 상태의 하나에 불과하다고 생각한다.

수천 년 동안 남자는 결혼을 유지하는 자물쇠와 열쇠를 가지고 있었다. 이런 생각이 아직도 남자의 몸속에 남아있어 남자는 자신이 결혼과 사랑을 유지하는 주체라고 생각하는 경향이 있다. 아니다. 현대 사회에는 사랑과 결혼을 유지하는 주체는 여자가 되었다. 예민한 남자는 이런 변화를 알고 있다. 하지만 많은 남자가 유전자가 내리는 명령과 현실과의 괴리에 혼란을 겪고 있다.

한 네티즌은 '사랑은 내게 활력을 주고 고립감을 해소해준다. 하지만 동시에 사랑은 나에게 많은 것을 요구한다. 나에게 사랑은 중요하지만, 더 중요한 것은 나 자신이다. 내가 파괴되지 않는 범위 내에서 사랑을 위해 최선을 다할 것이다.' 라고 말했다.

그렇다. 사랑보다 더 중요한 건 당신 자신이란 진리를 잊지 마라. 당신은 연애에 대해 어떤 정의를 내릴 것인가. 그대가 내린 사랑의 정의를 가지고 그대의 사랑을 하라.

사랑의 역사를 살펴보면, 사랑은 시대에 따라 여러 가지 모습으로 인간의 삶에 다가왔다. 현대 자본주의 사회에는 다음과 같은 5가지 사랑 유형이 나타나고 있다.

낭만정열형 사랑

'한눈에 반했어요.', '처음 본 순간 이 사람이라는 느낌이 들었어요.', '그대 없이는 못살 것 같아요.' 바로 낭만정열형 사랑을 위한 표현들이다.

이런 유형의 사랑에 빠진 사람은 대부분 멋있는 외모로 형상화된 이상형을 가지고 있다. 그래서 외모를 중시하고, 상대의 감정과 완전하게 연결되어 정신과 육체가 하나가 되기를 원한다. 남녀가 같은 커플룩을 맞춰 입고, 생일은 물론이고 100일 기념, 1000일 기념, 화이트데이, 온갖 기념일을 챙기면서 사랑하고 사랑받는다고 생각하는 사람들이다.

배우 장진영 씨에 대한 남편의 사랑이 대표적인 낭만정열형 사랑이다. 죽음을 앞둔 장씨에게 결혼이란 선물을 안겨주고, 남편은 추억을 가슴에 품은 채 살아갈 결심을 했다. 사랑의 감정이 최고조가 되었을 때 사랑하는 여인이 떠났기 때문에 그의 가슴에는 애틋하고 아름다운 사랑의 추억만 남았다.

낭만정열형 사랑은 첫 눈에 반해 화끈하게 불타오르지만, 행복하다고 생각했던 관계가 금이 가기 시작하면 걷잡을 수 없는 파탄이 온다. 환상이 깨지면서 현실이 드러나고 생활의 중압감을 느껴지면서 위기가 닥친다. 환상에 빠져 있다가 현실이 드러나는 순간 애정 관계 자체가 허무하게 무너진다. 학창 시절에 뜨겁게 사랑하고 결혼에 골인한 부부가 어느 날 갑자기 이혼했다는 소식을 듣게 되는 경우가 바로 이런 유형의 사랑이다.

대부분의 영화, 소설, 드라마 등은 이 사랑의 초기 단계, 즉 사랑에 빠지고 사랑을 이루는 단계만 보여준다. 그래서 많은 사람이 낭만적이고 정열적인 사랑이야 말로 진정한 사랑이라는 환상을 가지고 있다.

지배독점형 사랑

현대 사회는 치열한 경쟁사회다. 나름 경쟁에서 우위를 확보한 사람이 연애전선에 뛰어든다. 변변한 직장도 없이, 매달 휴대폰 요금 납부마저 걱정하는 사람에게는 연애는 사치다. 어느 정도 사회적 기반이 갖춘 사람만이 연애할 수 있는 세상이 되었다. 시장에서 자신의 가치를 아는 남녀, 경쟁에서 이길 수 있다고 생각하는 남녀가 연애게임에 뛰어들면서 지배독점형 사랑이 늘어나고 있다. 과거 남성우월사회에서는 남자의 사랑은 거의 지배독점형 사랑이었다. 여성의 파워가 강해지면서 현대 여성 중에서도 지배독점형 사랑이어야만 만족하는 여성이 증가하고 있다.

지배독점형 사랑을 하는 사람은 사랑을 쟁취할 대상으로 본다. 연애와 결혼을 도전해 볼만한 과제라고 생각하고 치밀한 계획을 세워 진행한다. 마치 고지를 점령하는 군인들처럼. 일단 사랑을 쟁취하면 뺏기지 않으려고 독점하려는 욕구가 강하다. 이런 독점욕에는 다른 경쟁자에게 뺏기면 어떡하나, 상대가 떠나버리면 어떡하나 라는 두려움과 질투심, 의심이 깔려 있다. 상대가 품안에서 벗어날까 불안하기 때문에 감시의 눈을 늦추지 않고, 항상 사랑을 확인하려 한다. 그래서 사랑을 핑계 삼아 상대를 조종하고 지배하려 한다. "날 사랑한다면서 이렇게 밖에 못해?", "날 사랑한다고 했잖아!"라고 늘 '날 사랑한다면……' 이란 말이 붙어 있다.

이런 사랑을 한 사람은 사랑이 깨지면 엄청난 분노와 슬픔을 겪는다. 그 분노와 슬픔의 밑바닥에는 상처받은 자존심이 깔려 있다. 헤어진 원인이 자기에게 있어도 상대를 원망하고, 적개심을 품는다. 애인으로부터 헤어지는 통고를 받으면 술 먹고 행패를 부리고 심지어 복수를 하기도 한다.

시장가치형 사랑

이 유형의 사랑은 자본주의 시스템이 자리 잡으면서 확산되는 유형이다. 시장에서 마음에 드는 물건을 사듯이 연인도 연애시장에서 살 수 있다고 생각한다. 대놓고 말은 안하지만 속으로는 연애와 결혼을 거래라고 느끼고 그렇게 행동한다. '좋은 대학에 들어가면 신랑감/신붓감이 달라진다.', '어느 대학 이하의 남자/여자는 안 만나.', '의사니 열쇠 4개는 필요하다.' 라는 말이 시장가치형 사랑을 나타내주고 있다. 이 유형의 사랑에서 이익 챙기기에 몰두하면 연애와 결혼은 영리활동으로까지 변질된다.

남녀의 학력, 직업, 부모님 등 여러 가지 데이터를 입력하여 컴퓨터로 그 조건에 맞는 사람을 짝지어주는 결혼중개회사가 인기를 끌고 있는 것은 바로 시장가치형 사랑이 일반화되었음을 보여준다.

이런 사랑을 하는 사람은 자신이 연애 시장에서 어느 정도의 위치에 있는가를 잘 안다. 그래서 결혼 상대에게 원하는 바도 명확하다.

이런 사랑은 상대의 시장가치가 급속하게 하락되면 위태로워진다. 직장 잃은 남편한테 이혼을 요구하는 여자, 애인이 좋은 직장을 퇴사하면 이별을 통고하는 여자가 바로 이런 유형이다.

영화 〈타이타닉〉에서 잭과 로즈는 둘 다 낭만열정형 사랑을 추구했다. 엄마와 함께 구명보트를 탄 로즈는 가라앉는 배에 남아있는 잭을 보고 배로 돌아간다. 죽음도 무서워하지 않는 정열과 낭만이다. 만일 잭과 로즈가 살아남아 단칸방에서 살림을 차렸다면? 아무 둘은 깨졌을 것이다. 로즈의 약혼남은 시장형 사랑과 독점지배형의 사랑 방식으로 로즈를 아내로 삼으려 했다.

동반자형 사랑

　같은 직장에서 함께 일하다가 좋은 감정이 생겨 사랑으로 발전하는 남녀, 동아리에서 봉사활동하다가 서로 가깝게 되는 연인처럼, 처음에는 무덤덤하게 시작하다가 정이 쌓이면서 사랑으로 정착하는 사랑이 바로 동반자형 사랑이다. 낭만정열형 사람처럼 강렬한 스파크가 튀는 경우가 별로 없어 어떻게 보면 재미가 없는 사랑이다.

　이런 사랑을 하는 사람은 기본적으로 격한 감정에 휘둘리지 않고 이성적이고 합리적이다. 원만한 가정에서 사랑을 많이 받고 자라 심리적으로 안정되어 있다. 사소한 말다툼으로 싸우더라도 두 사람의 관계를 위태롭게 할 정도로 악화시키지 않는다. 사귀다가 헤어져도 큰 상처를 받지 않고 미워하거나 적개심을 가지지 않는다. 떨어져 있어도 불안해하지 않고 관계를 유지해간다. 기러기 가족 중에서도 이혼으로 끝나는 가정이 있는 반면 오랫동안 떨어져 있어도 무난하게 아이들 교육을 잘 마무리하는 부부가 있다. 동반자형 사랑을 하는 사람은 상대에 대한 기본적인 신뢰를 가지고 있어 떨어져 있어도 불안해하지 않는다.

　이런 유형의 남녀가 결혼하면 이혼은 거의 하지 않는다. 만일에 이혼하더라도 자녀들 문제 등에 의논도 함께 하고, 갈라선 상대의 이성문제, 인생문제도 서로 상담해준다. '헤어져도 우린 좋은 친구로 남기로 했어요.' 라고 진정으로 말하는 사람이 이런 유형의 사랑을 하는 사람들이다. 삼성그룹의 맏딸 이부진 씨의 사랑이 동반자형 사랑이 아니었을까 추측한다.

헌신봉사형 사랑

자신을 희생하면서 상대를 위해 헌신, 봉사하는 사랑이다. 영화 〈너는 내 운명〉, 〈내 사랑 내곁에〉처럼 소설, 영화 등에 많이 등장하지만 현실에서는 자주 볼 수 있는 사랑은 아니다. 하지만 아직도 분명 이런 사랑을 하는 사람들이 있다. 1장에 소개된 전신 마비된 남편을 10여 년 간 정성껏 돌보는 부인 같은 사람도 분명 있다. 이런 사랑을 하는 사람들은 사랑은 받는 것이 아니라 주는 것이라고 믿는다. 상대의 행복을 위해 자신은 희생돼도 좋다고 생각하는데, 본인은 희생이라고 생각하지 않는다. '책임감이 있는가'에 잠깐 언급된 시민운동의 활동가의 아내가 이런 헌신봉사형 사랑에 가깝지 않을까 생각한다.

인간의 사랑에는 이 다섯 가지의 유형이 조금씩 섞여있다. 어떤 유형을 선택하는가는 자신의 가치관, 성격, 환경에 좌우된다. 지고지순한 헌신봉사형 사랑이나 낭만정열형 사랑이 진정한 사랑이라는 생각이 널리 퍼져 있지만 현대사회에서 이 다섯 가지 유형이 모두 사랑이다. 남자와 여자 사이에 '동등한 사랑'이라는 감정이 생긴 건 그리 오래돼지 않았다.

조건이 아주 좋은 남자가 지배독점형 유형이라도 시장가치형 사랑을 선택하는 예쁜 여자와 맺어질 수 있다. 사법고시에 합격한 남자의 시장가치를 아주 높게 평가하는 여자도 있지만, 어떤 여자는 젊은 시절에 골방에 틀어박혀 개인적 출세만 생각하고 책만 판 남자에게 인간적으로 뭘 바랄게 있겠는가 생각하기도 한다.

10대 후반에 이성과 연애하고 결혼하여 평생 동반자형 사랑을 하면서 행복하게 나이 드는 커플도 있지만, 어렸을 때 낭만과 열정으로 뜨거운 사랑 끝에 결혼하더라도 시간이 지나면서 열정도 식어지고 시장가치에 눈을 뜨면서 결혼의 안정성이 무너져 헤어지는 커플도 있다.

이승철의 노래 〈사랑 참 어렵다〉에는 이 시대를 사는 한국 남자가 사랑을 얼마나 어렵게 생각하는가가 표현하고 있다.

사랑이 정말 있기는 한 거니.
내 맘을 다 줘도 왜 항상 떠나가는지.
다시 사랑할 수 없을 것 같아 사랑 참 어렵다.
……
있는 그대로 날 바라보면 괜찮을 텐데.
사랑 참 어렵다. 어렵다. 많이 아프다.
내 모든 걸 다 주어도 부족한 사랑 참 어렵다.

이 시대 여자는 남자가 마음을 다 주어도 부족하다고 생각한다. 마음보다는 구체적이고 물질적인 것을 원한다. 그래서 남자는 다시 사랑할 수 없을 것 같다고 하소연한다.

인류는 환경에 적응하면서 살아왔다. 남성보다는 여성이 적응력이 좋다. 한국 여성은 특유의 적응성을 발휘하여 물질중심의 자본주의 사회에 재빨리 적응하였다. 이제는 남자들이 자본주의 사회의 사랑방식에 적응하면서 진화를 해나가야 할 시점이다. 어떤 새로운 사랑의 유형이 올 것인가. 성욕만을 해결하는 사랑일까, 돈이 매개가 되는 사랑일까. 소비가 동력인 자본주의 사회에서는 연애, 사랑, 결혼에서 거래적 요소가 앞으로 더욱 큰 비중을 차지할 것이다.

사랑 스트레스를 가볍게 보지 마라

연세대 의대 김동구 교수가 조사한 한국인이 받는 스트레스 요인 분석 자료에 의하면 결혼이 3위를 차지하였다. 배우자의 죽음이 가장 스트레스를 많이 받는 요인이 1위를 차지했고, 자식의 죽음이 2위였다. 1, 2, 3위가 모두 가족과 관계된 사실에 주목하자.

대중매체는 결혼과 연애의 낭만적인 부분만 부추겼지, 사랑이 가져다주는 스트레스는 외면하거나 아예 무시했다.

현대 사회의 남자는 연애와 결혼에서 역사상 가장 스트레스를 많이 받는 남성이다. 요즘 남자는 여성에게 '우리 사귈까?' 라는 질문을 할까 말까 망설일 때 스트레스를 받는다. 남녀가 친밀하게 되면 자연히 섹스하고 싶어진다. 그럴 때 남자는 어떻게 거절당하지 않고 자연스럽게 합의를 끌어낼까? 승낙을 받아도 과연 내가 잘 할 수 있을까? 만족시킬 수 있을까? 라고 고민한다.

연애활동 내내 무슨 영화를 보며, 어디로 여행가며, 언제 부모님에게 인사할 것인가 등 상대 여성과 의견을 조절하고 합의해야 하는 과정이 너무나 많다. 이 과정에 서로 다르게 살아온 두 사람의 습관, 규범, 기대, 감정이 개입된다. 남자와 여자가 합의해서 결정해야 할 사항이 많으면 많을수록 의견을 조정해야 하고, 협상해야 하고, 더 많이 다투게 되고 스트레스 수치는 올라간다. 과거 조상이 누리던 '남자는 하늘이요, 여자는 땅이다.' 인 남성 천국은 이제 역사책에서나 찾아 볼 수 있다.

기본적으로 인간은 혼자 살아도 스트레스 받고, 타인과 함께 살아도 스트레스를 받는다. 연애활동이 스트레스가 되는 이유는 상대가 자기 생각대로 움직여주지 않기 때문이다. 여자 몸에는 수천 년 동안 내려온 '배우자 선택 및 관리 노하우 유전자' 가 있다. 현대 여성은 강화된 여권과 이 유전자를 효과적으로 사용하여 남자를 상대한다. 한편 남자들 머릿속에는 아직도 남성우월주의, 가부장적 유산이 강하게 남아있다. 이것이 현대 남성이 연애와 결혼에서 스트레스를 받는 이유다.

연애기간 동안 상대로부터 받는 스트레스는 파트너 교체라는 방법으로 해결할 수 있다. 하지만 결혼은 법적, 제도적 결합이라 연애처럼 파트너 관계가 쉽게 정리되지 않는다. 더구나 2세가 태어나면 문제가 복잡해진다. '남편을 잘못 만나면 당대 원수요, 아내를 잘못 만나면 2대가 원수' 란 말이 있다. 결혼하기에 적당하지 않은 여자를 아내를 맞이하면 당신뿐만 아니라 2세까지도 영향을 받는다.

흔히 결혼은 사랑의 완성이라고 말한다. 이 말에는 결혼하면 모든 게 해결된다, 결혼 후는 생각하지 않겠다는 단세포적인 사고방식이 깔려있다. 이혼이 급증하면서 남녀 사랑에 얽힌 문제는 결혼 후에 더 많이 발생하고 있다. 결혼은 사랑의 완성이 아니라 사랑과 문제가 결혼 후에 본격적으로 꿈틀거리며 나타난다.

결혼생활이 주는 스트레스 원인은 크게 두 가지다. 첫 번째는 배우자와의 스트레스다. 연애할 때는 안 좋은 점을 숨길 수 있었다. 하지만, 한 이불 아래 자고, 같은 화장실을 사용하면서 모든 것이 드러난다. 자기의 모든 것이 낱낱이 드러나면 누구나 스트레스를 받는다.

두 번째는 새롭게 형성된 가족관계가 스트레스를 준다. 예전 가부장 시절에는 주로 여자가 시집식구에게서 스트레스를 받았다. 물론 지금도 여성은 시집식구 스트레스를 받는다. 최근의 남자 스트레스는 장인, 장모로부터 생긴다. 자식을 양육하면서 엄친아(엄마 친구의 아들), 엄친딸(엄마 친구의 딸)을 들먹였던 장모는 이제는 사위를 다른 집 사위들과 비교한다. 여성 파워가 강해지면서 더 이상 사위는 백년손님 대접을 받지 못한다. 젊은 부부가 이혼 갈등에 들어가면 장모가 나서서 이혼하게 만드는 경우도 늘어나고 있다.

연애하면서 스트레스를 받으면 결혼하면 이런 건 없어지겠지라고 생각하기 쉽다. 이런 기대가 너무 크면 결혼 후 스트레스에 크게 상처받는다. 결혼 후에는 다른 종류의 스트레스가 올 거라고 생각하는 게 마음이 편하다. 좋은 여자와의 결혼이 중요하다고 강조하는 이유도 바로 결혼 후 받을 스트레스나 결혼 후 남자가 겪을 불행을 조금이라도 줄이기 위해서다. 결혼하면 스트레스가 없어지리라는 기대는 아예 하지 마라.

'연애할 때처럼 결혼 후에도 스트레스를 받는다면 굳이 결혼할 필요가 있을까?' 라고 생각할 수 있다. 결론은 '스트레스를 받아도 인간은 사랑하고 결혼하는 게 좋다!' 이다.

현대인에게 소외감과 고립감은 극복하기 힘든 어둠의 적이다. 연애와 결혼은 이런 어두운 감정을 맞서며 극복하는데 도움을 준다. 물론 나쁘고 못된 여자를 만나 심한 상처를 입고 더 깊은 어둠 속에 빠질 수 있다. 하지만 좋은 여자를 만나 마음의 안정을 얻고 더 행복한 삶을 살아가는 남자도 많다. 현대인은 사랑과 결혼을 통해 소외감과 고립감을 극복할 수 있다. 그래서 좋은 여자와 결혼해야 하고 그러려면 연애기술을 익혀야 한다.

연애기술을 익히자

연애를 잘하려면 연애를 심각하게 생각하지 말아야 한다. 목과 어깨가 딱딱해지는 긴장감을 떨쳐내야 한다. 연애가 발전하면 결혼으로 연결될 수 있지만, 연애는 법적 책임과 구속이 따르는 결혼과는 엄연히 다르다. 연애를 즐거운 마음으로 즐길 수 있는 게임이라 생각하자. 축구, 당구, 스키 그리고 술자리보다 더 재미있는 최고의 놀이라고 생각하자. 놀이는 이길 때도 있고 질 때도 있고, 또 하면 할수록 실력이 느는 법이다. 그러니 몇 번 실패했다고 해서 기죽지 말자.

연애에서 중요한 것은 첫 만남이다. 인간관계가 그렇듯이 첫인 상이 많은 것을 좌우한다.

매너 있는 남자가 되라

키와 외모는 유전요소가 강하다. 부모의 유전자가 170cm 이하 라면 아무리 녹용, 칼슘, 비타민을 먹어도 그대의 키는 185cm 이 상이 되기는 힘들다. 하지만 매너는 얼마든지 개발할 수 있다. 매 너는 그대가 가꿀 수 있는 제2의 외모이다.

매너(manner)란 무엇인가. 한국어로 풀이하면 보통 '일상생활 에서의 예의, 즉 상대를 배려하고 싫어하는 행동을 하지 않는 생 활태도'이다.

길을 걸을 때는 차도 쪽으로 걷고 그녀를 안전한 인도 쪽으로 걷게 하라. 여자보다 앞서 걷지 말고, 속도를 맞춰 나란히 걸어라. 걸으면서 담배를 피우지 말고, 가래를 뱉지 마라. 바로 이런 것이 매너이다. 몸에서 게으른 냄새가 나는가? 자주 몸을 씻어라. 데이 트 할 때 맞은 편에서 멋있는 여자가 오더라도 쳐다보지 마라. 고 개를 뒤로 돌리면서까지 보지 마라. 같이 있는 여자가 싫어한다.

계단을 오를 때는 그대가 앞서 올라가라. 차에 여자를 태울 때 는 먼저 차문을 열어주고 여자를 차에 태운 후, 운전석으로 가라. 식당에서는 메뉴판을 그녀에게 먼저 주고, 종업원에게 함부로 대 하지 마라.

이런 기본적인 매너조차 모르는 남자들이 많다. 꼭 연애에서 필요한 매너가 아니라 원만한 사회 생활할 때 필요한 매너들이다. 오늘도 TV 드라마에서는 까칠하고 개매너지만 돈 많은 남자에게 마음이 쏠리는 현대판 신데렐라 판타지를 쏟아내고 있다. 그대도 드라마 판타지에 빠져 매너가 꽝인가? 당장 고쳐라.

약간 오버하라

원래 연애는 남이 보면 유치하다. 유치한 것이 나쁜 건 아니다. 어느 정도 유치한 것을 즐겨라. 껍질을 깨고 원초적인 감정을 즐겨라. 그것이 연애다. 고지식하고 보수적이라는 소리를 들었다면 특히 유치함에 관대하라. 유치해져야 연애할 수 있다. 연애의 유치함은 과장에서 비롯된다. '닭살 돋는' 상황은 바로 과장에서 나온다.

그녀가 새 옷을 입고 나오면, '새 옷 입고 나왔네. 하지만 나랑 무슨 상관?' 하면서 무뚝뚝하게 말고, 반응을 보여라. 그것도 약간 과장된 반응을.

"와! 그 옷 정말 잘 어울린다. 끝내주는데, 아주 스타일리쉬해." 그리고 계속해서 액세서리도 칭찬하라.

"귀고리 하고 너무 너무 잘 어울려, 핸드백 하고도 정말 잘 어울려. 역시 네 패션 감각은 초일류야. 이렇게 꾸미느라고 정말 힘들었지. 가자, 맛있는 거 사줄게."

연애에서 과장된 칭찬은 꼭 필요하다. 칭찬하면 긍정적인 기운이 둘 사이에 흐르고 그 기운이 사랑을 키운다. 칭찬하면 고래도 춤추게 하며 그녀도 춤추게 할 수 있다.

대화가 시작이자 끝이다

흔히 남자는 여자와의 관계에서 섹스가 가장 중요하다고 생각한다. 물론 남자만의 생각이다. 남자의 이런 생각은 수컷 본능 때문이다. 자극적인 콘텐츠로 독자를 잡으려는 상업 미디어가 계속 섹스를 강조하기 때문에 성이 남녀관계의 제일 중요한 항목으로 부각됐다. 명심하라. 그대가 생각만큼, 대중 미디어가 떠드는 만큼, 섹스가 여자에게 그리 중요하지 않다.

섹스보다는 여자와의 관계는 대화에서 시작해서 대화로 끝난다는 사실을 명심해야 한다.

만일 그대가 솔직하고 정서적인 의사표현을 격려하는 가정에서 자랐다면 기본적인 대화 방법은 몸에 붙어있을 것이다. 하지만, 한국 남자 중에는 유교문화와 군사문화의 잔재, 그릇된 남성과시 문화 때문에 여자와의 대화 방법을 모르는 사람들이 꽤 있다. 초등학교 때부터 남자는 여자와의 말싸움에서 밀렸고, 남자고등학교와 군대 같은 수컷들만의 집단에서는 상대의 말을 잘 들은 다음 자신의 의사를 부드럽게 표현하는 대화스타일은 부정당하기 일쑤다. 이런 수컷만의 사회를 통과하면서 안 그래도 약한 한국 남자의 대화능력은 퇴화해버린다.

이에 반해 여자는 선천적으로 대화능력이 뛰어나고 성장하면서, 어머니, 친구, 선생님, 그리고 대중 미디어로부터 끊임없이 자극과 훈련을 받는다.

여자의 언어습관

남자와 여자는 언어 구사 방법이 다르다. 남자는 분명하고 단정적인 말을 사용하지만, 여자는 되도록 자신의 속마음을 보이려 하지 않는다.

대부분의 여자는 대놓고 직설적으로 말하지 않는다. 핵심을 바로 말하지 않고, 조금씩 힌트를 주면서 암시하거나 빙빙 돌리며 추상적으로 말한다. 그리고 남자가 자기가 원하는 걸 알아차리는지 확인하면서 기다린다. 이런 여성의 언어습관은 수천 년 동안 남자와 살아오면서 터득한 삶의 지혜다. 이런 말솜씨는 조금만 기분 나빠도 폭력을 휘두르는 과거 남자들과 살면서 갈등, 대결, 불화, 공격심 등을 회피하는데 큰 힘이 되었다.

이런 여자 특유의 언어 습관을 보고 남자는 여자가 거짓말을 잘한다고 생각한다. 물론 거짓말하는 여자도 있지만, 되도록 직설적으로 말하지 않는 여자가 많다. 애매모호하게 말해 남자가 스스로 깨닫도록 유도해 여자가 원하는 대로 움직이게 한다. 남자는 자신이 판단해서 행동한다고 생각하지만, 실제로는 여자가 미리 계획한대로 움직이는 경우가 많다.

여자에게는 자기감정을 누군가와 함께 나누고 이해와 배려를 받고 있다는 느낌, 즉, 사랑하는 사람으로부터 보호받고 있다는 감정이 중요하다. 그런 감정을 여자는 대화에서 먼저 느끼고 싶어 한다. 여자는 기분이 안 좋거나 힘이 들 때 누군가와 함께 있다는 느낌을 필요로 한다. 혼자가 아니라는 느낌, 사랑받고 보호받고 있다는 느낌, 언제나 자기를 지지해주고 자기편이 되어주는 그런 사람이 필요할 때가 있다. 그런 순간 당신이 옆에 있다면 행운의 기회를 잡은 것이다.

여자는 여자 친구들과 대화하듯이 남자와 대화를 나누고 싶어 한다. 남녀관계가 활짝 피느냐 마느냐는 여자가 자기감정을 이야 기할 때 남자가 얼마나 애정을 갖고 존중하는 태도로 들어주느냐 에 달려 있다.

남자가 이런 태도를 가지려면 여자와 대화를 많이 해야 한다. 여성과의 대화 경험이 부족한 남자는 일부러라도 여자와 대화를 많이 나눠야 한다. 직장 동료, 특히 결혼한 여직원은 좋은 대화 상 대다. 미혼 여성은 당신의 접근과 친절함에 필요이상으로 긴장할 수 있다. 기혼 여직원은 결혼에 골인한 자신감으로 여성에 관한 많은 비밀을 들려준다. 결혼한 여성동료에게 궁금한 여성문제를 상의하고 물어봐라. 기꺼이 대답해준다. 친척누나, 친척 여동생도 좋은 대화 상대다.

직장동료도 없고, 여동생, 여자 친척도 없다면 대화연습 상대를 만들어야 한다. 백화점은 여성과 대화를 나누기 좋은 곳이다. 백 화점에서 상품을 사지 말고 점원 아가씨와 대화를 충분히 나눠라. 와이셔츠를 예를 들면, 요새 최신 유행이 무엇이냐, 소재가 무엇이냐, 내 양복과 어울리냐 등. 점원 아가씨는 당신과 기꺼이 대화를 나눌 것이다. 백화점을 쭉 돌아다니면서 다양한 상품으로 다양한 점원과 다양한 대화를 나눠보라. 당신의 대화솜씨는 조금씩 발전한다. 단, 점원아가씨의 상술이나 친절함에 넘어가 무턱대고 쇼핑하지 마라. 당분간 대화에만 집중하도록 조절을 잘하라. 그리고 가끔 물건을 사라.

남자는 여간해서는 여자의 진짜 마음을 알 수 없다. 여자 자신도 진짜 마음이 뭔지 모른데 둔감한 남자가 알 턱이 없다. 여자는 부탁하기 전에 남자가 어떤 반응을 보이리라고 지레 짐작한다. 거절될 거라고 생각하면 아예 부탁도 하지 않고 혼자서 남자로부터 거부당했다고 결론 내버린다. 이래서 여자와 사귀기 힘든 거다.

여자는 솔직히 말하는 게 두려울 때, 다투고 싶지 않을 때, 돌려서 말하는 경향이 있다. 또 솔직히 털어놓으면 감당할 수 없는 일이 터지겠다 싶으면 아예 입을 닫는다. 사채를 많이 끌어 쓴 주부가 문제가 뻥 하고 터질 때까지 입도 벙긋하지 않는 이유가 바로 이 때문이다. 이런 여자의 대화방식은 화가 나면 먼저 폭력부터 휘두르는 남자들과 살아오면서 터득한 생존기술이다.

그대가 기분 좋아 혼자 떠들 때 앞에 다소곳이 앉아있는 여자는 당신과는 전혀 다른 생각을 할 가능성을 염두에 둬라. 수시로 여자의 반응을 체크하라. 아무리 물어봐도 본심을 드러내지 않은 여자가 많다. 명심하라. 여자는 자신의 마음을 알아주기를 바란다. 심문하듯이 캐묻지 말고 존중감을 가지고 부드러운 분위기에서 속마음을 털어놓도록 유도해야 한다. 여자는 계속해서 '이 남자에게 어디까지 내보여야 하는가' 라고 자신에게 묻는다.

잘 들어라

남자와 여자의 갈등은 대화를 바라보는 다른 관점에서 발생한다. 여자는 드라마 얘기, 탤런트 이야기, 옷 이야기 등 시시콜콜한 이런 저런 주제로 이야기 나누는 행위를 서로를 알고 가까워지는, 인생에서 아주 중요하고 삶의 활력을 가져다주는 꼭 필요한 과정으로 생각한다. 하지만, 남자는 이걸 '쓸데없는 수다'라고 생각한다.

대부분의 한국 남자는 술이 들어가야 입이 풀린다. 술 없이는 대화를 시작 못하는 남자가 많다. 술자리에서의 한국 남자끼리의 대화는 대화가 아니다. 상대의 말을 듣지 않는 독백인 경우가 많다. 요새는 술이 들어가야 입이 트인다는 여자들도 늘어나고 있다.

여자의 말을 잘 들어주자. 그냥 계속 들어줘라. 이야기를 듣다 보면 문제점이 발견되고 그 문제를 해결해주려는 기사도 정신이 불쑥불쑥 생긴다. 지성적이고 합리적인 그대는 무엇이 문제인지 금방 파악하고 해결방법도 곧 발견한다. 하지만 문제점을 지적하고 고치려고 애쓰지 말고 그냥 들어라. 방법을 알아내더라도, 문제를 해결하고 싶어도 그냥 참아라. 그저 그녀의 입장에서 생각하고, 이해하고, 그녀와 같은 느낌이라고 표현하기만 하라. 해결책을 강요하지 말고 맛있는 음식이나 간단한 이벤트로 고민거리를 잊게 해줘라.

만일 그대가 건성으로 듣고 있으면 여자는 재빨리 알아차린다. 여자는 이야기하면서도 상대가 진지하게 귀 기울이고 이해하는지 계속 체크한다. 대부분의 남자는 남의 얘기를 들으면서 맞장구쳐주는 데 인색하다. 그냥 가끔 고개만 끄덕이고 '음' 하고 신음소리만 내뱉는다. 이런 남자를 보면 여자는 자기 말을 잘 듣지 않는다고 생각한다.

그녀의 얼굴을 보면서 맞장구를 쳐주고 공감을 표시하라. 약간의 오버도 괜찮다. 맞장구는 윤활유처럼 그녀와의 관계를 부드럽게 만들어준다. 맞장구도 진정성이 있어야 한다. 건성으로 맞장구치면 술에 취한 여자 아니면 억지 맞장구란 걸 금방 알아차린다. 진정성을 가지고 상대의 이야기를 들어야 한다. 이 정도의 배려심이 없다면 연애는 불가능하다.

여자 이야기를 열심히 들어주다 보면 곤란한 일이 생긴다. 여자는 남자가 자기 얘기를 잘 들어주면 당연히 자기 말에 동의했고, 자기와 같은 의견이라고 결론내리는 습성이 있다. '내 이야기를 그렇게 오래 들었으면서 어떻게 의견이 다를 수 있어?' 라고 그녀가 따질 수 있다. 맞장구를 쳐주다 보면 동의하는 분위기가 조성되어 충분히 오해할 수 있다.

그녀의 감정에 대한 '공감'과 주장에 대한 '동의'를 구별해줄 필요가 있다. 하지만 많은 여자가(남자도 마찬가지로) 공감과 동의를 구별하지 않는다. 그래서 연애가 힘든 거다. 그래도 그녀의 감정에 공감을 표시하라.

관심을 가져라

마음에 드는 여자가 가까이 있는가. 그녀가 당신에게 관심 갖게 하고 싶은가. 인간은 대부분 먼저 다른 사람이 자신에게 관심가지길 기대한다. 그녀가 당신에게 관심 갖게 하려면 먼저 당신이 그녀에게 관심을 가져야 한다.

그녀가 지금 무엇을 원하는가, 그녀의 머리를 쥐나게 하는 걱정거리는 무엇인가. 그녀는 무엇을 좋아하고, 무엇을 싫어하는가, 등. 그녀의 모든 것에 관심을 가져라. 그러기위해서는 그녀를 알아야 한다.

그녀를 알기 위해서는 자기 자신에 대해 이야기하도록 해야 한다. 그녀가 말을 시작하면 집중해서 그녀의 말을 경청하라. 말의 흐름을 끊지 않게 조심하면서 적절한 질문도 던져라. 그녀의 관심사를 들으면서 그대의 관심사와 일치하는 것을 찾아라. 바로 그곳이 두 사람의 관계가 발전할 수 있는 포인트다. 그녀가 당신의 관심이 자신에게 쏠려 있음을 느끼게 되면 두 사람의 감정 흐름이 한 곳으로 모여 같은 방향으로 흐르게 된다.

이 시대를 사는 여자는 사회적 성공에 목말라있다. 그녀가 원하는 사회적 성공에 필요한 모든 정보를 체계적으로 정리해놓고 필요할 때마다 최신 정보를 제공해줘라. 그대를 바라보는 여자의 눈이 달라진다. 그런 정보를 정리하면서 그대도 수준이 높아진다. 얼굴이나 키와 같은 외모도 중요하지만, 그대의 지식과 경험이 깊고 넓고 정확하다면 여자는 날카롭게 그 장점을 알아본다. 그리고 여자는 마음의 문을 조금씩 연다.

여자가 훈남, 육식남, 짐승남과 같은 아이돌 스타에 관심 갖는 것도 한 때다. 나이 들어서도 연예인의 행동 하나하나에 괴성을 지르며 지랄방광을 떠는 여자는 무뇌녀다. 그런 여자를 굳이 배우자 후보 리스트에 둘 필요는 없다. 그런 여자는 연예인의 가정부나 되라고 내버려둬라.

여자의 관심사를 듣기 위해서는 억지로 강요하거나 부담을 줘서는 안 된다. 사회진출에 대해 여자도 스트레스를 받고 있다. 요새 남자가 맞벌이를 원한다는 사실도 잘 알고 있다.

여자는 하고자 하는 일을 넌지시 일러줄 뿐 화끈하게 털어놓지 않는다. 입에서 조금씩 튀어나오는 조각을 하나하나 잘 맞춰야 한다. 그녀는 그 정도 힌트면 충분히 알아차리길 기대한다. 만일 그녀가 어떤 방향으로 가야 할지 아직 모른다면 좋은 기회가 왔다고 생각하라. '둘이서 함께' 그 목표를 이루도록 준비하라. 그 목표가 성취하는 과정에서 그녀와 당신은 깊은 신뢰로 단단히 하나가 되어 간다.

가르치려 하지 마라

그대가 능력 있는 남자라면 당연히 논리적이고 지성적이다. 현대 사회에서 논리적이고 지성적이지 않으면 능력 있는 남자가 되지 못한다. 하지만 연애에서는 너무 논리를 따지지 마라. 남자는 상대를 논리적으로 설득하려드는 경향이 있다. 특히 상대가 나이 어린 사람이나 직급이 낮은 사람이면 이런 경향이 더욱 강해진다.

아는 것이 많은 남자는 연애동안에 아는 것을 드러내고 싶어 한다. 그동안 지식을 드러내야 좋은 학교에 합격하고 직장에서도 승진했기 때문에 자연히 이런 태도가 몸에 배어 있다. 이런 남자는 자신이 옳다고 믿으면 상대가 인정할 때까지 토론을 계속하고 상대의 마음을 바꾸려 한다. 가끔 교수처럼 강의도 늘어놓는다. '이 와인 아세요? 이 와인의 역사는 어쩌구 저쩌구.' 그녀의 나이가 어린 경우는 '와인이 건강에 좋은 것 같지만 실은 이런 저런 이유로 몸에 안 좋거든요. 하루에 3잔 이상이면 몸에 안 좋으니 그 이상 마시면 안돼요.' 하면서 가르치려 든다.

여자는 감정적으로 어려운 상태가 되면 우선 이해받고, 공감받기를 원한다. 이런 마음을 모르고 남자가 가르치려 들고 해결책만 들이대면, 여자는 '이 사람이 날 가르치려 드는구나.' 하며 마음의 문을 닫아버린다.

대화를 이렇게 유도하자

이제까지 살펴봤듯이 여자의 언어습관은 애매모호하고 중의적이고 간접적이다. 여자의 언어는 원래 그러니 내버려둬야 한다고 주장하는 사람도 있다. 그래야 관계가 평화롭게 유지된다고 한다.

하지만, 여성의 대화방식도 21세기에 맞게 진화되어야 한다. 사귀는 여자에게 애매모호하게 이야기하는 여자의 전통적인 대화방식으로는 직장생활이나 사회활동을 잘 해나갈 수 없을 거라는 암시를 주자. (가르치지 말고!) 여자도 남자가 알아주기를 기대하지 말고 의사표시를 솔직하고 명확하게 표현하는 태도가 훨씬 좋은 방법이란 걸 알아야 한다. 여자가 솔직하게 얘기할 때 적극적으로 공감해주고 칭찬해주고 열심히 들어주자. 만일 그대가 말로는 솔직하게 이야기하라 해놓고, 다 털어놓으면 꼬투리 잡거나 딴소리하면 여자는 굉장한 배신감을 느낀다. 마음의 문을 꼭 닫고 영원히 속내를 털어놓지 않는다.

여자가 속마음 숨기는 모드로 들어가면 남자는 고난이도 삼각 퍼즐을 풀어야 한다. 여자가 이런 전법을 사용하기 시작하면 참 피곤하다. 안 그래도 복잡한 일이 많은데, 사귀는 그녀가 말도 안 하고 꽁하게 있으면서 '사랑한다면 그 정도는 알아주는 게 당연하거 아냐?' 라고 시위하면 피곤해진다. 따라서 사귀는 여자를 솔직녀로 변화시켜야 한다.

신뢰가 쌓이고 여자가 기분이 좋을 때(섹스 후가 좋지 않을까?) 솔직함이 서로에게 얼마나 좋은가를 잘 말해 그녀가 적극적으로 자신의 의사를 표현하도록 유도하자. 논리적으로 따져가기 보다는 서로 사랑하는 사이니까 솔직해야 한다는 공감대를 얻도록 하자. 남자는 이치를 따져 납득시키면 여자도 변한다고 믿는 경향이 있다. 여자를 변화시키려고만 하지 말고 여자 스스로 깨달아 솔직녀가 되도록 유도하는 마음가짐으로 접근해야 좋은 결과가 나온다.

연애하는 동안 그녀는 수없이 기분이 언짢아지면서 당신에게 화풀이 한다. 그럼 당신은 뒤집어진다. 한 달에 한번 매직통 때문에 짜증내기도 하고, 어떨 때는 자신도 모르게 기분이 나빠진다.

그럴 때는 감정을 폭발시키지 말고 그녀의 짜증, 불만, 불안을 잘 받아줘야 한다. 여자가 불만을 털어놓는다고 해서 그대를 사랑하지 않는다고 단정하지 마라. 불만을 이야기한다는 건 좋은 관계로 발전시키고 싶은 소망이다. 소용돌이치는 감정을 억제하고 차분히 그녀의 이야기를 들어줘라.

그녀가 분명히 잘못했을 때도 사과를 받아내려 하지 마라. 여자는 자존심을 목숨만큼 소중하게 생각한다. 여자는 사과하면 상처받는다. 그리고 연애는 끝난다. 속마음을 드러내지 않고 애매모호하게 이야기하는 이유도 자존심 때문이다.

그녀 입에서 미안하다는 말이 나오지 않게 하라. 미안하다는 말을 하면 절대 기뻐하지 마라. 그녀가 미안하다는 말을 하면 막 화내라. '어떻게 우리 사이에 미안하다는 말을 할 수 있냐'고. 하지만 그대는 미안하다는 말을 많이 하라. 그녀가 하지 말라고 해도 자주하라. 입으로만 하지 말고 진정으로 미안하다고 생각하고 표현하라.

대화에 주의할 점

♥ "너무 과민 반응하는 거 아냐?", "별로 중요한 문제도 아닌 걸 갖고 왜 그래?", "심각한 문제도 아닌데 왜 호들갑이야? 그리 법석 떨 문제도 아니구먼.", "그런 거 잊어버리면 되잖아!" 그녀에게 이런 말을 하지 마라. 아픈 가슴에 소금을 던져 상황을 더 악화시킨다.

♥ "에이, 그건 아니죠.", "잘 모르시나 본데.", "전 다르게 생각하는데……." 상대 말에 동의하지 않는 말버릇은 고쳐라. "여자들은…….", "요즘 여자들은……." 남자와 여자를 구별하는 말버릇도 고쳐라. 남녀차별 대접에 민감한 한국 여자는 남녀 구별 발언을 들을 때마다 무시당한다고 느낀다.

♥ 의자 깊숙이 엉덩이 밀어 넣고 허리를 곧추 세우고 대화하는 건 남북대담 자세다. 고개를 약간 앞으로 내밀어 거리를 좁히고 대화하라. 가끔 눈도 맞추고 미소를 지어라. 미리 거울을 보고 가장 멋있는 미소를 연습하라.

♥ 열린 마음 긍정적인 마음으로 대화하라. 화석처럼 딱딱하게 굳은 자세에서 입만 놀리지 말고 보디랭귀지를 적절히 사용하라. 그녀는 말의 어조와 보디랭귀지를 스캔하면서 속마음을 알아챈다.

♥ 첫 만남에는 대화의 주제를 넓고 얕게 가져라. 좁고 깊은 주제는 피하라. 폭넓게 말하면서 상대의 취향을 파악하라. 가끔 생기는 잠깐 동안의 침묵을 즐겨라. 침묵은 되새김질하는 여유를 준다. 짧은 침묵의 어색함을 못 참고 마구 떠들다 보면 무슨 말을 하는지 모르게 된다.

❤ 계속 듣다 보면 충고하고 싶어 입이 근질근질해진다. 그녀도 해결책을 원하고 있다고 믿고 싶어진다. 이럴 때는 "저, 제 방법을 들어보실래요? 도움이 안 될지도 모르지만⋯⋯" 이라고 먼저 물어보라. 물론 그녀가 가슴 속 응어리를 어느 정도 쏟아냈고, 그대가 충분히 경청한 후 이 말을 꺼내야 한다.

❤ 여자와 논쟁하지 마라. 대화와 협상은 하되 논쟁은 하지 마라. 여자와 말싸움이 벌어지더라도 흥분해서 맞서지 마라. 그대가 이길 가능성은 거의 없다. 여자가 따지고 주장하는 바를 적어라. 그냥 계속 적기만 해라. 여자의 흥분이 가라앉으면 메모지를 보여주면서 '당신이 주장하는 게 이게 맞지?' 하면서 읽어줘라. 말을 들어줬다는 것만으로도 화가 풀리는 경우가 있다. 단, 아직 흥분 상태면 메모지를 뺏어 발기발기 찢어버리는 여자도 있다.

알아 두기

❤ 위대한 아인슈타인조차 이혼한 아내로부터는 존경받지 못했다. 어떤 미국 대통령 부인이 남편이 대통령이라 얼마나 자랑스러운가라는 질문을 받자, 조용히 미소 지으며 "그 남자는 나랑 결혼하지 않았으면 대통령이 될 수 없었습니다."라고 조용히 대답했다. 여자로부터 존경을 받는 건 남자가 이룩한 사회적 업적과는 관계가 없다.

❤ 여자는 남자의 굵은 베이스 목소리를 좋아한다. 그 낮은 목소리는 높은 테스토스테론을 나타내는 것으로서 강한 남성성의 상징이다. 목소리 톤은 유전이다.

사랑하더라도 다를 수 있다

상업매체는 왜곡된 사랑의 모습을 보여준다. 수많은 TV 드라마에서 여주인공은 "나를 사랑한다면 이 정도는 해줘야지."라고 내뱉는다. 여자 마음을 잡으려는 남자 주인공은 피아노 치면서 노래 부르고, 유치찬란한 엉덩이 댄스도 춘다. 드라마, 영화, 소설 그리고 신문 잡지는 '사랑을 위해서라면, 여자를 위해서라면, 모든 것을 버리는 남자가 멋있는 남자'라고 젊은 세대를 세뇌시키고 있다.

그 결과 이 시대의 한국 여자는 사랑한다면 남자가 무엇이든 해줘야 한다는 환상을 가지고 있다. 사소한 문제라도 남자가 자기와 다른 의견을 가지면 자신을 사랑하지 않고, 더 나아가서는 자신에 대한 공격이라고 생각하는 여자가 꽤 많다. 과거 가부장시절 남자가 여자를 소유하고 지배하던 그릇된 욕심을 이제 여자가 부리고 있다. 한국 여자의 힘이 그만큼 강해졌다.

연애가 힘든 이유는 가끔 생기는 갈등 때문인데, 사랑한다면 갈등이 없어야 한다고 믿는 연인이 꽤 많다. 두 인격이 얽히기 때문에 당연히 갈등이 발생한다.

대부분의 남자가 연애 초기에는 여자 마음을 사로잡기 위해 헌신적으로 잘해주지만, 익숙해지면서 신경을 덜 쓴다. 여자는 이런 상황이 되면 사랑이 식었다, 변했다고 투덜댄다. 만일 남자가 오랜 기간을 연애초기처럼 여자에게 올인 한다면 사회적으로 무능력자가 될 가능성이 높다. 경쟁사회에서 젊은 시절 여자 마음을 사로잡는 데만 올인 하는 남자는 뒤처진다. 여자는 연애할 때는 자신에게 올인 하는 남자를 좋아하지만, 결혼할 때는 자신 때문에 실력 쌓기를 못한 사회적 무능남 보다는 능력남을 선택한다. 여자는 철저하게 연애 상대와 결혼 상대는 다르다고 생각하고 행동한다.

그래서 남자는 좋은 짝 찾기에도 노력해야 하고, 찾았다면 그 관계가 잘 유지되도록 애써야 하고, 그러면서 결혼 상대자로 낙점받고 경쟁사회에서 살아남기 위해 부단히 실력을 쌓아야 하는 이중, 삼중의 과제를 가지고 있다.

첫 번째 과제인 좋은 여자를 찾았다면 애써 찾은 그녀를 계속 곁에 두기위해서는 갈등을 잘 관리해야 한다. 남녀사이의 갈등은 이 세상을 떠날 때까지 계속 생기는 거라고 느긋하게 생각해야 한다. 그러면 갈등이 튀어 나와도 당황하지 않는다. 연애 탄생기가 지나면 남녀관계의 지속여부는 갈등을 어떻게 다루느냐에 따라 좌우된다.

남자는 학교, 군대, 직장에서의 사회화를 거치면서 갈등에 적응하는 요령과 갈등해소 및 극복방법을 터득한다. 그래서 인간관계에서 생기는 갈등을 어느 정도 자연스럽게 받아들이며 관리도 해나간다. 때로는 목적을 위해 갈등을 일부러 조장하기도 한다. 원시 시대와 마찬가지로 남자들 세계에서는 다툼과 갈등은 일상적인 현상이다.

하지만 여자는 좀 다르다. 기본적으로 여자는 친밀한 관계에서는 갈등이 생겨서는 안 된다고 생각한다. 갈등이 일어나는 관계는 신뢰할 수 없는 관계이며 결국에는 신뢰가 사라진다고 믿는다. 여

자끼리 정치사회적인 문제를 가지고 치열하게 논쟁하는 경우를
본 적이 있는가. 보통 누가 목소리를 높이면 속으로는 다르게 생
각하더라도 그냥 입을 다문다.

여자의 이러한 갈등회피 태도도 사회활동을 하는 여성이 증가
하면서 변하고 있다. 경쟁에서 살아남으려면 전투력을 갖춰야 한
다고 생각하는 여자가 늘어나고 있다. 남자와의 분쟁도 두려워하
지 않고 맞서는 건 물론이고, 약한 여자, 갈등을 회피하는 여자를
이용해 이익을 취하는 사악한 여자도 늘고 있다. 남녀의 전투력과
공격성이 거의 비슷해지는 영역이 바로 정치계이다. 전여옥, 추미
애, 나경원, 이정희와 같은 여성 국회의원의 전투력과 공격성은
남자 못지않다.

현대 여성은 자본주의 경쟁사회에서 살아남으려고 애쓰면서도
사랑에서는 남자와 갈등이 없었으면 한다. 과거 여자가 갈등을 피
하기 위해 남자에게 순종했다면, 현대 여성은 남자가 자기 뜻을
따라줘 갈등이 없었으면 한다.

건강한 남녀 관계란 어떤 관계일까? 남녀 모두 자기가 원하는
것, 필요한 것을 상대에게 마음 놓고 부탁할 수 있어야 한다. 그리
고 상대가 그 부탁을 거절해도 마음의 상처로 발전하지 않는 관계
가 건강한 관계다. 그녀가 부탁을 하면 우선 어떤 내용인가 진지
하게 귀를 열고 잘 듣자. 부탁을 들어주지 못할 상황이면 이유를
말하고 부드럽게 못한다고 말하라. 명확한 이유도 대지 않고 투덜
대기만 하면 여자는 해주기 싫어서 그런다고 생각한다.

어떤 남자는 여자의 부탁은 들어줘야 한다는 의무감 때문에, 그
래야 남자다울 거라는 생각 때문에, 그리고 여자와 갈등이 두려워

서, 여자의 부탁을 그냥 다 들어준다. 그렇게 계속 양보만 하면 스트레스가 누적돼 언젠가 빵하고 터져 버린다. 속으로 곪아 터지느니 그때그때 차분히 생각해 '이건 아니다.' 싶으면 당당하게 '아니다.'라고 말하는 게 장기적으로 건강한 관계가 되고 오래 지속된다.

연애의 탄생과 소멸 – 탐색기

모든 생명체는 탄생, 성장, 소멸의 단계를 거친다. 남자와 여자의 사랑도 탐색기, 탄생기, 성숙 절정기, 소멸기를 거친다.

연애 탐색기란 사랑할 대상을 찾으며, 서로의 관계를 탐색하는 단계이다. 이 시기 역시 중요한 연애 단계지만 아직 두 사람 사이에 사랑이 생겼다고는 할 수 없다. 어느 한쪽이 일방적으로 좋은 감정을 가졌지만, 두 사람 사이에 합의가 없다면 사랑은 아직 싹트지 않았다. 만일 탐색기를 사랑 단계로 포함시키면 스토킹을 저지르는 인간도 '나도 사랑했어!'라고 주장할 수 있다. 여성의 권리가 높아진 현대 사회에서 남자 혼자만의 구애는 사랑이란 꼬리표를 붙여줄 수 없다. 물론 남자를 일방적으로 쫓아다니는 여자도 많이 생기고 있다.

탐색기는 '내 님은 누구일까, 어디에 있을까'라고 노래 부르는 시기다. 이 시기에 무조건 많은 여자를 만나야 한다. 여자를 만나지 않고는 아무 것도 진행되지 않는다.

파편화된 현대 사회에서는 남자나 여자 모두 좋은 상대를 만날 기회가 많지 않다. 한 남자가 결혼을 결심하고 후보로 꼽는 여자의 숫자는 얼마나 될까. 20명은 좀 많은 편이고 보통 10명 전후의 여자 중에서 배우자감을 선택할 것이다. 10명은 적은 숫자다. 중·고등학교 한 반의 절반도 안 되는 후보자 중에서 배우자를 선택하는 것이다. 좋은 여자와 결혼하려면 이 예비 후보군의 숫자를 늘려야 한다. 물론 늘리고 싶어도, 직장 생활에 바쁘다 보면 여자를 만날 기회는 점점 준다. 그리고 35세가 넘어가 버리면, 이성을 만날 채널이나 기회가 사라지면서 연애기회조차 잡기 힘들어진다. 결혼정보회사가 성장하는 이유는 연애 상대를 찾기 힘들어졌기 때문이다. 대시 하고 싶어도 목표가 없다.

남자에게는 '좋은 여자를 찾는 탐색기술'이 중요하다. 고등학교를 졸업하면서 좋은 여자 탐색기술을 몸에 익혀야 한다.

좋은 여자를 찾으려면 우선 여자가 많은 곳을 두드려야 한다. 하지만 대놓고 "전 연애상대 찾는 목마른 수컷이에요."라고 한다면 웃음거리 밖에 안 된다. 여자들이 많이 모인 곳에 자연스럽게 접근하는 루트와 방법을 세심하게 개발해야 한다.

각종 동호회

만일 그대가 사귀는 여자가 없는 미혼남자이면서 동호회란 말을 듣고 조기 축구회를 먼저 떠올린다면 심각하다. 조기축구회에서 여자를 본적이 있는가? 거의 없다. 만일 사귀는 여자가 없으면서도 조기축구회를 열심히 다닌다면 거기는 끊고 여자들이 많이 모이는 동호회를 찾아야 한다.

인터넷에는 수많은 동호회가 있다. 그중에서도 여자가 많이 모이면서도 남자가 자연스럽게 참가할 수 있는 동호회, 여자와 유대를 돈독해하면서 인간적으로도 성숙할 수 있는 동호회가 많다. 그런 동호회 중 하나가 '애완견 동호회' 다.

여자는 대부분 강아지를 좋아한다(물론 어렸을 때 강아지에게 물려 싫어하는 여자도 있다). 여성이 강아지를 좋아하는 이유를 분석해보면 모성본능인 것 같다. 아이를 낳고 키우고 싶은데 실제로 그러기에는 장애가 많다. 그래서 아이의 대체물로 강아지를 선택한다. 특히 지방에서 올라와 서울에서 외롭게 혼자 사는 여자는 강아지를 매우 좋아한다. 20대 중반 여성인 K는 혼자 서울에 올라와 직장을 3개월 정도 다녔다. 아무도 없는 빈방에 혼자 식사하고 TV만 멍하게 보는 날들이 계속되자, 정신이 이상해졌다고 한다. 그래서 버려진 불쌍한 강아지를 키웠더니 외롭고 삭막한 독신생활을 버티는데 많은 도움을 받았다고 한다.

남자도 강아지를 키우면 여러 가지로 좋다. 강아지를 키우는 일은 사람 아기를 돌보는 것과 거의 같다. 똑똑한 강아지는 지능지수가 2~3살 아이와 맞먹는다. 남자가 강아지 같은 생명체를 키우다 보면 약자에 대한 배려심을 가지게 된다. 자신에게 의지해야 생존할 수 있는 생명체를 돌보면서 생명의 소중함을 깨닫게 된다. 그래서 '애완견 동호회' 에서 활동하면 좋은 여자를 찾을 수도 있고, 인간적으로 성숙하는 좋은 계기가 된다.

이 밖에 요리, 사진, 각종 디자인, 맛집, 번역, 외국어, 소설, 시나리오 작가 동호회 등도 여성이 많이 모이는 동호회이다. 그리고 회비가 좀 비싸지만 클럽 프렌즈 같은 모임에 가입해도 도움이 된다.

직장

직장도 좋은 여자를 찾는데 도움이 된다. 좋은 직장에 들어올 정도라면 실력은 충분하다. 하지만 사내 연애는 장애요인도 되기도 한다. 사내 연애에서 안 좋은 결과가 생기면 직장을 계속 다니기 힘들 수 있다. 여성도 구설수 때문에 직장 생활이 힘들까봐 소극적일 수 있다.

하지만 같은 직장의 여직원만 연애 대상으로 한정할 필요 없다. 여직원이 자기 친구를 소개해줄 수도 있고, 동료 남자직원이 누나, 여동생, 친척도 소개시켜줄 수 있고, 상사가 소개시켜줄 수 있다. 이밖에도 거래처 사람들, 동종 직종의 직장인들, 직장을 매개로 해서 만나는 다양한 사람이 좋은 여자와 연결되는 통로가 된다.

가정보다 더 많은 시간을 보내고 인생에서 중요한 역할을 하는 직장은 좋은 여자를 구하는 루트가 된다. 그 루트를 살리는 데는 그대의 품격과 실력, 그리고 평판이 중요하다. 그대가 한 직장을 꽤 오래 다니고 솔로라는 사실을 다 알아도 아무도 여자를 소개해주지 않는다면 당신에게 문제가 있다. 그 문제가 무엇인지 잘 생각해보라.

학원

　요리 학원, 외국어 학원에서도 좋은 여자를 만날 수 있다. 전통적으로 요리 학원에는 여자가 많다. 요리 강의를 들으면 그대는 여자를 이해하려는 괜찮은 남자로 인정받는다. 요리를 배우는 남자는 여자를 이해하고 집안일도 적극적으로 도와줄 거라는 평판을 얻는다. 그대가 요리를 알면 여자와 대화를 나눌 수 있는 풍부한 화제가 생긴다. 한두 가지라도 할 줄 아는 요리가 있으면 솜씨를 뽐낼 기회를 자연스럽게 마련할 수 있고, 빠르게 친해질 수 있다. 현대 사회에서 남자의 요리 솜씨는 연애에서 매우 중요한 도구다. 지금 혼자서 자취방에서 며칠을 라면으로 끼니를 때우는 남자들이여! 지금 당장 요리 학원 수강증을 끊어라!

　외국어 학원도 좋은 여자를 만날 수 있는 장소다. 외국어가 취업과 직장생활에서 생존도구가 되면서 많은 젊은이가 학원을 다닌다.

　외국어 학원을 좋은 여자를 만나는 장소로 활용하려면 미리 어느 정도 실력을 갖추는 것이 좋다. '아니, 배우기 위해 학원을 가는데 미리 실력을 쌓아야 한다니. 뭔 소리?' 하고 이상하게 생각할 수 있다. 여자는 실력 있는 남자를 좋아한다. 그대가 좋은 여자를 찾는 것처럼 여자도 능력 있는 수컷을 찾으려 학원에 온다. 그대가 실력이 없어 버벅대면 한심한 인간으로 찍혀버린다.

　이밖에 도서관, 고시 학원, 헬스클럽, 요가 학원, 명상원, 국선도 도장 등도 건강을 단련하면서 좋은 여자를 만날 수 있는 곳이다. 교회, 성당도 전통적으로 남녀의 역사가 이뤄지는 곳이다. 그리고 초등학교와 중학교 반창회도 열심히 참석하라. 예전에는 선머슴 같았던 여자아이가 매력적인 숙녀로 변신한 모습을 보는 것도 즐거운 일이다.

이렇게 모임을 이용하는 방법 말고도 좋아하는 여자를 직접 헌팅할 수 있다. 헌팅은 사냥꾼인 남자의 본능을 살리면서 여자를 사귀는 중요한 방법이라 따로 설명하겠다.

탐색기 동안에는 무조건 여기저기 적극적으로 다녀야 한다. 여기저기를 기웃거리고 열심히 뛰어다니면 자연히 마음에 드는 여자를 발견할 수 있다.

이 시기에 남자는 주로 여자의 외모를 보고 좋아하는 감정이 생긴다. 이때 감정은 사랑보다 욕정에 가깝다. 머리로 아무리 순수하고 고상하게 생각해도 기본적으론 자고 싶다는 욕구 때문에 여자를 찾는다. 이런 감정에 죄의식을 느끼는 남자가 있다. 드센 엄마, 고지식한 엄마, 청교도적 신앙을 가진 엄마의 보살핌을 받고 자란 남자 중에는 이런 사람이 가끔 있다. 이런 사람들은 성욕에 대한 죄의식 그리고 여자에 대해 무의식적인 공포가 있는 게 아닌가 싶다. 앞에서도 이야기했지만 남자의 성욕은 인류를 이제까지 생존케 한 소중한 욕구다. 마음에 드는 여자를 보면 같이 자고 싶다는 감정은 자연스런 욕구임을 명심하자. 욕구를 여성의 동의를 받고 해결하면 된다.

이 시기에 자기 이상형이 소녀시대 윤아니까 그런 이상형이 나타날 때까지 다른 여자에게 관심을 안 갖는 건 어리석은 짓이다. 소녀시대나 카라 같은 걸 그룹의 멤버는 엔터테인먼트 회사가 만들어낸 '상품'이다. 그걸 모르고, 현실의 여자는 외면하고 TV와 모니터에서 걸 그룹의 판타지만 쫓는 건 바보짓이다. 이상형이 아니라도 되도록 많은 여성을 만나 여성에 대한 감수성을 향상시켜야 한다.

여자를 사귄 경험이 부족한 남자는 여자의 은밀한 호감의 표시를 알아채지 못하고 그냥 놓치는 경우가 많다. '연애세포'가 개발되지 않았기 때문이다. 많이 사귀어야 여자에 대한 감수성이 높아진다. 마음에 드는 여자를 물색하면서도, 여성이 보내는 신호를 놓치지 말아야 한다.

여자가 보내는 신호

♥ 성격이 좋은 여자인데 다른 사람에겐 친절하고 그대에게만 냉담한가? 관심 있다는 가능성이 50% 이상일 수도 있지만, 어쩌면 그대만 미운 털이 박혔는지 모른다.

♥ 그대가 나타나면 자리를 피하고, 어쩌다 눈이 마주치면 고개를 숙이거나 황급히 딴 곳을 보는 여자가 있는가. 그대에게 관심 있을 가능성이 80% 이상이다. 접근을 시도하라.

♥ 좋아하는 영화, 좋아하는 작가, 좋아하는 책, 좋아하는 음악이 비슷한가? 성공할 가능성이 높다. 그래서 여자와 사귀기 위해서는 책도 많이 읽고 음악도 많이 들어야 한다. 문화적 소양이나 감수성이 부족하면 연애하기 힘들다. 열심히 문화를 습득하자. 연

애의 성공을 떠나서 그대의 인생이 풍요로워진다.

♥ 여러 사람이 모인 자리에서 그대가 입을 열면 열심히 들어주고, 맞장구도 쳐주고, 웃음도 지어주는 여자가 있는가. 세 가지 모두라면 가능성 90% 이상, 두 가지면 70% 이상, 한가지라면 예의상 해주는 경우와 호감이 있는 경우 반반이다. 여러 사람과 이야기할 때 자기 얘기에 도취해 혼자 열심히 떠들지 말고 사람들의 반응을 예민하게 살펴야 한다.

이런 반응을 보이는 여자에게 적극적으로 접근하라. 진정성을 담은 칭찬과 관심을 표시하라. 머리스타일이 바뀌면 놓치지 말고 "스타일 좋다.", "멋지다."라고 칭찬하라. 귀고리, 목걸이 등 새로운 액세서리를 하고 오면 "귀고리 너무 예쁘다.", "잘 어울린다."라고 찬사를 보내라. 진정으로 예쁘다고 생각하고 감탄해야 한다. 주위의 모든 여자한테 비슷한 강도로 찬사를 보내면 바람둥이다, 실없다 라는 소리를 듣는 역효과를 일으킬 수 있으니 주의하라. 주위 여성에게도 좋은 말을 하면서도 특별히 마음을 두고 있는 여성에게는 좀 더 특색 있고 인상 깊은 멘트를 보내야 한다. 모든 여자로부터 호감을 얻겠다는 남자는 실패한다.

호감을 자연스럽게 전달할 수 있는 기회를 적극적으로 포착하라. 여성이 뭘 사러 나가면 따라 나가고, 무거운 걸 들고 있으면 달려가 같이 들어라. 실제로 무겁지 않아도 같이 들어주는 적극적인 자세가 필요하다. 여자는 작은 배려에 감동한다.

여자는 깔끔한 남자를 좋아한다. 담배 냄새, 고기 냄새, 땀 냄새가 밴 옷은 입고 다니지 마라. 머리는 단정하게 빗고, 코털은 보이지 않도록 잘 깎아라. 명품을 걸치지 않았어도 항상 깔끔한 모습을 보여주도록 하라.

탐색기는 사랑의 씨를 뿌리는 단계다. 씨가 좋은 토양에 뿌려지고 넉넉한 비료와 영양분을 받으면 쑥쑥 성장해 탐스러운 열매를 맺는다. 상대가 사랑을 받아들이지 않는다면 아무리 많은 씨를 뿌려도 성과가 나오지 않는다. 사랑의 씨를 받아주는 땅을 찾는 게 중요하다.

남자가 유약해지면서 연애활동을 아예 포기하고 이 탐색기조차 못 넘는(안 넘으려는) 남자가 늘어나고 있다. 살아가기 위해서는 해야 할 일이 너무 많고 그런 일을 먼저 하다 보니 연애 활동을 못한다. 그리고 거절당했을 때 받을 상처와 상처받은 자존심을 감당하기를 두려워하기 때문이다.

이런 남자는 억지로라도 연애감정을 불러일으켜야 한다. 연애세포에 생명을 불어넣어야 한다. 여자는 어렸을 때부터 TV 드라마에서 삼각관계의 묘미를 알고 로맨스 소설로 연애감정을 간접 경험하면서 머릿속으로 사랑예행연습을 수없이 해왔다. 하지만 남자들은 어떤가. 중·고등학생 때 로맨스 소설을 읽는 남학생은 거의 없다. 야한 동영상에 빠져 여자를 그저 섹스 대상으로만 여기면서 사춘기를 보낸다.

연애감정이 부족한 남자는 영화, 소설, 드라마를 통해 간접적이라도 연애감정을 느껴야 한다. 연애불감증 남자에게 추천할만한 영화로는 〈타이타닉〉, 〈제리 맥과이어〉, 〈러브 액추얼리〉, 〈이터널 선샤인〉, 〈노트북〉, 〈노팅 힐〉, 〈너는 내운명〉, 〈내 사랑 내곁에〉, 〈말할 수 없는 비밀〉 등이 있다.

멜로 영화를 선택할 때 사랑의 긍정적인 밝은 면을 강조하는 영화를 선택해야 한다. 만일 연애세포가 죽은 남자가 〈결혼은 미친 짓이다〉 같은 영화를 보면 결혼하고 싶은 마음이 달아날지 모른다.

일본에서는 '러브 플러스'라는 연애 시뮬레이션 게임이 인기를 끌고 있지만 연애감정을 키우는데 컴퓨터 게임은 바람직하지 않다. 이 시대 남자가 연애를 못(안)하는 이유 중의 하나가 TV나 영화 등이 제공하는 판타지에 너무 빠져있기 때문이다. 컴퓨터 연애 게임은 디지털 판타지에 더욱 빠져들게 할 위험이 있다.

다른 경우와 마찬가지로 연애세포도 노력하지 않으면 개발되지 않고, 개발하면 할수록 예민해지고 섬세해진다. 연애에서 큰 상처를 받은 남자는 다시 연애 활동에 뛰어들기를 두려워하는 경우가 많다. 이런 상태가 오래 지속되면 연애세포가 죽어버리고, 감정의 우물이 메말라 버려 다시 물을 끌어올리기가 쉽지 않다.

20대에서 30대 후반까지의 미혼 남자는 다양한 연애 경험을 쌓기 위해 의식적으로 노력해야 한다. 한 번의 연애로 결혼까지 골인하는 비장한 각오보다는 즐기듯이 연애 경험을 쌓는 것이 좋다. 연애도 처음 한두 번이 힘들지, 연애 경험이 계속 쌓이면 '아, 그때 내가 그런 실수를 했구나. 나한테 이런 점이 부족하구나.'란 것을 알게 되고, 여자를 보는 눈도 깊어지고 감정도 컨트롤할 수 있다. 단, 풍부한 연애 경험을 너무 남용하면 곤란하다.

소개팅

　여자를 사귄 경험이 별로 없다면 소개팅은 거절하지 말고 다 받아라. '그 여자 예뻐?', '정규직이야, 계약직이야?' 그런 조건 따지지 말고 무조건 소개 받아라. 그대는 하루빨리 여자 보는 눈과 여자 상대법을 익혀야 한다. 여성에겐 좀 미안한 이야기지만 소개팅 여자는 본선을 대비한 스파링파트너가 될 수 있다. 물론 소개팅에서 좋은 여자를 만날 수도 있다.

　소개팅에 나온 여자가 60%만 마음에 들어도 만남을 지속하라. 여자 외모에 신경 쓰는 남자는 첫인상으로 여자의 모든 것을 판단하는 경향이 있다. 첫인상이란 2~3초에 결정하는 취향과 기호성에 불과하다. 외모만 뛰어나다고 좋은 여자는 절대 아니다. 예쁜 여자 중에는 이놈, 저놈 집적거려 성질이 안 좋게 된 경우가 많다. 미모가 마음에 안 들어도 최선을 다해 좋은 시간을 갖도록 하자. 그래야 소개해준 사람도 다음에 또 기회를 만들어준다.

　소개팅에서 정말 마음에 드는 여자가 나왔다면? 다른 말이 필요 없다. 최선을 다해야 한다. 그대 눈에 마음에 드는 여자면 다른 남자도 마음에 든다. 당연히 여자도 그 사실을 알고 있다. 소개팅은 단 한 번의 기회만 주어지는 냉정한 게임이다. 계속 해서 만날 수 있는가는 그 날로 결정 난다. 다음에는 기회가 없다고 생각하고 최선을 다하라.

헌팅, 사냥 본능을 자극한다

헌팅은 사냥꾼인 남자의 본능을 자극하는 연애방법이다. 자신의 이상형과 근접한 상대를 고르고 접근하기 때문에 성공만 하면 좋은 결과와 뿌듯한 성취감을 얻는다.

그저 하루 신나게 놀겠다는 심보로 헌팅을 나선다면 조용히 책을 덮어라. 이 책은 하루살이 연애에 관한 책이 아니다. 하루 놀겠다는 생각으로 접근하면 하루살이 여자밖에 구하지 못한다. 그런 심보로 접근했다간 잘못하면 경찰서에 끌려간다.

헌팅이 성공하려면 다른 어떤 접근보다도 진지하고 성실한 자세로 임해야 한다. 연쇄 살인범 같은 위험한 인간이 활개 치는 세상이니 여자는 접근하는 남자에게 쉽게 마음을 열지 못한다. 불안하고 그대를 잘 모르기 때문이다. 불안해하는 여성을 이해해야 한다. 그래서 헌팅에서는 성실한 마음으로 여러 가지로 세심하게 준비해야 한다.

우선 거울을 보고 자신의 외모를 보라. 타인에게 불안감과 혐오감을 주는 요소가 있는가. 잘 모르는 남자가, 수염도 깎지 않고 옷차림도 지저분한 남자가 접근하면 누구라도 경계한다. 헌팅 기회는 언제 어디서 생길지 모르니 항상 깨끗하고 단정한 옷차림으로 자신을 무장해야 한다.

헌팅에서는 어느 정도 외모가 중요하다. 그대의 육체적 매력이 높으면 높을수록 그녀의 마음이 움직일 가능성이 높다. 어떤 여자는 기대 이하의 남자가 접근하면 자신에 대한 모독이라 생각하고 화내기도 한다. '감히 너 같은 녀석이…… 내가 이정도 밖에 안

되나.' 하는 생각에 기분 나빠 한다.

하지만, 헌팅에서도 외모가 전부는 아니다. 진정성이 가장 큰 무기다. 자신의 진정성을 어떻게 표현할 것인가. 테크닉의 문제이다. 연애 경험이 쌓일수록 연애기술은 강해진다. 경험과 기술을 가지고 있는 남자는 외모수준과는 상관없이 연애게임에서 좋은 성과를 거둔다. 따라서 연애경험이 일천한, 또는 전혀 없는 남자에게 헌팅은 그다지 성공가능성이 높은 분야는 아니다. 가능한 모든 수단을 동원해서 연애경험을 쌓고 들어오는 소개팅은 다 받아들이라는 이유는 바로 연애경험을 쌓기 위한 것이다.

출근길, 퇴근길에서 목표 여성과 일정하게 마주칠 수 있다면 헌팅으로 매우 좋은 조건이다. 시간을 두고 그녀에게 관심을 가지고 있다는 눈빛을 보내라. 대부분의 여자는 '보는 눈은 있어가지고' 하면서 남자의 눈빛을 인식한다. 만일 그녀가 아주 차가운 표정으로 외면하거나 일부러 거리를 두고 멀리 가버린다면 헌팅의 성공가능성은 매우 낮다. 하지만 당신의 눈빛을 받고도 가만 있다면 가능성은 있다. 단정한 옷으로 무장하고 결정적인 날에 접근을 시도하라. 만일 그녀가 그대를 슬며시 미소도 짓는다면? 더 기다릴 것 없이 바로 접근을 시도하라.

외모만큼 헌팅에서 중요한 것은 자신감이다. 자신감은 어떤 종류의 연애에서도 성공을 가져다주는 마법의 열쇠다. 자신감은 자신에 대한 믿음에서 나온다. 자신감이 충만한 사람은 몸 전체에서 긍정의 힘이 뿜어 나오는데, 여자는 이 긍정의 파동을 느낀다. 상대와 마음이 맞아야 연애하는 거 아니냐는 사람들이 있는데, 여자 마음이 움직이길 기다리지 않고, 그 마음을 움직이게 하는 것이 연애활동이다.

남자의 자신감이 여자의 마음을 움직인다. 자신감이 부족한 남자는 여자를 만나는 기회를 아무리 가져도 좋은 결과를 만들어내지 못한다. 만일 자신감이 부족하면 그대가 가장 잘하는 분야에서 자신감을 얻도록 하라. 어느 한 분야에서 얻은 자신감은 다른 분야의 자신감으로 확대된다.

헌팅에서 가장 어렵고 조심스러운 부분은 '처음 말 걸기'이다. 말 걸기 전에 우선 그녀의 눈치를 살펴라. 그녀도 당신의 존재를 눈치 채고 있는가? 그녀는 어떤 분위기를 내뿜고 있는가. 당신의 접근을 기다리는 것 같은가. 아니면 당신을 볼 때마다 벌레 보듯이 자꾸 멀리 거리를 두는가. 어느 쪽이 성공가능성이 높은지 잘 알 거다.

아무리 강심장이라도 모르는 여자에게 말 걸기가 쉬운 남자는 많지 않다. 물론 타고난 바람둥이는 말도 쉽게 걸지만 이 책을 읽는 그대는 그런 사람이 아닐 것이다. 말 걸기에 앞서서 먼저 쪽지를 건네는 방법이 효과적일 수 있다.

지하철이나 엘리베이터에서 자주 만나는 그녀에게 쪽지를 건네준다. 자신에 대한 간단한 소개와 그녀에게 받은 인상을 적고 전화번호와 이메일을 적는다. 어떤 사람은 회사명함을 건네지만 별로 좋은 방법은 아니다. 뭔가 사무적으로 보이지 않은가. 쪽지에 다니는 회사 정도는 밝히면 된다. 여자가 그대에게 조금 관심 있다면 일주일이내 연락 온다. 하지만 연락이 안 올 가능성이 더 많다. 잊지 마라. 그녀는 그대의 정체도 모르고 그대의 진정성을 모른다.

연락이 안온다고 실망하지 마라. 다음 번 마주칠 때를 기다려라. 쪽지를 건네 준 다음번이 더 좋은 기회다. 마주치면 쭈뼛거리지 말고 멋진 미소를 날려라. 앞서 쪽지를 줬기 때문에 이젠 쉽게 말걸 수 있다. "저, 지난번 쪽지…… 연락 올 줄 알고 엄청 기다렸는데……." 그녀가 웃는가? 웃으면 다행이다. 한고비 넘겼다. 이 방법은 반복적으로 정기적으로 그녀를 마주칠 때 효과적이다.

헌팅 기회는 우연하게 찾아올 때도 많다. 혼자 영화나 연극을 보는 그녀, 전시회, 갤러리, 박물관을 혼자 관람하는 그녀, 햄버거를 혼자 먹는 그녀, 서점에서 책을 고르는 그녀, 도서관에서 공부하는 그녀, KTX나 비행기에서 약간 떨어져 앉아 있는 그녀. 공항, 야외음악회, 마트, 콘서트장, 엘리베이터, 그리고 그대의 동네에서도 헌팅 기회는 기다린다. 그 기회를 놓치면 다시는 그녀를 보지 못할 느낌이 오는가. 그대의 헌팅 실력은 이런 상황에서 위력을 발휘한다.

여자가 카페나 레스토랑에 혼자 있는가?

일단 눈빛을 보낸다. 어떤 표정인가? 그대의 계속되는 눈짓에 불쾌한 얼굴로 일어나 나가려 하는가. 가능성은 두 가지다. 그대의 눈짓이 싫어서 나가는 경우와 '자, 좋은 기회를 줄 테니 접근해 봐. 이곳에는 눈들이 많잖아.' 일 수도 있다. 밖으로 따라 나가 말을 걸어라. 갑자기 나갔다면 쪽지를 준비할 여유가 없을 것이다. 꽤 오래 눈짓을 보냈고, 나가면서 그대를 한 번 바라봤다면 '따라오라' 는 가능성이 크다.

만일 밖으로 나가지 않고 계속 그대의 눈짓을 받아준다면 접근을 시도하라. 이때도 역시 처음 말 걸기가 가장 어렵다. 별로 선택의 여지가 없다. 옆에 가서 "안녕하세요. 잠깐 실례할까요. 여기 잠시만 앉아도 될까요?"라고 말하라. 포인트는 여자가 앉으라는 말을 기다리지 말고 그냥 앉아라. 모든 가능성이 다 있다. 앉자마자 조폭 같은 남자친구가 등장할 수도 있고, 여자가 발딱 일어나 그대로 나가버리는 수도 있다. 아니면 여자가 "뭐 이런 게 다 있어!"라고 꽥 고함을 지르고 순간 실내에 있는 사람들의 시선을 한 몸에 다 받을 수도 있다. 하지만, 여자가 싱긋이 미소를 지으며 그대로 앉아서 당신의 다음 말을 기다릴 수 있다. 다음에 어떤 말이 나오는가는 그대의 순발력에 달렸다. 다음 말은 아무리 준비해도 그대로 나오지 않는다. 그대의 진정성을 담아 두 번째 말을 꺼내라. 조심해야 할 것은 "사귀자. 한눈에 반했다." 등 상대의 부담을 자극하는 말을 남발하지 마라. 잊지 마라. 그녀는 그대에 대해 전혀 모른다. 그대가 흉악한 살인범인지, 도를 믿으라고 권할 사람인지 모른다. 무리하지 말고 나쁜 사람이 아니라는 인상을 주는데 초점을 맞춰라.

그녀와 차나 술을 같이 하기로 했다면 어려운 고비는 넘겼다. 너무 여유부리지 말고 귀한 기회를 준 그녀에게 진정으로 감사하는 마음으로 성실함을 보여줘라.

하지만 대화가 진행되면서 여자가 차갑거나 실망하는 표정, 쌀쌀해지면 일단은 물러나는 게 좋다. 특히 약속 때문에 같이 할 시간이 없다고 말한다면 그런대로 나쁘지 않다. 정말 약속이 있거나, 그대를 떼어버리려는 거짓말일 수도 있다.

핸드폰을 건네주고 번호를 받아라. 만일 번호를 받으면 1차 관문은 통과다. 번호를 주지 않고 핸드폰을 건네주면? 거절의 표시다. 최후의 수단으로 쪽지를 사용하라. 그대 연락처를 적은 쪽지를 주면서 꼭 연락을 달라고 하라. 처음이라 서툴러 실례했다고, 한 번 더 기회를 달라고 하고 쪽지를 주어라. 그녀가 쪽지를 받고 핸드백에 넣는다면 그런대로 희망을 가져 볼 수 있다. 그대 보는 앞에서 쪽지를 북북 찢을 수도 있다. 절대 화내지 마라. 화내면 그대가 치한이 되는 것이다. 정중히 사과하고 물러서라. 그대가 정중하면 정중할수록 그대는 젠틀맨 인상이 남고, 그녀는 뭔가 자신이 실수했다고 생각할 수 있다. 만일 불같이 화내면 그대는 신사가 될 기회는 놓치고 치한으로 전락해버린다.

헌팅하면서 화내는 남자는 품성이 안 좋은 남자다. 여자의 세계에 초대받지도 않고 갑자기 뛰어든 사람이 누군가. 그대를 받아들이고 말고는 그녀의 자유다. 그런데도 화내는 건 성격이 독선적이고 자기중심적이기 때문이다. 그대가 이런 품성이라면 헌팅은 그만두고 좀 더 인격 수양을 쌓는 게 좋겠다. 나쁜 성격은 쉽게 고쳐지는 게 아니란 사실을 명심하라.

그녀가 망설임 끝에 연락처를 줄 수 있다. 그대가 접근한 그날 그 시간에, 그녀는 선약이 있을 수 있고 다른 스케줄이 있을 수 있다. 연락처를 받았다면 그것만 해도 상당한 성과다. 오늘은 그 정도로 만족해야 한다.

연락처를 받았다고 빨리 만나고 싶어 서두르지 마라. 첫 통화가 중요하다. 바쁜 시간에 전화해서는 안 되고, 너무 이른 시간이나 너무 늦은 시간도 안 좋다. 문자나 전화했는데 업무 중이다, 회의 중이다, 수업 중이다 등으로 바쁘다는 반응이 오면 방해하지 마라. 정말 바쁠 수 있다. 당신의 연락을 씹는 것보다는 좋은 현상이다.

첫 통화는 자신이 믿을만한 사람이다, 바람둥이가 아니고 사이코가 아닌 성실한 남자란 사실을 믿게끔 해야 한다. 무조건 만나자고만 문자를 보내고 전화를 집요하게 하면 여자는 절대 만나러 나오지 않고 그대를 의심한다. 당신의 정보를 다줘라. 어떤 여자는 친구랑 같이 나와도 되냐고 물을 수 있다. 당연히 좋다고 하라.

헌팅 포인트

♥ 그대가 접근할 때, 말을 걸 때, 여자가 웃으면 성공가능성이 높다.

♥ 핸드폰 번호, 메일, 미니홈페이지 주소 등을 알려준다면 헌팅 첫 단계는 성공이다. 그대가 마음에 안 들었거나 관심이 없었다면 절대 이런 정보를 주지 않는다. 하지만 아직 성공한 건 아니니 긴장을 늦추지 마라. 남자 연락처를 알려주면 자신이 연락하겠다는 여자가 있다. 헌팅남을 좀 아는 여자들이다. 연락처를 줘도 연락 오지 않는 경우가 대부분이다. 처음엔 핸드폰 번호와 메일을 다 달라고 하다가 정 힘들면 메일만이라도 알려달라고 하라.

♥ 예의를 갖추되 당당하라. 혹시라도 여자 아버지가 몽둥이를 들고 쫓아올

지 모른다는 생각으로 불안해져 버벅대지 마라. 그럼 여자도 불안해한다. 그대가 자신감이 있어야 여자도 안심한다.

❦ 쫓아가는데 여자가 지구대나 경찰서로 뛰어든다면 깨끗이 포기하라. 만약에, 정말 만약에 헌팅 때문에 경찰한테 붙잡혀도 당황하지 마라. 순수하다는 것을 경찰과 여자에게 잘 설명하라. 예의바르게 행동하면 바로 이런 경우에 도움이 된다.

❦ 헌팅은 성공보다 실패할 가능성이 높은 연애게임이다. 실패하더라도 자신의 능력에 대해 의심하거나 실망하지 마라. 헌팅 시도를 한 자신의 용기에 박수를 보내라. 세상은 넓고 여자는 많다.

❦ 여자가 책을 읽고 있는가. 접근의 실마리를 풀기 쉽다. 무라카미 하루키의 광팬인 K는 목표 여자가 하루키의 『해변의 카프카』를 읽는 걸 보고 자연스럽게 말을 걸었다. "하루키. 멋진 작가죠?" 공통된 관심사는 심리적 장벽을 낮춰준다. 여자가 읽고 있는 책을 유심히 봐라. 그 책에 관련된 화제로 접근을 시도하면 경계심을 내릴 가능성이 많다.

두근두근, 첫 데이트

마음에 드는 여자를 선택했으면 가능한 빨리 딱딱한 공식 관계에서 따뜻한 둘만의 관계로 전환시켜야 한다. 여러 명이 모인 자리에서 그녀와 아무리 눈이 마주치더라도 둘만의 시간을 갖지 못하면 연인관계로 발전되지 않는다. 공식적인 관계에서 두 사람만의 관계로 발전하는 것이 연애에서 큰 전환점이 된다. 이런 전환점이 바로 첫 데이트이다.

여자를 데이트로 초대하면서 그대는 어떤 정보를 모아놓았는가? 그녀가 원하는 건 무엇인가, 그것을 달성하기 위해서는 무엇이 필요한가, 내가 해줄 수 있는 게 무엇인가를 생각하라. 이런 생각을 골똘히 하면 어떤 제안이 그녀의 마음을 끌 수 있는지 그려지게 마련이다.

공무원 시험을 준비하는 그녀에게 "○○학원에서 특강이 있는데 같이 들으러 가실래요?", 대기업 입사준비를 하는 그녀에게 "○○대학에서 대기업 입사설명회가 있는데……", "○○기업 인사과에 다니는 선배가 있는데 면접요령 같이 들어 보실래요?" 등으로 접근하면 어떨까.

물론 그대가 며칠 밤을 끙끙 앓고 고안해낸 접근방법이 효과를 못 거둘 수도 있다. 그래도 실망 말고 좌절하지 말고 새로운 제안을 강구하라.

그대의 제안이 관심사항이라면 기꺼이 초대에 응할 것이다. 특강이나 입사설명회를 들으러 가면서 그 시간을 어떻게 활용하는가는 그대에게 달렸다. 중요한 건 첫 관문은 뚫렸다는 것이다. 여성은 첫 데이트가 노골적으로 사귀는 단계로 발전하는 걸 꺼린다. 약간 공식적인 인상(난 특강/설명회 들으러 가는 거지 데이트 하는 거 아니야)을 주면서 접근해야 그녀도 부담 없이 첫 데이트에 응한다. 여자는 남자에 전혀 관심이 없다면 아무리 미끼를 던져도 초대에

응하지 않는다.

여자가 첫 데이트에 응하는 이유는 남자를 한 번 개인적으로 만나보자는 생각에서다. 데이트에 응했으니 마음이 넘어왔다고 생각하는 남자가 가끔 있는데 이는 자기 무덤을 파는 생각이다. 여자는 한 번 보자는 마음일 뿐이다.

현대인은 급하다. 남자도 급하고 여자도 급하다. 한 번 내린 결정은 쉽게 바꾸지도 않는다. 여자가 앞으로 '이 남자와의 관계를 어떻게 할 것인가' 는 첫 데이트에 결정 난다. 첫 데이트가 실패하면 다음번 기회는 없는 경우가 많다. 반면에 첫 데이트가 성공하면 연인으로 발전하는 속도도 빠르다. 그래서 남자는 철저하게 첫 데이트를 준비해야 한다. (물론 여자도 두근거리면서 첫 데이트에 신경 많이 쓴다.)

전체적인 계획을 준비하라. 어디서 어떤 종류의 식사를 하고 어디서 차를 마실지 미리 생각해두라. 하지만, 당일 여자의 차림새나 분위기에 맞는 몇 가지 대안을 생각해두자. 만일 여자가 높은 하이힐을 신고 나왔다면 오래 걷는 데이트 코스는 제외해야 한다. 스캐닝 능력이 뛰어난 여자는 물 흐르듯이 진행되는 데이트에 '흠. 신경 꽤 썼네.' 하고 만족해한다. 많은 남자가 첫 데이트에서 허둥대면서 갈팡질팡한다. 당신은 이런 실수를 하지 마라. 그래서 철저한 준비가 필요하다.

당연한 이야기지만 첫 데이트에 절대 지각하지 마라. 필요하면 한 30분쯤 먼저 가 있어라. 인터넷 지도 검색 기능을 이용해서 교통도 충분히 익혀놓는다. 여자는 당연히 늦는다. 여자가 늦는다고 짜증내지 마라.

음식은 무조건 여자에게 맞춰라. 남자인 그대가 "전 이거 싫어하는데, 못 먹는데." 하는 말을 꺼내는 순간, 여자는 '에고, 밥해주려면 신경 써야 하는 남자네, 바이' 해버린다. 여자가 먹는 음식은 무조건 다 잘 먹어라. 남자로 태어난 업보다.

대화 주제도 미리 선택해놓자. 당연히 여자가 지금 제일 관심 있는 분야에 초점을 맞추되 부담 없고 재밌는 대화거리도 생각해놓자. 돈 있다고 돈 자랑 너무 하지 말고, 직장 자랑도 가급적 피하라. 물론 직장에 대해 질문하면 성실히 답하라. 절대 피해야 할 주제는 부모님 이야기다. 특히 어머니 이야기는 초기 데이트에서는 절대 피해야 한다. 어머니에 대해 몇 마디만 해도 '흠. 마마보이군.' 하고 결론내고, 아버지에 불만을 털어놓으면 '나보고 어쩌라고' 라고 뒷걸음질 친다.

첫 데이트에서 '그동안 쭉 지켜봤다. 좋아한다. 사랑한다.' 라는 멘트를 날리면 대부분 안 좋게 끝난다. 졸지에 흑심을 품고 접근한 늑대로 낙인찍혀 버린다. 물론 예외는 있다. 여자도 그대의 접근을 손꼽아 기다렸다면 둘의 마음은 그날로 불붙고 바로 연애 절정기로 올라가 호텔로 직행할 수 있다. 낭만정열형 유형이라면 충분히 있을 수 있다. 하지만 첫 데이트에선 함부로 그런 멘트를 해서는 안 된다.

첫 데이트가 끝나면서 억지로 다음 약속을 잡으려 하지 말자. 느낌이 올 것이다. "또 연락드릴게요." 했는데, "예, 그러세요." 하는 대답이 돌아오면 그걸로 충분하다.

만일 헤어지면서 여자가 "우리 편한 관계로 있어요."라든가 "우리 그냥 친구로 남아요."라는 말을 한다면 두 가지로 해석할 수 있다. 그대와의 관계를 더 이상 진전시키고 싶지 않거나, 한번 튕겨보는 거다. 어떤 태도를 취할 거냐는 그대에게 달렸다. 시간을 두고 좀 더 대쉬할 필요가 있다.

간혹 "전, 연애할 시간이 없어요."라고 대답하는 경우도 있다. 거절일 수도 있지만, 고시, 유학, 취직 등 삶의 목표가 뚜렷한 여자들이 목표를 이루기 전에는 한 눈 팔지 않겠다는 의지의 표현일 수도 있다. 또는 가족 형편이 어려워 연애는 사치라고 생각하는 경우도 있고, 돌봐야 할 가족이 있는 경우도 있다. 왜 연애를 못하는가를 알아보고 그대와 둘이서 그 원인을 함께 없애 나가면 그 과정이 좋은 연애가 된다.

만일 여자가 "저 사귀는 남자가 있어요." 하면서 커플링을 보여준다면 확실한 거절의 의사표시다. 여자는 그대가 마음에 들면 사귀는 남자가 있어도 말하지 않는다. 꽤 오랜 사귄 후 실은 사귀는 남자가 있다고 말할 때는 그대와 그 남자 사이에서 방황하고 있는데 자신을 잡아달라는 뜻이다. 하지만 탐색기에서 여자가 남자가 있다는 걸 밝히면 그건 거절표시다. "지금 사귀는 남자를 당신은 못 쫓아와요. 그러니 포기하세요."라는 확실한 의사표시다. 하지만 좋은 여자에겐 항상 남자가 있다. 다른 남자들이 괜찮은 여자를 혼자 내버려 두지 않는다. 이런 경우 계속 대쉬할 건가 말건가는 그대의 의지에 달렸다.

♥ 첫 데이트에서 바람 맞을 때도 있다. 얼떨결에 만난다고 대답했지만 고심 끝에 '이건 아니야' 라고 생각을 바꾼다. 안 나간다고 통고를 해주면 좋은데, 통고도 안하고, 기다리다 지치면 가겠지.' 라고 생각하는 여자가 많다. 기다리는 동안 읽을 책을 준비해서 느긋하게 기다려라. 아무리 기다려도 안 오면 툴툴 털고 일어나 가라.

♥ 인터넷 채팅도 여자를 발견하는데 좋은 수단이다. 불미스러운 사고가 많이 나서 안 좋은 인상을 주고 있지만 연애탐색전을 벌이기에는 좋은 공간이다. 채팅으로 알게 된 여성을 만남까지 성사시키는 과정은 매우 중요한 연습과정이다. 채팅으로 알게 된 여성을 만날 때는 핸드폰 번호를 알고 난 후 몇 번 통화한 다음 만나는 것이 좋다.

♥ 남자는 짝을 찾을 때 지나치게 급하게 달리는 경향이 있다. 빨리 친해지고 싶은 마음에 너무 자주 전화하고 너무 많은 문자를 보내지 마라. 마음의 속도를 조절하라. 여유를 가져라. 상대가 원하는 것을 내가 가지고 있으면 가능성이 높아진다.

♥ 다음 약속은 그녀가 원하는 대로 하라. 이번 주말은 약속을 거절하더라도 다음 주 약속을 거절하지 않는다면 좋은 신호다.

♥ 그녀와의 사랑이 굳건해질 때까지 남자 친구들에게 보이지 마라. 애인 없는 친구들이 질투할 수 있고, 짓궂은 친구들 때문에 깨지는 커플도 많다. 그리

고 김건모의 〈잘못된 만남〉이란 노래가 그냥 나온 게 아니다.

♥ 그녀가 끈덕지게 '과거여자', '과거경험'을 캐묻는다면, 없으면 없다고 솔직하게 대답하고 있다면 그냥 웃으면서 잊었다고 말해라. 자세하게 밝히지 마라. 심각한 표정을 지으면서 잊었다고 말하면 바로 '아직도 가슴 속에 있구나.' 하고 발톱을 세운다.

♥ 첫 술에 배부르지 않는다. 첫 만남에 시큰둥한 반응을 보여도 계속 만나라. 처음에는 강한 인상을 받지 못했어도 계속 만나고 익숙해지면 여자의 마음 속에 차츰 넓고 깊게 자리 잡을 수 있다. 익숙해지면서 길들여지는 감정이 첫눈에 반하는 열정보다 오래 간다. 동반자형 사랑이 오래간다.

연애의 탄생과 소멸 – 연애 탄생기

사랑게임에서 남자는 사랑을 확인하러 섹스를 서두르고, 여자는 사랑의 확인을 되도록 늦추려 한다. 남자는 여자가 조금만 마음에 들면 '어, 이 여자 마음에 드네, 이건 사랑이야.'로 급발전한다. 반면에, 여자는 '이 남자가 날 정말로 좋아하나? 혹시 내 몸에만 관심 있는 거 아냐?'라는 생각에 한참 고민하다가 남자의 진심이 어느 정도 확인되면 '음. 날 좀 좋아하는 것 같긴 하네. 그럼 나도 좀 관심을 가져볼까?' 하면서 조금 마음의 문을 연다. 여자가 사랑을 확인하는 과정은 오래 걸린다. 남자는 여자가 넘어온 것 같지 않아 안달하고, 여자는 확신이 안가는 상황이 꽤 오래 간다.

연애의 탄생기는 바로 망설이던 여자가 마음의 문을 열면서 시작된다. '우리 사귈까?' 로 시작되어 손잡기, 포옹, 키스 등의 스킨십이 자연스러워진다. 물론 하룻밤의 쾌락을 위해 자신의 몸을 거리낌 없이 굴리는 남녀가 있다. 이런 행위는 사랑이 아니라 배설행위에 불과하다.

만난 지 얼마 만에 연애 탄생기가 오느냐는 일률적으로 말할 수 없다. 어떤 사람은 3개월에서 6개월이라고 못을 박지만 별로 신뢰성이 가지 않는 주장이다. 연애의 탄생은 남자의 구애활동과 여자의 성격, 여러 상황, 수락여부 등에 좌우된다. 낭만정열형 커플은 만나자마자 탐색기를 후다닥 거치고 바로 연애 탄생기로 들어가기도 하고, 몇 년 동안 덤덤하게 알고 지내면서 천천히 연애단계로 들어가는 커플도 있다. 모든 커플에게 적용되는 기간은 없는 것 같다.

사랑을 탄생시키는 계기는 남자의 고백이다. 아무리 여성이 적극적으로 되었다 하더라도 '사랑한다' 는 고백은 남자가 하게 마련이다. 여자는 남자가 사랑고백을 하도록 유혹해 분위기를 조장하면, 남자는 거기에 호응하여 고백한다. 사랑 고백이 오고가면서 본격적인 연인관계로 발전한다. 고백 없이 이심전심으로 연인이 되는 커플도 있다. 이런 경우는 남자가 사랑한다고 말함으로써 막연하게 느껴지는 감정이 사랑으로 명료하게 정의된다.

사랑 고백은 진지하게 하라. 얼굴을 가까이 하고 진지하게 말하라. 술에 취해 핸드폰으로 다른 이야기를 주절대다가 '사랑한다'

는 말을 내뱉으면 여자는 믿지 않는다. 술 깨면 '내가 정말 그랬니?'라고 발뺌할 게 뻔하니까. 문자로 고백하면 '전 배짱도 없고 용기도 없는 남자예요.'라고 인정하는 거다.

장난 투로 하지 마라. 다른 일을 하면서 지나가는 투로, 또는 군 것질을 하면서 사랑고백 하지 마라. 고백해놓고 불편한 순간을 이기지 못해 금세 '농담이야.'라고 얼버무리지 마라. 그런 태도는 '나, 우리 관계를 우습게 보고 있어.'라고 말하는 거다.

사랑 고백과 청혼은 다르다는 것을 명심하라. 고백은 이제 출발하는 사랑의 유람선에 승선하는 티켓 한 장 얻은 것에 불과하다. 여자는 사랑 고백과 청혼은 분리해서 생각한다. 사랑 고백이면 받아들일 수 있지만 '결혼은 아직. 좀 더 많은 사람 만나보고 그때 가서……'라고 마음먹고 있는 여자가 많다. 여자는 결혼식장에 들어서기 전까지, 어떤 여자는 결혼 하고서도 사랑과 결혼은 별개라고 생각한다.

이제 남자도 사랑과 결혼을 구별해야 한다. 의무감이 강한 남자는 사랑이 결혼으로 이어져야 한다고 생각한다. 그래서 이런 남자는 연애를 지나치게 무겁게 생각한다. 지금 앞에 있는 여자와 결혼할 확신은 못해도 사랑한다는 고백은 하는 게 좋다. 사랑과 결혼을 구별하면 고백에 대한 부담은 준다. 하지만, 여자에게 사랑과 결혼을 구별하고 있다는 것을, '지금은 널 사랑해. 하지만 결혼은 다른 사람하고 할지 몰라.'라는 태도를 절대 들키지 마라. 고백하면서 당연히 결혼까지도 생각하고 있다는 분위기를 보여줘라. 여자는 민감하고 예리하다. 조금만 방심해도 그대가 사랑과 결혼을 구별하는 마음을 가지고 있다면 알아차린다. 여자는 사귀는 남자를 장래의 남편 후보로 올려놓기는 한다.

그대가 사랑을 고백한다고 해서 그녀가 받아들인다는 보장은 없다. 그대가 고백했다고 여자도 똑같은 고백을 해야 한다고 강요하거나 기대하지 마라. 어떤 여자는 말로 하지 않고, 이전보다 더 따뜻하고 세심하게 배려해주면서 사랑을 표현한다.

그대가 고백을 하고 난 후 다음번 만남이 분수령이 된다. 그 자리에서 좋다 싫다는 의사표시를 하지 않은 여자는 집에 가서 많은 생각을 한다. 혼자서도 생각하고, 친구나 어머니, 언니로부터 조언을 구해, 다음 만남에서 의사표시를 할 수 있다. '너무 부담 간다.', '날 좋아하는 건 고마운데 더 좋은 여자가 있을 거다.', '좋은 친구로 지내자.' 등으로 거절할 수 있다. 이런 의사 표시를 하고도 계속 만난다면 나쁜 상황은 아니다. 꾸준히 관계를 유지하라. 그리고 기회를 봐서 다른 방법으로, 다른 톤으로 마음을 표시하라.

만일 고백 이후 거절도 하지 않고, 좋다는 의사표시도 하지 않고 그냥 만난다면? 이것도 괜찮은 상황이다. 그대의 마음을 받아들인 것이다. 이런 여자에게 계속해서 확실한 의사표시를 요구하는 건 미련한 짓이다. 그냥 만나라. 그러다 가끔 좀 더 찐한 애정표시를 하라. 그럼 그녀도 그대를 믿고 좀 더 확실하게 의사표시를 한다.

사랑분위기

현대인의 욕망은 풍선처럼 부풀었지만, 감정은 석고처럼 웬만한 자극에는 반응하지 않을 정도로 무디다.

남녀 사랑은 로맨틱한 분위기에서 자란다. 삭막한 콘크리트 도시에 사는 현대인은 로맨틱한 분위기에서 심리적인 안정을 느낀다. 그래서 수많은 사람이 사랑스러운 분위기를 찾아 돌아다닌다.

이제 막 싹트기 시작한 사랑의 감정을 지속시켜야 한다. 여자가 당신이 만든 분위기에 길들여져서 편안함을 느끼면 연애감정은 오랫동안 지속된다. 로맨틱한 분위기가 지루하지 않게 변화를 줘야 한다.

연애감정을 강화하려면 데이트 음식에 신경을 써라. 입이 즐거우면 마음도 덩달아 즐거워진다. 맛있는 음식점을 많이 알아둬라. 여자는 본능적으로 맛있는 거에 관심이 있다. 수천 년 동안 가족에게 음식을 해먹인 유전자가 몸속에 있기 때문이다. 다이어트에도 좋고 맛있는 집으로 데이트 하라. 당신과 데이트 하면 맛있는 음식을 맛볼 수 있다는 경험은 대단히 좋다. 당신에 인해 발달된 미각은 당신을 기억한다. 그리고 그 미각은 결혼 후에는 음식으로 나타나 가족 모두에게 좋다.

가끔 당신이 직접 요리를 해줘라. 현대 여성은 요리하는 남성에 대해 호감을 갖는다. 요리하는 남성은 여성의 세계에 마음의 문을 여는 개방형 남자라고 생각한다.

당신이 만든 요리를 맛보려고 여자가 방문한다면 분위기에 신경 써라. 여자에게 준비한 꽃을 선물하라. 조용하고 감미로운 음악을 틀어놓고 조명은 약간 어둡게 하라. 실내온도는 따뜻하게 하라. 장작을 쓰는 벽난로가 있으면 금상천화지만, 없어도 대체물은 많다. 샴페인을 나눠 마시며 조용한 음악에 맞춰 몸을 밀착시키고 춤을 춰라. 여자는 행복감을 느끼고 그 순간을 오래 기억한다.

여자와의 분위기를 높이는 핵심단어인 꽃, 춤, 식사, 음악, 따뜻함, 샴페인임을 기억하고 상황에 맞게 잘 응용하라.

흔히 연애를 못하는 남자는 돈이 없어 연애를 못한다고 투덜댄다. 이런 남자는 대부분 여성이 좋아하는 아이템에 대한 호기심과 관심이 낮고, 남자인 자기와는 아무 관계없는 거라 생각한다. 기본적으로 타인에 대한 관심과 호기심이 부족한 사람이다. 이런 사람은 술만 있으면 관계가 이뤄지는 남자들 모임을 편안해하고 그런 모임에 주로 참가한다. 연애활동에서 돈이 중요하긴 하지만 돈이 절대적이진 않다. 관심과 정열 같은 정신적인 부분이 더 중요하다.

여자의 호기심을 끌어내는 재미있는 화젯거리, 여자의 사회활동을 도와주는 각종 최신정보와 적절한 어드바이스, 두 사람의 문화와 교양을 함께 높이는 각종 예술정보 등이 외제 승용차나 수백만 원짜리 핸드백보다 더 값어치를 발휘할 수 있다. 이런 정보를 활용하면 연애가 즐거워진다. 말초적인 소비위주의 생활에서 벗어나 자신이 생산자가 되는 주도적인 삶 속에서 이런 정보를 발견할 수 있다. 이러한 문화 활동은 연애에도 도움이 될 뿐 아니라 그대의 삶의 수준도 높여준다.

이러한 삶과 미래에 대한 정보보다 수입 사치품에 열광하는 여자가 있다. 만나는 여자가 이런 사치품에 지나치게 집착한다면 계속 사귈 것인지를 신중하게 고려하라. 남자인 그대도 여자를 선택할 수 있다. 소비 중독에서 도저히 헤어 나오지 못할 여자라면 늦기 전에 과감히 정리하는 것이 좋다. 안 좋은 여자에 집착마라. 세상은 넓고 아직은 좋은 여자가 나쁜 여자보다 많다. 이번 여자를 정리하고 다음번 여자를 기대하라.

연애의 파워게임, 밀고 당기기

연애하면서 재밌기도 하고 피곤한 파워게임이 밀고 당기기다. 여자는 밀고 당기는 능력을 타고나, 남자보다 훨씬 밀고 당기기를 잘한다. 여자가 여우 짓을 하기 시작하는 3~4살 때부터 밀고 당기기 연습을 하면서 로맨스 소설, TV 드라마, 영화, 그리고 친구와의 정보교환을 통해 여자의 밀고 당기기의 실력은 나이가 들수록 강해진다. 이에 비해 남자는 어떤가. 어렸을 때부터 대체로 단순하고 충동적으로 산다.

여자가 밀고 당기기를 구사하는 이유는 남자의 사랑을 확인하고 남자를 자기 영향력 안에 잡아놓으면서 자신의 가치를 높이기 위해서다. 남자는 여자가 잘해줘도 기회만 되면 다른 여자에게 관심을 갖는 '바람의 아들' 속성이 있다. 그래서 여자는 남자한테 긴장감을 불러일으키려고 한다. 연애감정이 활짝 꽃피는 연애탄생기에 들어서면 남자는 '나에게도 이런 행복이 오다니' 하면서 좋아하지만 열정이 금세 식어간다. 여자는 긴장의 끈을 바짝 죄면서 남자의 긴장감을 높이려 한다.

남자가 여자의 밀고 당기기에 대처하는 가장 좋은 방법은 통 크고 의연하게 대처하는 것이다. 여자의 밀고 당기기를 사랑을 지키려는 노력으로 생각하라. 그렇게 생각하면 여자가 더 사랑스러워 보인다.

밀고 당기기에 시달리는 남자도 꽤 있는데, 대부분 너무 너무 민감하게 받아들이기 때문이다. 여자가 살짝 밀었는데 남자가 너무 민감하게 반응하면, '아직 어리네.', '속이 좁네.', '얘랑 살다가는 피곤하겠군.' 하고 생각한다. 여자가 밀고 당기기는 것 하나 하나에 너무 민감하게 반응하고 맞서는 건 어리석다. 하지만 너무 무덤덤하게 가만있는 것도 좋지 않다. 그러면 여자가 더 세게 당기거나 '이 남자, 애정이 식었나봐.' 라고 생각할 수도 있다. 밀고 당기기는 기본적으로 애정을 강화하는 좋은 방향으로 움직여야 한다. 애정이 흔들리는 불안한 시기에 어느 한쪽의 지나친 밀고 당기기는 애정을 위기로 몰아갈 수 있다.

예전과는 다른 모습을 보여줘 여자를 긴장시키고 그대의 소중함을 뚜렷하게 각인시켜라. 금요일 데이트의 마지막 코스가 으레 모텔행이라면, 이번에 모텔을 가지 말고 그냥 집에 보내줘라. 여자는 아쉬워하면서 긴장해서 왜 그러냐고 물어볼 것이다. "난 네 몸만 사랑하는 거 아냐. 마음도 사랑하고 싶어."라고 대답해보라. 미혼 여자는 이 남자가 내 몸만 사랑하는 거 아닌가라는 걱정을 한다. 이런 멘트를 날리는 남자에게 여자는 진정으로 사랑을 느낄 것이다.

♥ 그녀의 장점을 매번 5가지 이상 찾아라.

관계가 계속되면 그녀의 단점이 차츰 보인다. 인간은 누구나 단점이 있다.
그대는 계속 그녀의 장점을 5가지 이상 찾아라.

♥ 지나치게 솔직하지 마라.

학교나 가정에서 사람은 솔직해야 한다는 소리를 듣고 자란 남자가 많다. 특
히 고지식한 남자가 이런 신조를 받들고 산다. 사랑게임에서는 솔직한 게 반드
시 좋은 건 아니다. 솔직하게 자신의 모든 것을 드러낸다고 구질구질한 것까지
죄다 드러낼 필요는 없다. 무좀이 있네, 싫어하는 음식은 이런 거고, 싫어하는
여자는 이런 타입이고, 엄마아빠는 이런 여자를 좋아하고, 카드빚은 얼마고 등.
말할 필요가 없는 것은 말하지 않는 지혜가 필요하다.

♥ 재미있는 남자보다 더 좋은 남자는 인상 깊은 남자다.

탐색기와 연애탄생기 초기에는 유머와 위트를 동원해서 재미있는 분위기를
조성하라. 두 사람 사이의 벽과 어색함을 가급적 빨리 없애라. 적절한 시기에
재미보다는 강한 인상을 심어줘라. 여자의 뇌리에 '아, 책임감이 강하구나.',
'섬세한 구석이 있네.' 하는 인상을 심어주는게 좋다.

♥ 여자가 초콜릿을 좋아하면 열심히 사줘라.

초콜릿에는 페닐에틸라민이 들어있는데, 사람이 사랑에 빠졌을 때 뇌가 분
비하는 화학 물질과 같은 물질이다. 페닐에틸라민은 몸의 에너지 수위를 높이
고 심장 박동을 올려서 살짝 꿈꾸는 듯한 행복한 기분을 불러일으킨다.

♣ 그대가 마음에 들어 하는 여자는 다른 남자들도 관심을 갖는다. 좋은 여자 주위에는 남자가 있다. 현대 여성은 여러 명의 남자를 사귀는 것에 죄의식이나 거부감을 갖지 않는다. 그녀 주위에 여러 명의 남자가 얼씬 거려도 화내지 마라. 아직 결혼을 약속하지 않은 여자가 보다 많은 남자를 만나 비교해보고 결정하는 것은 여자로서 당연한 권리란 걸 인정하자. 그녀가 이미 마음을 정했는가는 확인할 필요가 있다.

당신과 만나고 있는 동안에 전화가 왔는데, 그녀가 "잠깐만." 하고 통화하려고 자리를 피하는가? 밤 10~12시에 전화를 걸면 통화중일 때가 많은가? 주말에 약속을 잡을 수 없거나 주말 약속이 자주 펑크 나는가? 최근에 개봉한 영화를 이미 봤다고 하는가? 이런 경우는 거의 대부분 남자가 있다. 그래도 화내고 질투하지 말자. 좋은 여자와 결혼하기 위해서는 경쟁에서 이겨야 한다. 경쟁을 두려워해서는 좋은 여자와 결혼하기 힘들다. 다른 남자를 염두에 두는 여자를 만나는 건 기분 나쁜 일이다. 하지만 받아들여라. 그녀가 당신을 만나고 있다는 사실은 당신도 마음에 두고 있다는 증거다. 당신과 함께 보내는 시간동안 최선을 다하라. 그녀는 조만간에 그대에게 다른 남자에 대한 고민을 털어놓을 것이다. 다른 남자의 고민을 털어놓는 건 자기를 붙잡아 달라고 하는 거다.

연애의 탄생과 소멸 – 연애 성숙 절정기

연애가 성숙 절정기에 들어가면 두 사람은 행복함을 만끽한다. 둘의 일체감이 상승하면서 자연히 섹스하고 싶은 욕구에 사로잡힌다. 섹스는 몸으로 사랑을 이야기하는 것이다. 섹스는 이성과 하나가 되고자 하는 인간의 근원적인 요구이다. 섹스는 한 남자, 한 여자로서 살아 있음을 증명해주고, 남자가 여자 몸 안으로 들어가고, 여자나 남자를 받아들임으로써 서로의 존재를 몸으로 수용하는 것이다.

성관계는 두 사람의 사랑을 깊고 넓게 해주는 긍정적인 역할을 한다. 성을 통해 둘이 하나가 되는 순간을 만끽한 두 사람은 내적인 여유가 생기고 타인에 대한 긍정적인 생각을 갖게 된다. 남녀가 섹스에 합의하면 본격적으로 연애 성숙 절정기가 시작된다. 성숙 절정기가 지속되는 기간은 커플마다 다르다.

섹스

연애가 성숙기에 이르면 남자는 여자에게 끊임없이 섹스를 요구한다. 꽤 오랫동안 사귀었는데도 여자가 한사코 섹스를 거부하면 갈등이 증폭된다. 여성도 섹스를 계속 거부하면 남자가 떠난다는 걸 알고 있다. 이 시대 여성은 이제 혼전 섹스에 대한 거부감은 거의 없다. 현대 여성이 성관계를 주저하는 이유로, 첫째는 임신의 두려움이다. 미혼인 상태에서 임신을 하면 인생설계에 크나큰 차질을 가져온다. 더구나 임신했는데 남자가 떠나버리는 경우에는 아이를 지우거나 자기 혼자서 아기를 책임져야 하는 경우도 발생한다. 여자로서는 절대 피하고 싶은 상황이다.

두 번째로 섹스를 주저하는 이유는 여성으로서 자신의 가치 하락이다. 아무리 성이 개방된 사회라 하더라도 헤픈 여자로 낙인찍히는 건 두려운 일이다. 성이 개방된 미국에서도 여자가 경쟁녀에 대해서 "그 여자는 걸레다."라는 표현으로 험담한다. 상대 여자의 문란한 성생활을 약점으로 잡는다.

연애 게임에서 섹스 접근권은 여자가 발휘할 수 있는 강력한 권력수단이다. 여자는 남자에게 일단 섹스를 허용하면 그 후에는 거절하기가 힘들다는 것을 안다. 무엇보다도 남자에게 자신이 더 이상 신비로운 존재가 아니라는 사실에 걱정한다. 이런 이유 때문에 성관계 이후 남녀 간의 권력판도가 많이 변한다.

여자가 큰맘 먹고 섹스를 허락하면, 처음에는 남자는 이를 고맙게 여긴다. 하지만, 성관계가 만족하게 이루어지면 슬슬 새로운 상대에 관심을 갖기 시작한다. 참 고약한 현상이다. 남자의 유전자에 박혀 있는 자신의 자손을 되도록 널리 퍼뜨리려는 수컷의 오래된 욕망은 현대 사회에서도 사그라지지 않는다. 이런 남자의 변하는 태도가 남녀 갈등의 오랜 원인이다.

남자는 여자와의 관계를 섹스 중심으로 생각하는 경향이 있다. 여자를 침대로 끌어들이는 것을 삶의 목표로 살아가는 남자가 꽤 많다.

남자는 섹스를 통해 긴장을 해소하고 자신의 존재감을 확인한다. 성기가 발기하면 파워가 충전되는 것을 느끼면서 여자의 몸 안으로 들어가고 싶은 충동이 휩싸인다. 이때 자신이 남자임을 느끼고 뿌듯해한다. 말로 표현하는데 서투른 남자는 자신을 표현하는 수단으로 섹스를 이용한다. 건전한 상식을 가진 미혼 남자는 자신에게 몸을 허락한 여자에게 감사의 마음을 느낀다. 남자는 성관계를 가짐으로써 '이 여자가 자신을 믿어줬다'는 사실에 고마워하며 여자를 보호해주고 헌신할 것을 다짐한다. (문제는 그 마음이 오래 가지 않는다는 것!)

남자의 성

여자가 쾌감을 느끼려면 충분한 전희가 필요하다는 건 섹스의 상식이다. 그럼 남자가 느끼기 위해서는 무엇이 필요한가? 라는 질문을 던지면, 남자도 그런 게 필요한가? 라고 의아해 하는 사람이 많다. 남자는 벌거벗은 여자만 보면 자동적으로 발기하고 집어넣는 자동섹스인형으로 생각하는 것처럼. 남자에게 진정한 섹스의 기쁨은 무엇인가에 대해서는 논의초자 없다. 안타까운 현실이다.

여성의 오르가슴에 대해서는 정보가 쏟아져 나온다. 하지만 남자의 오르가슴에 대해서는 아무도 관심 갖지 않는다. 모두들 남자의 사정이 오르가슴이라고 간주한다. 엄격한 의미에서는 사정과 오르가슴은 다르다. 남자의 사정은 정액의 방출이다. 오르가슴이란 성적 쾌감의 절정감이다. 엄연히 다른 개념이다. 남자란 그저 '싸기만 하면 되지, 뭘.' 하고 정액만 쏟아내면 당연히 쾌감을 느끼고 그걸로 끝이라도 생각하는 사람이 많다.

이제 남자도 행복한 삶을 위해 자신의 성적 반응, 자신의 성적 쾌감에 대해 관심을 가져야 한다. 남자에게 사정은 기분 좋은 체험임에는 틀림없다. 그런데 사정 쾌감은 엄격히 말하면 '내보내서' 시원한 배설의 쾌감에 불과하다. 대부분의 남자는 짧은 사정 쾌감이 지나면 급격히 흥분이 가라앉으며 힘이 빠진다. 그리고 밀려드는 공허함에 허무해진다. 성경험을 많아질수록, 즉 사정을 거듭할수록 남자는 사정 쾌감이 지나면 바로 '허무함과 공허함'으로 추락하는 느낌을 반복해서 경험한다. 반복되는 허무함과 공허함은 결국 남자들에게 섹스 자체에 대해 회의감을 품게 된다. '교접하되 사정하지 마라.'는 지침은 바로 이런 공허함과 허무함을 덜 느끼게 하려는 동양의 교훈이었다.

이런 사정 후의 공허함 때문에 현대 남자는 사정 후에도 여전히 소외감과 외로움, 고립감을 느낀다. 과거 남자보다 예민하고 감수성이 풍부한 현대 남자는 공허함을 예전보다 날카롭게 느낀다. 그래서 이제 남자에게도 따뜻한 후희가 필요하다. 사정 후 따뜻하게 감싸 주는 여자에게 충족감을 느낀다.

현대 남자가 섹스 후 만족감을 느꼈다면 배설 쾌감 때문이 아니다. 사정 후 허무함이 잘 해소되었고, 정서적으로 맞는 여자와 섹스를 하는 데서 오는 만족감, 충만감 때문이다.만일 여자가 정서적 만족감을 제공하지 않는다면 남자는 배설 쾌감에만 집중하게 되고 결국에 가서는 그 쾌감은 오래 가지 않는다. 현대 남자가 섹스에서 바라는 것은 배설 쾌감이 아니라 정서적 만족감이다.

이제 남자는 섹스에서 사정 쾌감만 느끼려 하지 말고 두 사람의 '정서적 만족감'을 증진하는데 초점을 맞춰야 한다. 여성 파트너에게 사정만이 남자의 성적 쾌감이 아니라는 사실을 알려 협조를 구하자. 삽입보다 여성의 따뜻한 손길에 더 쾌감을 느끼도록 노력하고 정서적 정신적 교류에 더 집중한다면 두 사람의 만족감이 상승된다.

남자의 성경험, 첫 경험

남자에게 성경험은 매우 중요하다. 〈아메리칸 파이〉란 미국 영화는 미국 남자 고등학생이 첫 경험 기회를 얻기 위해 얼마나 애쓰는가를 약간 과장되게 보여주고 있다. 이 영화에서 남학생에 비해 여학생은 이미 성을 충분히 경험했으며 성상대를 주도적으로 선택한다. 성이 개방된 미국에서도 남학생은 총각 딱지를 떼기 위해 무진 애를 쓴다. 하물며 한국 남자들은 오죽하겠는가.

〈말라니〉라는 영화에서는 주인공 사춘기 소년이 성욕 때문에 힘들어한다. 아버지는 아들이 해소되지 않은 욕구 때문에 괴로워하고 있음을 알아차린다. 결국 아들을 직업여성에 데리고 가 첫 경험을 시켜준다.

오랫동안 전 세계적으로 직업여성은 남자의 성적 훈련 스파링 파트너 역할을 해왔다. 많은 남자가 직업여성을 통해 성적 경험을 쌓는다. 젊은 남자가 직업여성과의 성훈련이 없다면 일반 여자와의 성관계 기회에서 실패할 가능성이 많다. 성관계에서 실패하는 건 남자로서 아주 심각한 상처가 된다. 남자 청소년이 인터넷에서 야한 동영상을 다운 받아 열심히 보는 것도 호기심과 성욕해소라는 차원도 있지만 앞으로 있을 성관계에 대한 예비지식을 쌓는 이유도 있다.

성매매 단속 특별법이 존재하지만, 이 땅의 많은 남자가 직업여성들과 성관계를 맺는다. 일반 여성과 성관계를 갖기 위해 투자되는 시간과 돈이 많이 들수록 남자는 직업여성에게 눈을 돌린다.

앞에서도 이야기했지만 성매매는 전체 인류가 인정하는 범죄는 아니다. 호주, 뉴질랜드 등은 성매매를 합법적으로 인정하고 있다. 젊은 남자 입장에서는 성경험 없이 계속 나이 들어가기 보다는 비상수단으로 일시적으로 직업여성을 통해서라도 성경험을 쌓는 게 낫다. 하지만 성매매에 중독되어서는 안 되고, 건전한 사랑을 위한 마음은 잃어서는 안 된다. 미성년 여성의 직업여성화는 철저히 막아야 하고 기혼남성의 성매수는 엄격히 통제할 필요성은 있다. 하지만 미혼남성(이혼남, 홀아비 포함해서)의 직업여성과의 접촉은 허용해야 남성의 행복지수가 높아진다.

성에 대한 몇 가지 조언

♥ OK사인

여자가 섹스를 허락하는 OK사인을 미묘하게 보낼 때가 있다. 이 사인을 알아채지 못하거나 알아채고도 망설이는 태도를 보이면 여자는 금방 싸늘하게 굳어버리고 철회해버린다. 다시 그 기회가 오려면 상당히 시간이 걸린다. (다시 안 올 수도 있다.) 여자가 보이는 미묘한 반응에 민감하게 반응하는 감각을 키워야 한다.

♥ 섹스 트러블

두 사람이 성을 교환하는 동안 여러 가지 성 트러블이 생길 수 있다. 트러블을 해소하려면 테크닉을 익혀야 한다. 이 경우 남자가 테크닉을 익히는 게 여러모로 좋다. 남자인 그대가 열심히 공부하고 여자를 리드하라. 간혹 사귀는 여자가 섹스를 못한다, 불감증이다, 어째 늘지 않니 라고 투덜대는 남자가 있는데, 이런 사람은 자기중심적이고 결코 섹스를 잘 아는 사람이 아니다. 진정 섹스를 잘하는 남자는 여자를 리드할 줄 아는 남자다. 솔직하게 나누는 대화는 사랑을 깊게 한다.

♥ 속삭임

남자의 부드러운 속삭임은 실생활에서 뿐만 아니라 전희에서 중요하다. 평소 달콤한 말을 속삭이는 연습을 많이 해놓으면 침대에서 위력을 발휘한다. 하지만 여자가 섹스 중에 말을 걸면 남자는 집중이 흐트러진다. 그녀가 섹스 중에 말을 거는 버릇이 있으면 그러지 말라고 부탁하는 게 좋다. 섹스 중의 여자는 대화보다는 "으응.", "좋아.", "거기." 같은 의성어나 짧은 감탄사가 남자의 성감을 높여준다. 섹스가 끝나면 여자는 말도 많아지고 평소보다 용감해진다. 호르몬이 많이 분비된 탓도 있지만 원초적인 것을 보여주고 나눴다는 심리적 이유 때문에 마음이 넓어진 것이다. 여자는 섹스 후 더 남자를 만지고 싶고, 껴안고 싶고, 말하고 싶어진다. 섹스가 가져다주는 긍정적인 효과다.

♥ 그 밖의 조언

- 남자는 여자의 가슴에 눈이 먼저 가고, 여자는 남성의 엉덩이에 눈길이 간다. 여성이 남자의 엉덩이를 보는 이유는 남자의 섹스능력에 대한 관심 때문이다. 단단한 남성의 엉덩이는 힘찬 성교를 보증하는 상징물이다. 유럽의 남성 스트립쇼에서 여자는 남성 심벌이 노출될 때보다 엉덩이를 흔들 때 더 열광한다. 남성의 엉덩이는 사춘기를 지나면서 단단해진다. 단단한 엉덩이는 보기에도 좋고 건강에도 좋다.

- 포르노 흉내를 내느라 여자 속옷을 찢거나 학대하는 일을 했다기는 변태란 소리를 듣고 다음번 기회를 얻기가 어려워진다. 또한 며칠 동안 갈아입지 않은 그대의 지저분한 속옷은 불쾌감을 일으킨다.

결혼 프러포즈

연애성숙기에 들어서면 사랑의 감정은 안정되고 평화로워진다. 하지만 언제까지 이 평화로움이 유지되지는 않는다. 인류의 조상은 사회의 안정과 발전을 위해 사랑을 지속시킬 수 있는 제도적 장치, 즉 결혼제도를 만들었다. 만일 젊은 남녀가 평생 사랑만 나누고 결혼을 하지 않는다면 인간사회는 어떻게 되었을까. 거리에는 부모를 알 수 없는 아이들로 넘쳐났을 것이다. 그대가 언젠가는 결혼할 생각이라면 연애 감정이 성숙되고 절정에 이를 때 프러포즈해야 한다. 이때 여성이 청혼을 받아들일 가능성이 높다.

프러포즈를 하기 전에 과연 이 여자와 결혼하면 행복할까를 진지하고 신중하게 객관적으로 몇 번이고 생각해야 한다. 그동안 이 여자와 많이 잤고 그동안 쌓은 정 때문에 막연히 결혼해야 한다고 생각하는 건 아닌가, 딸을 낳는다면 앞에 있는 여자처럼 자라주었으면 좋은가, 자식이 앞에 있는 여자를 엄마라고 자랑스럽게 생각할 것인가, 과연 이 여자는 결혼할만한 여자인가.

완벽한 사람은 없고 그대 자신 역시 부족한 인간이란 것도 생각하라. 하지만 이 세상에는 결혼하기엔 조금 곤란한 여자들이 꽤 많다는 점을 잊지 마라. 여권이 강화되고 사회로 진출한 여성이 늘어날수록 그런 여성은 늘어난다.

앞에서 제기된 질문에 70% 정도 긍정적인 답변이 나오면 프러포즈를 준비하라. 세심하게.

여자는 프러포즈 형식에 상당히 집착한다. 첫 번째 이유는 매매혼의 전통 때문이다. 옛날에는 결혼은 집안(거의 부족에 가까운)이 개입하는 매매혼 성격을 띠었다. 그래서 청혼절차가 꼭 필요했다.

두 번째 이유는 불안한 심리를 달래기 위해서다. 여성은 결혼하면 이전의 가족관계를 벗어나 새로운 가정을 만들거나 남성의 세계로 들어가는 걸로 생각한다. 원가족과 떨어져 나와야 하는 여성의 불안한 마음을 달래주기 위해서 프러포즈, 즉 청혼 형식이 중요하게 되었다. 프러포즈가 진지할수록 '아, 이 남자가 나와의 결혼을 진지하게 생각하고 있구나. 결혼관계가 오래 지속되겠어.'라고 믿는 것이다.

세 번째 이유는 상업 미디어의 영향 때문이다. 상업 미디어가 사랑과 결혼에 돈을 덧칠하는 일을 계속 저지르고 있다. 수많은 TV 드라마와 예능 프로그램, 그리고 영화에서 화려하고 이벤트적인 프러포즈가 수없이 보여주었다. 유치원 다닐 때부터 여자는 그런 이벤트를 보아왔다. 그리고 프러포즈가 화려하면 결혼생활도 근사할 거라는 환상에 사로잡혀있다. TV나 영화의 화려한 이벤트에 익숙해진 한국 여자는 시시한 고백에는 마음이 열리지 않을는지 모른다. 소비 자본주의 사회가 되면서 고백에도 돈을 들여야 마음이 움직이는 여자가 늘어났다.

그대의 여자가 어느 정도 화려한 프러포즈를 원할지 모를 수밖에 없다. '내일 너에게 프러포즈 하려는데 어떻게 하면 좋겠니?'라고 물어볼 수는 없지 않은가.

화려함이나 이벤트에 신경 쓰지 말고 진정성에 중점을 두자. 그대가 오래 전부터 여자에게 믿음을 심어왔다면 이벤트의 화려함에는 신경 쓰지 않아도 될 거다. 당신의 진정성보다 화려한 이벤트에나 신경 쓰는 여자라면 그동안 사람을 잘못 봤던 것이리라.

프러포즈는 타이밍이 중요하다. 그녀가 결혼하고 싶은 욕구가 있는지 확인하라. 그녀는 당신 앞에서 결혼하고 싶다고 말하지 않는다. 여러 방법으로 사인을 줄 뿐이다. 결혼한(하는) 친구들 이야기를 많이 꺼내는가, 장래에 대한 이야기를 많이 꺼내는가, 그런 사인을 보면서 여자가 결혼을 얼마만큼 하고 싶어 하는지 가늠해 보라.

승진을 위해 초긴장 상태로 직장생활에 매진하고 있는데 프러포즈하면 당연히 거절당하고, 당신을 자기발전의 장애물로 생각할 수도 있다. 학위를 따려고 해외유학을 준비하는 여자에게 프러포즈해봐야 받아들일 가능성은 거의 없다. 각종 시험을 막 준비하기 시작하는 그녀에게 프러포즈해도 받아들여지지 않는다.

하지만 승진에 한두 번 미끄러지고 새로운 진로를 모색할 때, 몇 번 도전하고 실패하고 자신의 한계를 조금 알아갈 때가 프러포즈에는 좋은 기회다. 즉 그녀의 기가 하늘을 찌를 듯이 강할 때보다는 기가 약간 꺾이고 움츠려 들었을 때가 청혼하기 적절한 시기다. 하지만, 당신이 기가 꺾이고 움츠려들었을 때는 절대 청혼하지 마라. 혹시나 따뜻한 위로를 받으려고 청혼한다면 절대 따뜻한 위로를 받지 못한다. 여자는 기가 약해진 남자한테서 받는 프러포즈는 거절한다. 당신의 기가 하늘을 찌를 때 청혼하라.

프러포즈에는 장소도 중요하다. 우선 조용해야 한다. 그래야 방해를 받지 않는다. 청혼하기에 적당한 분위기 좋고 아담한 카페를 미리 알아두어라. 도시의 카페도 좋지만 바닷가도 좋다. 그녀의 마음을 사로잡을 수 있는 문장을 뽑아서 몇 번이고 소리 내어 연습하라. 프러포즈는 밤에 하라. 인간은 밤이 되면 긴장이 풀린다. 은은한 분위기에 감미로운 음악이 나오는 분위기를 만들어놓고 고백하라. 약간의 알코올을 마시고 고백하는 건 나쁘지 않지만, 취해서 청혼해서는 안 된다. 만족스러운 섹스 후 '우리 결혼할까?'라고 말을 꺼내는 것도 나쁘지 않다. 여자가 만족했다면 승낙할 가능성이 높다. 하지만, 여자는 나중에 옷을 입고 정식으로 프러포즈 하는 과정은 원할 수 있다. 그렇다면 정식으로(뭐가 정식인지 모르지만!) 해줘라. 이미 상대의 마음을 얻은 다음 청혼하는 거니까 느긋할 수 있다. 하지만, 호텔이나 모텔에서 아침에 깨어나서 부스스한 얼굴로 청혼하지 마라.

프러포즈를 받은 여자가 '기다려 달라', '시간을 좀 달라'고 할 수 있다. 좀 실망스럽지만 나쁜 반응은 아니다. 실망을 감추고 이 정도도 고맙다고 말하고 차분히 기다려보자. 언제까지 기다려야 하냐고는 묻지 마라.

여자가 그대의 프러포즈를 거절해도 실망하거나 마음의 상처를 받지 마라. 아니라고 해도 쉽게 포기마라. 한 번 튕긴 것일 수 있다. 적어도 세 번 이상은 도전하라.

성숙기 조언

이 시기에 관계가 남자의 오만한 자신감을 경계하라. 자신이 모든 여자한테 인기 있다고 착각한다. 대형 실수는 "싫어지면 할 수 없는 거 아냐.", "더 좋은 남자한테 가고 싶으면 가도 돼."란 말을 함부로 내뱉는다. 그대가 말 안 해도 여자는 기회가 있으면 더 좋은 남자한테 간다. 후에 "더 좋은 남자 있으면 가라며?"라는 소리를 듣게 된다. 사랑이 성숙하고 이으면 익을수록 말조심을 하는 게 남자에게 꼭 필요하다.

친구들에게 선보이기

많은 남자가 배우자 후보를 친구에게 보여준다. 친구가 대부분 미혼이라면 여자를 보이는 것도 나쁘지 않다. 그대의 능력을 뽐내는 기회가 된다. 하지만, 만일 그대가 결혼이 늦었고, 친구들은 결혼했고, 어느 정도 자리를 잡았다면 신붓감을 친구들 모임에 데려가는 것은 신중하게 생각하라. 특히 친구 중에서 말을 함부로 하는 악동이 있다면 더더욱 조심하라.

만일 그대가 친구들과 비교해서 신체적이나 사회·경제적으로 뒤떨어진다면 더욱 신중하게 생각하라. 여자는 재빠르게 당신과 친구들을 비교한다. 당신은 오랫동안 친구들과 알고 지냈기 때문에 모르겠지만 여자는 그 차이를 대번에 알아차린다. 당신을 친구들 중에서도 가장 '변변치 못한 사람'으로 간파해버릴 수 있다. 부모 상견례도 마치고 육체관계도 몇 번하고 결혼 날짜를 잡았다고 해서 여자가 취소하지 않을 거라 생각마라. 이 시대 여자는 결혼 후에도 얼마든지 결혼생활을 뒤엎는다.

연애의 탄생과 소멸 – 연애 소멸기

　많은 커플이 만나고, 헤어지고를 숨 가쁘게 반복한다. 현대인은 구속을 원하지 않고 자유롭고 싶다. 여자가 남자를 배려하면서 애정을 담아 자기감정을 이야기하고, 남자가 여자의 이야기를 존중하는 태도로 들어준다면 그 커플은 오래간다. 하지만 서로를 존중하는 두 사람의 관계도 순식간에 냉각되어지고 끝내는 소멸될 수 있다. 남녀커플들이 헤어지는 이유는 커플들 숫자만큼 다양하다.

　커플이 헤어지는 첫 번째 이유는 갈등을 극복하지 못했기 때문이다. 연애 기간이 길어지고 결혼이라는 과제가 등장하면서 낭만적 사랑의 감정은 점차 약해지며 현실적인 문제들이 등장한다. 갈등은 현실적인 문제들과 함께 다방면에서 일어난다. 현대인은 자기중심주의자들이다. 여간해서는 자신의 뜻을 굽히지 않고 상대가 양보하기를 바란다. 남녀관계에서도 마찬가지다. 자그마한 틈이 벌어지면 자신이 그 틈을 메우려고 노력하기 보다는 상대가 그 일을 해주기를 기대한다.

취업, 소득, 재산, 거주지 등 사회경제적 조건은 갈등이 일어나는 중요한 영역이다. 많은 커플이 그 사람을 사랑한다고 생각하지만 실제로는 상대의 사회경제적 조건도 사랑한다. 시험에 합격하겠다고 큰소리친 남자가 연거푸 불합격하면 기다리던 여자는 헤어진다. 자신이 원하는 사회경제적 조건이 충족되지 않았고 남자의 능력이 확인되었기 때문이다. 오랫동안 사랑을 속삭이던 남녀관계라 하더라도 여자가 더 큰 성취를 위해 해외유학을 떠난다. 하지만 남자는 같이 할 형편이 못된다. 이메일, 화상통화로 사랑을 속삭인다고 하지만 두 사람의 연애는 사회경제적 조건이 변했기 때문에 소멸기로 들어갈 가능성이 많다.

변심이라는 심리적 요인도 헤어지는 원인이다. 연애절정기가 지나면 권태기가 오는데 현대인은 이 권태기를 잘 조절하지 못한다. 익숙한 상대에게서 맛보는 편안함보다는 새로운 것을 찾아다니는 것이 더 가치 있다고 생각한다. 소비사회에서 수없이 많은 물건들이 등장했다가 사라지는 것을 보아온 현대인은 주기적으로 새로운 것을 찾아야 만족하는 생활태도가 몸에 익숙해졌다. 남자의 마음도 변하고 여자의 마음도 변한다. 새로운 물건이 숨 가쁘게 등장하듯이 현대인들의 파트너들도 빠른 속도로 교체된다.

소멸기에 들어서는 연애는 몇 가지 징조를 나타낸다. 우선 둘 사이에 불평이 늘어난다. 연애를 하면서 불평이 없는 커플이 어디 있겠는가. 문제는 소멸기에 나타나는 불평의 특징은 쉽게 해결되지 않는 문제에 대한 불평이라는 점이다. "오빠는 옷을 너무 촌스럽게 입어?", "나한테 좀 더 다정해질 수 없어?"라는 불평은 긍정적인 불평이다. 얼마든지 개선할 수 있고 개선하면 두 사람에게 모두 좋은 불평이다. 하지만, "난 원룸에서 결혼생활을 시작하고 싶지 않아. 아파트라야 돼", "오빤 외제차 언제 사?"라고 불평하기 시작하면 갈등은 깊어진다. 남자가 자기 힘으로 쉽게 해결하기 힘든 부분에 대해 여자가 불평하기 시작하면 둘 사이의 갈등은 깊어진다.

갈등을 어떻게 해소하는가는 사랑의 깊이에 좌우된다. 남녀 관계가 물질적 조건에 기반을 뒀다면 경제적 불평이 증가하면서 위기를 맞게 된다. 여자가 쇼핑이나 명품 중독에 빠졌고 남자가 그 욕구를 충족시켜주지 못하면 둘의 관계는 그리 밝아 보이지 않는다. 남자도 마찬가지지만, 많은 여자가 나이가 조금씩 들어가면 물질적 풍요로움에 백기를 들고 만다. 만일 그녀가 물질 소비의 쓰나미에도 꿋꿋하게 버티면서 사랑과 능력을 믿어준다면 절대 놓치지 마라. 현대 사회에서 행복은 물질의 풍요로움을 좇는 데 있지 않고 소비의 유혹을 얼마나 잘 다스리느냐에 있다. 소비의 유혹을 잘 다스리는 여자는 남자에게 정신적 행복을 가져다준다.
연애가 소멸기에 접어들면 남자는 괴롭다. 멀어져 가는 여자의 마음을 되돌리려고 여러 가지로 애쓴다. 하지만 노력이 하나하나 헛수고가 되면서 이별이 자꾸만 가까워질 때는 괴로워 심장이 터질 것 같다. 다시 혼자되는 것이 두렵고, 자신에 대한 믿음이 사라지면서, 자신이 한없이 초라해진다.

이별을 두려워마라

당신이 아무리 강한 남자라 해도 실연은 두려운 일이다. 디지털 사회는 헤어진 사람과의 관계를 완전히 끊기가 힘들다. 핸드폰 단축키를 누르면 바로 통화할 수 있고, 미니홈피로는 그녀의 최신 사진이나 최근의 사생활을 알 수 있다. 당신은 여전히 이별의 고통에 힘들어 하는데, 그녀는 어느새 새 남자를 만나 새로운 사랑을 뽐내기 시작한다. 완전히 잊어버리면 마음이 편할 텐데, 디지털 시대에는 완전한 이별이 힘들다.

남자가 실연의 고통을 심하게 겪으면 상당기간 '연애 기피자'가 된다. 현대 남성은 정신적으로 매우 심약하다. 인류역사상 가장 정신적으로 약한 남성이 21세기 대도시에 거주하는 남성이다. 심력(心力)이 약한 남자는 단 한 번의 실연에도 깊은 상처를 받아 연애를 점차 기피하다가, 결국 현실연애를 포기하고 직업여성만을 찾거나 모니터 속의 환상에 빠져버린다.

남자가 충분한 연애 경험을 쌓지 못하고 20대 초중반부터 연애 기피자로 전락해버리면 결국 결혼을 못하거나 자포자기로 아무 여자나 인연을 맺어 불행한 결혼을 할 위험이 있다. 아무리 실연의 고통이 힘들더라도 계속해서 도전하는 자세가 매우 중요하다. 그래야 실연에 대한 맷집(?)도 강해지면서 내공이 쌓인다. 지금 이 순간 겪고 있는 실연의 고통은 정말 좋은 여자를 맞이하기 위한 수련과정이라고 생각하면서 극복해야 한다. 실연의 고통을 이겨내지 못하는 좋은 사람이 나타나도 '또 헤어질 텐데……, 실연의 고통을 어떻게 다시 겪나.' 하면서 망설인다. 백지영의 〈사랑

안 해〉란 노래는 상처받은 여자들이나 읊조리는 노래라 치부해라. 그대는 강산에의 〈넌 할 수 있어〉, 마야의 〈나를 외치다〉, 〈위풍당당〉 같은 노래를 목청껏 외쳐라.

인생에서 좋은 여자를 골라 결혼할 기회는 몇 번 없다. 좋은 여자를 놓치지 않으려면 마음의 힘을 강화하면서 구애방법을 익혀야 한다. 그래야 좋은 여자가 나타났을 때 놓치지 않고 인연을 맺을 수 있다.

실연의 고통에 빠진 남자는 자신을 학대하는 경향이 있다. 자학과 복수의 감정에 빠져 자신을 괴롭히면서 스스로를 고난과 가시밭길에 몰아넣는다. 마음 한 구석에는 망가진 자신을 보고 상대가 아파했으면 한다.

하지만 꿈 깨라. 떠난 여자는 이미 당신에게 조금도 관심이 없다. 당신이 독한 술로 위장을 괴롭히고 구토를 해도, 가슴이 아파 날밤을 새도, 당신이 안 좋은 여자와 맺어 인생이 꼬여도, 떠나간 여자는 조금도 신경 쓰지 않는다. 여자는 과거 남자는 순식간에 잊어버리고 새로운 남자에 관심을 갖는다. 그러니 당신의 몸과 마음을 축내는 행위는 당장 그만둬라. 세상은 넓고 더 좋은 여자가 계속 나타난다.

실연의 고통에 시달리다 아무 여자나 결혼해서는 안 된다. 자포자기하는 마음으로 결혼하지 마라. 당신 인생은 실연 때문에 포기할 정도로 값싼 것이 아니다.

결혼기간이 0~4년 이하인 젊은 부부의 이혼 비율이 2008년에는 28.4%를 차지하였다. 이처럼 신혼기에 이혼이 증가하는 이유는 홧김에 결혼하는 커플이 많은 것도 한 원인이다.

인간은 힘들어하면서도 고통을 즐기는 경향이 있다. 실연의 고통을 받는 자신이 비극의 주인공이 되고, 실연당했다고 친구들도 위로해주고 가족도 평소보다 신경을 많이 써준다. 오랜만에 관심을 받은 것이다. 고통의 쾌감에 맛들이면 실연의 기간을 자꾸 연장하려든다.

마음의 고통을 극복하려면 고통을 객관화하여 자신의 고통의 원인을 제3자의 시각으로 봐라. 자신이 고통 받는 원인과 그 모습을 자신에게 보내는 편지형식으로 적어보라. 헤어진 여자에게 이런 종류의 편지를 보내면 안 된다. 자신의 고통을 과장되게 적으려 하기 때문이다. 자신에게 왜 가슴이 아픈지, 그래서 자신의 몸과 마음이 어떤 아픔이 있는지 있는 그대로 적어봐라. 욕도 좋고, 하소연도 좋고, 어리광도 좋다. 가슴 속에 있는 모든 것을 낱낱이 종이에다 털어놓아라. 그리고 자신에게 편지를 보내거나 하루 이틀 지난 후 읽어봐라. '아, 도대체 이 편지에 적힌 인간은 누군데 이렇게 한심하고 나약한가' 라는 생각으로 얼굴이 화끈거린다. 그대가 봐도 창피한데 그 내용을 헤어진 여자가 봤으면 어떻겠는가. '이런 한심한 인간하고 헤어지기 정말 잘 했네.' 라고 좋아할 게 뻔하다. 그래서 여자에게 편지를 보내지 말라는 거다.

운동도 실연의 아픔을 극복하는 좋은 방법이다. 권투, 태권도, 검도, 달리기, 수영, 인라인스케이팅 등 땀 흘리는 운동이면 무엇이든 좋다. 땀이 흠뻑 흘릴 정도로 운동을 하면 바닥으로 가라앉았던 생명력과 야성이 다시 꿈틀거린다. 다시 살아난 야성은 실연의 아픔 같은 나약한 감정을 날려버린다.

실연당했을 때 여행이 좋다고 권하는 사람도 있는데, 혼자 쓸쓸하게 떠나는 여행은 그리 바람직하지 않다. 격한 마음에 무슨 짓을 저지를지 모르고, 외로워서 더 안 좋은 상태가 될 수도 있다. 여행은 맞서야 할 대상을 피하는 행위다. 정신을 단련하지 않고 피하기만 하면 마음의 힘이 강해지지 않는다. 실연당할 때마다 여행을 떠나면 자칫하면 세계일주 여행까지 해야 할지도 모른다. 어떤 영화감독 지망생은 대학 때 사랑이 깨지자 허전한 마음을 달래려 여행을 떠났다. 그 후, 그는 힘든 일이 생길 때마다 주위 사람과 연락을 끊고 여행을 떠나버린다. 어려운 문제는 하나도 해결하지 않고 그냥 내버려두거나 피한다. 힘들 때마다 피하는 습성은 하루빨리 버려야 한다. 맞서야 한다. 특히 실연의 아픔은 맞서서 극복해야 한다.

잘 헤어지기

실화다. 김양(22)은 애인이었던 서군(21)으로부터 헤어지자는 일방적인 통고를 받자 앙심을 품었다. 살인청부업자를 고용한 김양은 서군을 자기 원룸으로 유인해 린치를 가하고, 산속으로 끌고가 살해하려 했다. 서군은 살려만 주면 앞으로 정말 잘하겠다고 사정하고 겨우 목숨을 구했다. 애인의 김양의 집요함에 끔찍한 경험을 당한 서군은 경찰에 신고하고 김양과 살인청부업자는 체포됐다.

앞의 사례처럼 헤어지면 복수하려는 여성이 꽤 있다는 사실을 잊지 마라. 예전에는 농락당한 여성의 아버지, 오빠, 친척 남자들이 나서서 남자를 응징했다. 이제는 여성이 돈을 주고 사람을 사서 복수를 의뢰한다. 현대 여성은 자신이 피해봤다고 생각하면 그냥 넘어가려 하지 않는다. 그만큼 여성이 과감해졌고 독해졌다.

헤어지더라도 그녀에게 평생 잊지 못할 상처는 주지 않도록 조심하라. 여자가 농락당했다는 생각이 들지 않게 배려하라. 무엇보다 여자를 농락하려는 마음조차 가지지 마라.

S기업에 다니는 남자 A는 5년 동안 사귄 여자에게 1주일동안 해외출장을 간다고 속이고 신혼여행을 준비하다가 여자에게 들켰다. 배신당한 여자는 분을 참지 못해 A의 파렴치한 행각을 인터넷에 올렸다. A의 행각은 인터넷을 뜨겁게 달궜고 회사에서도 소문이 자자했다. 결국 회사로부터 사직을 권고 받았다고 한다.

헤어지더라도 그녀의 아픈 마음을 위로해주는 예의와 진정성은 갖춰라. 시간을 두고 그녀도 조금씩 이별이 가까이 왔음을 느끼게 하면서 아름답게 이별하라.

여자로부터 이별 통고에 독하게 복수하는 남자도 많다. 이별 통고를 받고 슬프고 가슴 아픈 감정 외에 복수, 앙갚음, 해코지를 해야겠다는 독한 감정이 솟아오르면 당신은 미성숙한 인간이다.

사랑하는 사람으로부터 헤어지자는 통고를 받으면 누구나 상처를 받는다. 아픔을 잘 견디는 사람도 있지만, 어떤 남자는 잔인한 공격성이 폭발하여 여자에게 염산도 뿌리고, 여자 가족에게 흉기를 휘두른다.

자기 존중감이 부족한 남자는 쉽게 자존심에 상처받고 복수심에 불타오른다. 이런 남자는 여성을 독립된 인격체로 보지 않고 자신의 부속물로 보는 경향이 있다. 버림받음에 대한 불안감, 혼자가 되는 고립에 대한 불안감이 깔려 있다. 사실 이런 남자의 공격성은 이별선언 때문에 발생한 것이 아니다. 오랫동안 해소되지 않은 불만의 덩어리가 내면에 잔뜩 도사리고 있다가 기회만 되면 빵 터지려고 기다리고 있었다.

이별 통고를 받았을 때 치밀어 오르는 독한 마음을 걷어 올려 멀리 내다버려라. 순수한 슬픔의 감정만 정제하여 가슴 속에 간직하라. 정제된 슬픔의 감정은 당신을 인간적으로 성숙시켜 준다.

이별을 통해 성숙해지려면 당신과 함께 사랑을 나눴던 사람과 그 사람과 함께 했던 시간을 부정마라. 그녀가 조건이 더 좋은 남자를 선택해 당신을 찼더라도 그녀를 원망하지 마라. 절대 당신 자신을 비하하지 마라. 그녀와 즐거웠던 시간만을 떠올려라. 그 아름다운 시간에 당신은 무엇을 얻었나 생각하라.

당신은 연애를 통해 자신을 더 잘 알게 되었다. 그녀를 알기 전의 당신과 그녀를 사랑하면서 성장한 당신을 비교해보라. 분명 차이가 있다. 그녀 덕분에 당신은 정신적으로 성장했다. 비록 지금은 실연의 아픔 때문에 괴로워도 그 아픔 역시 당신이 성장하고 있다는 증거다. 그녀는 당신의 성장을 도와준 고마운 존재다. 비록 지금 떠났지만.

그대가 사랑의 감정으로 그녀를 만났다면, 기쁨, 열정, 신뢰, 헌신, 자신감, 희생, 용기, 질투, 집착, 두려움, 상실, 소외, 배신, 증오, 그리고 용서를 배웠다. 사랑하지 않고서는 이런 살아있는 감정을 맛볼 수 없다. 생생한 감정을 느껴보지 못한 채 살아가는 인생은 박제와 같은 불쌍한 삶이다. 당신이 이런 값진 감정을 알게 되었기 때문에, 당신이 좋은 남자로 성장했기 때문에 지금 가슴이

아픈 것이다. 그러니 이별의 고통에 허덕이지 말고 빨리 헤쳐 나
와라.

연애할 때 이것만은 기억하자

♥ 그녀를 헐뜯는 여자들의 말에 휘둘리지 마라. 동료 여직원, 친구는 물론
이고 당신의 여동생, 누나, 이모, 어머니도 포함된다.

♥ 여자는 남자보다 훨씬 많은 얼굴을 가지고 있다. 여러 얼굴 중 하나가 진
정한 얼굴이 아니라, 여러 얼굴이 모인 것이 여자다. 여자가 여러 얼굴을 가지
고 있다고 나쁘게 생각마라. 그것이 여자다.

♥ 당신은 징검다리가 될 수도 있다. 당신은 결혼하기에는 적당치 않지만 더
좋은 남자가 생기기 전까지, 심심하니까 데이트도 즐기고 선물도 받을 수 있는
'징검다리' 남자로 만나주는 여자도 있다.

♥ 우는 여자는 당연히 위로해줘야 한다. 하지만 운다고 무조건 그녀 뜻대로
해주지 마라. 여자가 눈물을 흘리면 아무 말도 하지 말고, 그냥 옆에서 어깨를
두드려주거나 손수건을 건네주라. 왜 우냐고 묻는 순간 함정에 빠진다. "내가
잘못했어, 고칠게. 그만 울어." 이렇게 말하는 순간 여자의 덫에 걸린다. 가장
조심해야 할 때가 눈물 흘리는 여자를 위로할 때다.

여자의 최후수단 임신을 조심하라

임신은 결혼하고 싶은 여자가 남자를 골 안으로 밀어 넣는 강력한 무기다. 연애초기에는 여자의 사랑을 구하러 남자가 여자를 쫓는다. 여자가 마음의 문을 열고 섹스를 교환하고 익숙해지면 남자는 열정이 시들어진다. 할머니 세대는 몸을 허락하면 결혼해야 하는 걸로 생각했지만, 현대 여성은 혼전 섹스 상대와 반드시 결혼해야 한다고 생각하지 않는다. 하지만 섹스 상대도 결혼 후보자 중 하나인 건 분명하다. 연애성숙기를 거치면서 결혼하고 싶은데 남자가 미적거리는 경우 임신은 남편감 남자를 잡을 수 있는 중요한 수단이 된다.

사귀고 보니 사람도 괜찮고 속궁합도 괜찮은데 남자가 결혼에 적극적이 아니다. 콘돔을 찾는 남자에게 여자가 속삭인다. "안 해도 돼. 안전한 시기야." 여자의 배란기에 대해 모르는 남자는 여자의 말을 믿고 '안전장치' 를 하지 않고 섹스를 한다. 그리고 얼마 지나지 않아 "나 임신했어."라는 여자의 말에 당황한다. 충격이 가라앉으며 밀려오는 여자와 아이에 대한 책임감 때문에 남자는 '아! 이제 결혼할 때가 됐구나!' 라고 생각하게 된다. 요즘 결혼하는 커플 중에 결혼식 올리기 전에 임신하는 경우가 많다. 연예인 커플 중에도 여자가 임신하는 경우가 많다. 여자의 덫에 걸려 결혼하는 남자가 꽤 많아 보인다.

여자는 남자와 사귀면서 이 수컷이 조건도 괜찮고 임신한 자신(그리고 뱃속의 아이)을 버리지 않을 괜찮은 남자임을 어느 정도 안다. 또 남자도 여자에게 어느 정도의 호감과 '몸정'을 느낀다. 이런 남자가 임신 사실을 통고받으면 처음에는 당황하지만, 곧 이만한 여자 구하기 힘들다는 생각이 들고, 결국 '이게 운명이구나.'라는 생각을 하고 결혼을 결심한다.

남자는 여자가 휘두르는 임신이라는 무기에 취약하다. 섹스 유혹을 뿌리치기 힘들고, 배란기에 대해 정확히 모르고, 콘돔을 사용하지 말라는 제안을 물리치지 못한다. 기혼 남성도 낯선 여자의 유혹을 뿌리치지 못하는데, 미혼 남성은 여자의 유혹을 더욱 뿌리치기는 힘들다.

물론 남자가 결혼하기 위해 여자를 임신시키는 경우도 있다. 일본 작가 히가시노 게이고의 〈편지〉라는 작품에 어려운 환경의 남자가 여자와 결혼하기 위해 바늘로 구멍을 낸 콘돔으로 성관계를 맺으려는 장면이 나온다.

가끔 만나 성을 나누는 여자가 결혼할 만한 여자가 아니라면 피임수단을 확실히 챙기고 관계를 맺어라. 그래야 덫에 걸리지 않는다. 괜찮은 여자면 운명이 이끄는 대로 가라.

여자의 성공이 그대의 성공이 아니다

아주 먼 옛날 한국에서는 가난한 남자를 위해 여자가 온갖 뒷바라지를 했지만, 출세에 눈이 먼 남자는 출세 후 여자를 차버린다는 내용이 드라마와 영화의 주된 내용이었다. 과거 한국에서는 이런 일이 비일비재했다. 출세를 위해서라면 지옥에라도 뛰어드는 남자가 '남자다운 남자' 라고 여겨진 시대였다.

하지만 지금은 사회활동에 적극적으로 뛰어드는 여자가 늘면서 성공과 출세를 집요하게 원하는 여자도 증가하고 있다. 야심 있는 여자는 결혼 후 안정된 생활을 보장해주는 경제력만 원하지 않는다. 자신의 출세를 위해 음으로 양으로 힘이 되는 재력과 인맥을 갖춘 남자를 원한다.

요즘 남자 중에는 여자의 성공이 자신의 성공으로 생각하는 남자가 꽤 있다. 바람직하면서도 불안한 측면도 있다. 처음에는 여자의 성공을 위해 남자가 외조 하는 아름다운 사랑으로 출발한다. 여자의 유학 자금을 부담하는 남자도 있고, 결혼 후 공부하러 떠나는 여자를 위해 집안 살림을 떠맡기도 한다. 하지만 남자의 외조로 여자가 성공했다고 남자에게 반드시 좋은 건 아니다. 여자도 성공을 거두고 남자도 비슷한 수준으로 성공하면 둘 다 행복할 수 있다.

문제는 남자가 너무 헌신한 나머지 자신의 개발은 제쳐두고 여자의 성공을 돕는 경우다. 여자는 성공을 거두었는데 남자는 별 볼 일 없게 되는 경우, 예전의 '출세에 미친 남자' 가 헌신한 여자를 버리듯이 출세한 여자가 별 볼 일 없게 된 남자를 버리는 경우가 많다.

사회적으로 성공하면, 우선 만나는 사람의 수준이 달라진다. 새로운 세계가 열린 것이다. 자본주의 사회에서 성공한 사람은 사회적 파워와 문화가 비슷한 부류끼리 모인다. 예전에 만나던 사람과는 전혀 다른 사람들이다. 이쪽 세계는 화려하고, 세련되고, 매일 희망찬데, 지나온 저쪽 세계는 구질구질하고, 희망이 없어 보인다. "걔 성공하더니 달라졌다."라는 말이 그녀 주위를 떠돌기 시작한다.

대학교 때 사귀던 커플이, 여자는 좋은 직장에 들어갔는데 남자가 그에 버금가는 직장에 못 들어간 경우, 또는 같이 고시 준비했는데 여자는 합격하고 남자는 계속 떨어지는 경우, 그런 커플은 헤어질 가능성이 높다. 남자의 상처받은 자존심과 높아진 여자의 수준이 복합적으로 작용하기 때문이다. 여자는 새로운 영역에서 능력 있는 남자들한테 둘러싸이게 되면서 주위의 능력남들과 항상 불만에 가득한 남자친구를 자연히 비교하게 된다. 여자는 기본적으로 자신보다 능력이 있거나, 적어도 자신과 동등한 능력의 남자를 배우자로 받아들이려는 유전자를 가지고 있다. 두 사람이 순수한 사랑을 소중히 여겨 결혼할 수도 있다. 하지만 여자는 계속 자기 분야에서 승승장구하는데, 남자는 계속 정체되어 있으면 결혼 후에도 위기를 맞이할 수 있다.

순정적인 남자가 사랑에 빠지면 여자의 성공을 위해서 기꺼이 많은 것을 희생하려 한다. 희생하는 동안에는 그런 희생이야말로 위대한 사랑의 증거라고 생각한다. 하지만 이런 남자의 속마음에는 자신이 못 이루는 성공을 여자를 통해서 이루려는 생각이 있다. 자식의 성공을 자신의 성공과 동일시하는 부모의 마음과 비슷하다.

부모 자식 간에는 자식의 성공으로 부모가 마음의 보상을 느낄 수 있다. 하지만 남녀관계에는 그렇지 않다. 여자의 성공이 남자의 성공이 아닌 경우가 많다. 성공 후 옛 애인을 떠나는 성향은 남녀 모두 가지고 있다. 남자는 예전부터 그래왔고 여자의 경우는 최근에 많이 발생하고 있다. 성공한 사람은 타인의 도움을 크게 생각하지 않는다.

만일 사랑하는 여자를 위해 희생한다면 그건 사랑이 아니다. 그녀의 성공을 위해 희생하는 것이 그대의 열등감을 숨기거나 보상을 받으려고 하는 것이 아닌가 진지하게 생각해보기 바란다. 그녀를 위해 희생하지 말고 자신을 위해 보다 많은 시간과 노력을 투자하라. 그게 두 사람의 사랑을 오랫동안 지키는 방법이다.

아버지와 화해하라

산업화가 진행되면서 한국 아버지는 아들을 잃었고, 아들은 아버지를 잊었다. 대부분의 아버지는 생계를 위해 이른 아침에 집을 나서 밤늦게 들어온다. 아빠 얼굴을 오랫동안 못 본 자식은 오랜만에 만난 아버지를 보고 "아빠, 우리 집에 좀 자주 놀러오세요."

라고 말하고 자기랑 놀아주는 강아지는 필요하지만, 아빠는 왜 있는지 모르겠다고 일기에 쓴다.

아버지와의 유대는 얼마나 깊었는가 생각해보라. 아마도 어렸을 때 함께 목욕탕을 간 이후 아버지와 소통한 적이 거의 없을 것이다.

한국 남자의 30%는 아버지와 적대적인 관계에 빠져 있고, 다른 30%는 아버지와 대화를 나누지 않는다. 또 다른 30%는 겉으로는 좋은 아들인척 행세하지만 아버지와 깊은 얘기는 나누지 않는다. 겨우 10% 만이 아버지와 친구처럼 지내며 서로 정서적으로 교감하고 의지한다.

왜 한국의 아버지와 아들은 이런 비참한 관계로 전락했을까. 부자가 함께 하는 시간이 절대적으로 부족하고, 유교문화의 영향으로 권위적인 아버지가 많아 대화가 없었기 때문이다. 유교에서는 아버지는 평생 어른이고 아들은 항상 자식이다. 한국에서는 자식이 아버지보다 더 교양 있고 더 넓은 마음의 인간이라도 아버지 앞에서 그렇게 보이기 힘들다.

아버지에 대한 어머니의 태도도 나빠진 부자관계의 중요한 원인이다. 핵가족이 정착되면서 한국 어머니는 친척 남자들의 간섭을 배제하고 아들을 독점적으로 키울 수 있었다. 아들의 사랑에 대한 경쟁에서 아버지는 어머니를 이길 수 없다. 당신이 아버지를 바라보는 눈은 어느 정도 어머니를 통해 형성되었다. 그대가 가지고 있는 아버지에 대한 인상과 이미지는 어머니를 통해 형성된 것일 수 있다. 당신은 어머니의 눈으로 아버지를 보아오지 않았나 생각해보라.

어머니가 아버지에 대해 말씀한 걸 되새겨 보라. 당신의 어머니가 아버지를 칭찬했는가? 아니면 "너는 커서 아버지처럼 되지 마라.", "네 아버지가 뭘 알겠니?" 등의 말로 아버지를 폄하하고 당신은 그 말을 그대로 받아들이지 않았는가. 어머니가 당신에게 강요한 시선으로 아버지를 판단하지 않았는가.

특히 어머니를 이상적인 여성으로 생각하고 어머니에 대한 집착이 강한 남자는 어머니가 심어준 아버지에 대한 부정적인 생각은 떨쳐내기 힘들다. 어머니로부터 아버지에 대한 부정적인 인식이 형성된 아들은 거의 아버지를 무시한다.

그대의 남성적 근원은 바로 당신 아버지다. 아버지는 당신에게 1등급 유전자만 물려주지 않았다. 한심하고 보잘 것 없는 것도 주었다. 걸음걸이, 말투, 술버릇, 운동신경 그리고 얼굴 표정 등에서 아버지의 흔적을 발견할 때마다 기분이 나빠질 수 있다. 아버지로부터 물려받은 것에서 좋은 것과 나쁜 것을 구분해야 한다. 무엇이 나쁜지 아버지는 알고 있다. 당신이 물어보면, 아버지는 지나온 세월을 되새기면서 무엇이 보석이고 쓰레기인지 알려준다.

'당신 내면에 잠자고 있는 아버지'를 이해하고 받아들여야 한다. 당신이 아버지를 부정하고 싸우면 그대의 남성 근원과 싸우는 것이다. 아버지를 계속 부정하면 당신 마음속에는 '나는 결함 많고 불완전한 남자의 아들이다. 나도 언젠가는 아버지와 똑같은 사람이 되고 말거다.'라는 어두운 생각이 자리 잡게 된다. 이런 상태가 계속되면 당신은 남자로서의 자아존중감과 자신감을 가질 수 없다. 자기 자신을 부정하게 되고 남자로서의 정체성이 상처를 받는다. 아버지와의 유대를 잃은 아들은 타인에게(특히 여자에게)

쉽게 마음을 열지 못한다.

그대의 아버지는 당신(의 어머니가)이 생각하는 것만큼 보잘 것 없는 남자가 아닐지 모른다. 당신 아버지는 치열한 결혼게임에서 경쟁자를 물리치고 어머니와 결혼한 승자다. 그 승리의 결과가 바로 당신이다.

보통 남자는 40대 중반이 되어서야 아버지를 이해하고 아버지에게 다가가려는 마음이 생긴다. 이 나이가 되면 자식을 키우면서 자식들의 반항을 겪게 된다. 자식이지만 자신과는 다른 유전자가 들어간 아이들을 보면서 과연 내가 결혼을 잘했는가, 가족에서 나의 위치는 무엇인가, 그리고 나의 인생은 이대로 괜찮은가 등을 생각한다. 그리고 자신의 근원을 생각하게 된다. 그래서 아들은 40대가 되어서야 아버지를 이해하면서 다가간다. 그대가 40대가 되어서 아버지와 화해하면 늦는다. 결혼하기 전에 아버지와의 관계를 개선하고 여자에 대한 조언을 구하라. 그래야 그대의 인생과 결혼생활이 행복해진다.

그래도 아버지와 마음을 열기가 꺼려지는가. 그렇다면 혹시 그대는 아직도 아버지를 두려워하는가? 이제 당신은 아버지보다 몸도 더 크고 당당한 어른이다. 아버지의 질책과 야단에도 흔들리지 않는 자신감도 있다. 이제 어른이 된 당신이 아버지에게 먼저 마음을 열고 다가가면 아버지도 이제는 당신을 어른으로 대접해줄 것이다.

이 세상에서 완벽한 부모 밑에서 자란 사람은 없다. 국내 최대 재벌가의 막내딸은 물질적으로 아무런 부족함이 없는 생활을 누렸지만, 스스로 목숨을 끊었다. 그 부모는 사업에서는 세계 일류일지 모르지만 자살한 자식에게 진정한 사랑을 주지 못했는지 모른다. 당신 역시 완벽하지 않은 인간이고, 아버지도 완벽한 인간이 아니다. 새로운 아버지를 얻을 수는 없다. 당신이 아버지를 이해하고 아버지와 화해하는 순간, 당신은 내면적으로 더욱 성숙해질 것이다.

독립자유기를 즐겨라

모든 인간 사회는 지속적인 발전과 안정을 위해 결혼을 권장한다. 독신을 권유하는 사회는 없다. 한국처럼 혈연가족주의가 강한 사회에서는 미혼남녀에 대한 결혼 압력이 심하다. 조선 시대에는 남자가 아무리 나이가 들어도 결혼하지 않으면 상투도 틀지 못했고 어른 대접을 못 받았다. 어른이란 말은 '얼우다' 라는 동사의 명사형인 '얼운' 에서 나왔는데, '얼우다' 는 '성교하다' 라는 의미다. 어른이란 결혼한 사람, 즉 이성의 몸을 알게 된 사람을 뜻한다. 이런 정신적 유산이 아직 우리 사회에 있다.

20대 초반에서 결혼 전까지는 인생에서 가장 독립적이고 자유로운 '독립자유기' 다. 부모로부터 정신적으로 독립하고 부양할 가족이 없는 독립적이면서도 자유로운 시기다. 자신을 위해 시간과 정열을 쏟을 수 있는 두 번 오지 않는 귀중한 시기다. 이 시기에는 의도적으로 '혼자인 삶'을 살아볼 필요가 있다. '혼자의 삶'이란 이전 가족과는 정신적으로 독립해있지만 새로운 가족은 아직 만들지 않은 혼자서 주체적으로 살아가는 삶을 말한다. 가족과 함께 살면서 주체적으로 자기 삶을 유지할 수도 있고, 가족과 떨어져 독립된 공간에서 살면서 가족과의 유대관계를 유지하면서 '혼자의 삶'을 살 수 있다. 혼자인 삶을 즐긴다고 해서 사회와 공동체와의 연결을 끊어서는 안 된다. 잘못하면 일본의 '히끼코모리'가 되어버린다. 외부세계에 열린 밝고 긍정적인 마음으로 혼자인 삶을 즐겨야 한다.

혼자인 삶을 잘 유지한 사람은 결혼생활에도 잘 적응한다. 혼자 자취하면서 결혼한 남자는 집을 떠나 본 경험이 없는 남자보다 독립적이고 스스로를 돌볼 능력이 있어 원만한 결혼 생활을 꾸려간다.

많은 상업 미디어가 사랑하고 결혼하고 가족이 생기면 행복이 찾아온다는 판타지를 늘어놓지만, 실생활은 그렇지 않다. 현대 사회에서는 결혼하더라도 인간은 소외감을 느낄 수밖에 없다. '독립자유기'에 혼자만의 삶을 살아가는 자세를 터득해놓으면 결혼 후에 부딪히는 소외감도 잘 대처할 수 있다.

혼자인 삶이 필요한 이유는 삶의 여유를 갖기 위해서다. 날이 갈수록 결혼하기는 점점 어려워진다. 전통적인 가족 제도가 더 이상 행복을 주지 않는다는 사실을 많은 젊은이들이 깨닫고 있다. 혼자인 삶을 즐기는 사람은 결혼을 안했거나 못했어도 패배감을 느끼지 않는다. 결혼이나 혼자인 삶도 선택이라고 생각한다. 그래서 마음의 여유를 가진다.

여유로운 마음가짐은 연애 과정에서 중요하다. 남자가 배우자를 급하게 서둘러 선택하는 건 남자의 약점이다. 외로운 마음에 여자에게 어머니 같은 따뜻하고 푸근한 정서적 원조를 기대하고 결혼했다가 배반당해 마음의 상처를 받는다. 혼자의 삶을 살아보지 못한 정신적으로 약한 남자는 감정조절이 안되기 때문에 결혼에 실패하고 정서적으로 황폐해진다.

독립자유기간은 하루빨리 청산해야 할 시기가 아니다. 혼자인 삶을 슬기롭게 꾸려나가면서 심력(心力)을 키워라. 그러면 마음의 여유가 생긴다. 이런 여유가 그대를 행복으로 이끌고, 좋은 여자를 만나게 해준다.

나가면서

현대 남자가 결혼하는 최악의 여자는 어떤 여자일까.

정서적으로 건강하지 않고, 정신적으로 독립되어 있지 않고, 자신은 능력이 없으면서 남자에만 기대면서 소비 수준은 한없이 높은 여자, 아내와 어머니의 의무는 하찮게 여기면서, 권리만 요구하는 여자, 그러다가 남자의 경제 능력이 없어지면 재산 분할을 노려 이혼을 제기하고 떠나는 여자가 아닐까.

남자는 여자의 예쁜 얼굴에 대한 집착만 조금 줄이면 좀 더 행복한 인생을 누릴 수 있다. 예쁜 여자에 집착하는 남자는 킹콩같은 운명을 맞이 한다. 여자의 예쁜 얼굴과 늘씬한 몸매에만 눈을 두지 말고 여자의 내면에 관심을 가져라. 정서적 정신적으로 건강한 여자인가 생각하라. 정서적으로 안정되어 있고 정신적으로 건강한 여자가 좋은 여자다.

시대가 변해도, 여자는 남자의 빨래판 복근에 황홀해하면서도, 결혼상대로는 자신과 자신의 자식을 오랫동안 보살펴줄 수 있는 성실한 남자를 선호한다. 가끔 경제적 능력을 갖춘 여자가 자신의 욕구를 충족시켜주는 남자에 눈을 돌리기도 하지만, 슬기로운 여자는 결국은 성실남을 선택한다. 남자가 성실하지 않으면 자신이 애써 벌어들인 재산이 순식간에 사라진다는 걸 알기 때문이다.

현대 남성은 남자 조상이 마구 휘둘렀던 잘못된 권력을 하나하나 내려놓고 있다. 남자의 참모습을 가렸던 비밀의 커튼을 벗겨보면 거기에는 한없이 무력하고 초라한 남자의 모습이 보일 뿐이다. 이제 우리 아버지의 아버지들이 누리던 남자만의 권력은 사라졌다. 그런 시대는 다시 오지 않는다. 하루빨리 현대 남자는 새로운 시대에 맞는 삶의 자세를 가져야 한다. 남자다움이란 환상에서 벗어나야 한다.

오늘날 한국의 남자는 새로운 시대에 맞는 마음의 훈련을 받지 못하고 어른이 되어 버렸다. 육체는 아버지보다 훨씬 크지만 마음의 덩어리는 약간의 자극에도 깨지기 쉬울 정도로 여리고 약하다. 남자는 자본주의 사회의 과도한 경쟁에 시달리면서 고립되어 단절되어 있고, 정서적으로 외롭고 소심해졌다.

이런 정서적으로 약해진 남자에게 필요한 것은 마음을 강하게 하는 훈련이다. 강한 마음은 연애와 결혼생활에서 꼭 필요한 진정한 남자의 무기다. 강한 마음은 자신의 이익만 강하게 챙기는 마음이 아니다. 상대도 배려하면서 자신의 마음을 합리적이고 이성적으로 다스리는 마음이다. 마음의 힘이 강한 남성은 결혼 후에도 안정된 삶을 살 수 있다. 상업매체가 호들갑스럽게 떠드는 곱상한 얼굴이나 빨래판 복근이 남자의 무기가 아니라, 강한 마음이 남성이 추구해야 할 무기다. 여자는 자신에게 매달리는 덩치 큰 아기에 불과한 남자를 원하지 않는다. 자신에게서 어머니의 그림자를 찾으려하는 남자도 사양한다.

현대 사회는 물질적으로는 풍요롭지만 개개인은 정신적 허기에

시달리고 있다. 여자가 부나비처럼 이 남자 저 남자를 떠도는 것
도, 충족되지 않는 정신적 허기 때문이다. 불안해하는 여자를 안
심시키기 위해서는 그대가 우선 마음의 뿌리를 굳건히 내리고 중
심을 잡아야 한다. 심력(心力)이 강한 남자는 두뇌의 힘도 강해지
고 사회적 힘도 강해진다. 마음의 힘을 가지고 있는 남자는 타인
의 평가에 쉽게 흔들리지 않는다. 자기 자신을 믿는 힘을 가진 사
람은 타인의 인정을 통해 자신의 존재감을 느끼지 않는다.

현대 한국인은 남이 세운 기준을 쫓는 인생을 살고 있다.

많은 사람이 대중 미디어와 물질적 성공의 기준을 따라가다가
자신을 잊어버리는 삶을 살고 있다. 대중미디어에 등장하는 찬란
한 사람들을 보면서 나도 저래야 하는데 라는 환상과 압박감을 느
낀다. 과거 여성이 자신과 가족을 부양하는 남자를 찾았다면, 현
대 여성은 자신의 기준에 맞는 남자를 찾으려 애쓴다. 하지만 그
기준은 실제로는 타인과 대중미디어가 만들어 놓은 기준에 불과
하다.

이 책을 읽는 독자여러분은 사회나 여자로부터 인정받기 위해
끝없는 트랙을 도는 삶을 살지 말기 바란다. 여러분의 인생을 살
아야 한다. 마음의 여유를 가지고 자기 인생을 살면서 여러 여자
를 만나라. 그러다 좋은 여자를 발견하면 정성을 쏟아 결혼하면
된다. 세상은 넓고 좋은 여자는 많다.

고민 의뢰서

고민내용을 적어 아래 주소로 보내주시면 답변해 드리겠습니다.

보낼 곳: (우)140-849, 서울 용산구 원효로 3가 282 세원빌딩 3층

성명(가명도 좋음):

나이:

E-mail:

핸드폰:

[   ] 고민사항을 인쇄물로 출판해도 좋습니다.

[   ] 고민사항을 인쇄물로 출판하지 말아주세요.

고민사항